शेखचिल्ली की अनोखी दुनिया

(कहानियाँ)

शेखचिल्ली की अनोखी दुनिया

व्यंग्य-विनोद, बुद्धिचातुर्य, न्याय-कौशल की अनूठी कहानियाँ

अशोक महेश्वरी

राधाकृष्ण प्रकाशन

ISBN : 978-81-8361-510-3

शेखचिल्ली की अनोखी दुनिया

पहला संस्करण : 2012
नौवाँ संस्करण : 2025

मूल्य : ₹695

प्रकाशक
राधाकृष्ण प्रकाशन प्राइवेट लिमिटेड
जी-17, जगतपुरी, दिल्ली-110 051
शाखाएँ : अशोक राजपथ, साइंस कॉलेज के सामने, पटना-800 006
पहली मंजिल, दरबारी बिल्डिंग, महात्मा गांधी मार्ग, प्रयागराज-211 001
वेबसाइट : www.radhakrishnaprakashan.com
ई-मेल : info@radhakrishnaprakashan.com

मुद्रक
विकास कंप्यूटर एंड प्रिंटर्स
ट्रॉनिका सिटी-201 102

SHEKHCHILLI KI ANOKHI DUNIYA
Stories by Ashok Maheshwari

भूमिका

शेखचिल्ली एक ऐसा कथा-नायक है जो आम लोक-जीवन के संघर्षों से बार-बार उबरता है और बार-बार उन्हीं संघर्षों में जुत जाता है। उसमें ईमानदारी है, निष्ठा है, मर्यादा है, परिस्थितिजन्य विवेक है, लगन और उत्साह है और इन सबसे बड़ी बात यह भी है कि वह अपने वर्तमान में जीता है। अतीत की स्मृतियों को उलीचता हुआ, वर्तमान की राह बनाता हुआ यह पात्र कभी भविष्य की चिन्ता में डूबता-उतराता नहीं है।

जीवन के उतार-चढ़ाव में संयत रहते हुए मनमौजी जीवन जीता हुआ शेखचिल्ली कई बार हमें मूर्ख या बेवकूफ प्रतीत होता है किन्तु उसकी अजीबोगरीब हरकतों में समय की ऐसी समझ समाई रहती है कि पाठक उसकी सराहना किए बिना नहीं रह सकता। ये कहानियाँ शेखचिल्ली की कारस्तानियों का मनोरंजक विस्तार हैं।

इस संग्रह में शेखचिल्ली की अलग-अलग कहानियाँ किसी माला में गूँथे गए मनकों की तरह पिरोई गई हैं। इस कथा-संग्रह की विशेषता है कि शेखचिल्ली के जीवन के कालखंडों को दर्शाती कथाओं को इसमें इस तरह रखा गया है कि उनका अलग अस्तित्व बना रहे और उसके जीवन की विकास-यात्रा की निरन्तरता का भी पता चलता रहे।

निश्छल, एकाकी और जीवन जीने की इच्छा से लबरेज कथा-नायक शेखचिल्ली की सफलताएँ एक मनोरंजक विराम हैं तो वहीं उसकी मूर्खतापूर्ण उद्दंडताएँ 'जैसे को तैसा' परिणाम-बोध!

शेखचिल्ली के अस्तित्व को लेकर भी कई तरह की चर्चाएँ हैं। उनमें सबसे विश्वसनीय चर्चा यह है कि शेखचिल्ली का जन्म पाकिस्तान के बलूचिस्तान में किसी अति साधारण परिवार में हुआ था। अपनी मानसिक ऊर्जा और व्यावहारिक सोच के कारण शेखचिल्ली के जीवन में एक विचित्र त्वरा, एक अस्वाभाविक गति पैदा हुई जिसके कारण वह एक स्थान से दूसरे स्थान की यात्रा करता रहा। उसकी हर यात्रा में एक गाथा भी उसके साथ जुड़ गई जिसके कारण उसकी कहानियाँ लोक-मानस को जाग्रत् करने और प्रेरित करने का काम करने लगीं। आज भी उसकी कहानियाँ जहाँ हमें हँसाती हैं वहीं जुल्म का सामना करने का साहस भी प्रदान करती हैं।

रोचक और सरल भाषा में लिखी गई ये कहानियाँ पाठकों का भरपूर मनोरंजन करने का वादा करती हैं और दावा भी कि कोई है जो इन्हें पढ़कर हँसे बिना रह सके!

—अशोक महेश्वरी

अनुक्रम

अपना नाम शेखचिल्ली है जनाब!

शेख बदरुद्दीन के घर बेटा हुआ तो पूरे गाँव में उन्होंने मिठाइयाँ बँटवाईं। ऐसे वे बहुत धनी नहीं थे लेकिन पैसों की मोहताजी भी नहीं थी। गाँव में रसूख था। गाँव के लोग इज्जत से उनका नाम लेते थे। लोग शेख साहब कहकर पुकारते थे। शेख साहब एक साधारण किसान थे। गाँव में दस-बारह बीघा जमीन थी। उसी की फसल पर उनका परिवार निर्भर था।

शेख बदरुद्दीन की बेगम पूरे गाँव में रसीदा बेगम के नाम से मशहूर थीं। घर में तहजीब और तमीज का जो ताना-बाना उनके आने के बाद बुना गया, उसकी चर्चा पूरे गाँव में हो रही थी। उनके घर कोई अदना इनसान भी आ जाता तो उसे बधना भर पानी और दो-चार बताशे पहले दिए जाते और बाद में आने का सबब पूछा जाता। रसीदा बेगम से निकाह के बाद शेख बदरुद्दीन की जीवन-शैली में भी परिवर्तन आया। सोने, जगने, खेत जाने, यार-दोस्तों से मिलने-मिलाने तक में एक सलीका आ गया। गाँव में उनकी कद्र बढ़ गई। निकाह के चार साल बाद शेख बदरुद्दीन की बेगम की गोद भरी और शेखू की किलकारियों से उनका सूना आँगन गूँजने लगा। शेख बदरुद्दीन बहुत खुश थे कि अल्लाह ने उनका नाम रौशन करने के लिए उनके घर का चिराग भेज दिया है।

गाँव के लोग भी शेख साहब के बेटे की बलाइयाँ लेते और कहते कि देखना, एक दिन यह लड़का अपना और अपने खानदान का नाम रौशन करेगा।...देखो, अभी से इसकी पेशानी कितनी चौड़ी है! इसके हाथ कितने लम्बे हैं...यह सब इसके खुशहाल होने का संकेत है...बड़ा होकर यह लड़का गमों से कोसों दूर रहेगा और खुशियों के चहबच्चे में गोते लगाता फिरेगा... सदियों तक इसकी पहचान बनी रहेगी।...गाँव के लोगों की भविष्यवाणियाँ सुन-सुनकर बेगम रसीदा फूली न समातीं। शेख बदरुद्दीन भी खुश होते।

इसी तरह समय गुजरता रहा। एक दिन शेख बदरुद्दीन के घर के दरवाजे पर गन्ने की पेराई चल रही थी। गन्ने के रस से गुड़ बनाने के लिए अलाव जल रहा था जिस पर बड़े कड़ाह में गन्ने का रस उबाला जा रहा था। शेख बदरुद्दीन अपने बेटे को गोद में लेकर बैठे थे। उनका सारा ध्यान काम में लगे मजदूरों पर था। उनकी गोद में बैठा नन्हा शेखू कुछ देर तक चुपचाप अपने अब्बू की गोद में बैठा रहा मगर जब अब्बू की तरफ से उसके प्रति कोई प्रतिक्रिया नहीं हुई तब अपने अब्बू का ध्यान अपनी ओर आकर्षित करने के लिए पूछा–"अब्बू, ये लोग क्या कल लयें ऐं (अब्बू ये लोग क्या कर रहे हैं?)?" बेटे की तोतली आवाज सुनने के बाद शेख बदरुद्दीन ने उसका सिर सहलाते हुए कहा–"बेटे! ये लोग गुड़ बना रहे हैं!"

"गुल (गुड़) क्या होता ऐं!" शेखू ने पूछा।

"तुम गुड़ नहीं जानते?" आश्चर्य से शेख बदरुद्दीन ने पूछा।

'नईं!" शेखू ने कहा।

शेख बदरुद्दीन ने एक मजदूर को आवाज लगाई–"रहमू काका! जरा गुड़ की एक छोटी भेली तो लेके आना! मेरा शेखू 'गुड़' नहीं जानता है...उसे बताऊँ कि गुड़ क्या होता है।"

रहमू गुड़ की भेली लेकर आ गया। शेख बदरुद्दीन ने शेखू के हाथ में गुड़ की भेली थमा दी और कहा–"देख बेटा, यह है गुड़! चख के देख, तुम्हें पसन्द आएगा।"

शेखू ने गुड़ के उस टुकड़े को देखा फिर मुँह में डालकर उसका छोटा-सा टुकड़ा अपने नए-नुकीले दाँतों से काट लिया। गुड़ का स्वाद उसे अच्छा लगा...आह! कितना मीठा है गुड़! नन्हे शेखू के लिए यह स्वाद अद्भुत था। जल्दी ही वह अपने हाथ का गुड़ खत्म कर चुका था...इच्छा हो रही थी कि और गुड़ खाए। अपनी इस इच्छा की पूर्ति के लिए वह अपने अब्बू की गोद से उतर गया और रहमू काका के पास चला गया। गुड़ उसकी लार से सनकर उस समय उसके मुँह और ठुड्डी पर लगा हुआ था। हथेली भी गुड़ सनी लार से तर-बतर थी। इसी हाल में ढाई-तीन साल का शेखू रहमू काका से कह रहा था–"लहमू काका...औल गुल खाएँगे...गुल दो!"

उसकी तोतली आवाज सुनकर रहमू काका हँस दिए और गुड़ का एक छोटा-सा टुकड़ा उसे थमा दिया। ठीक इसी समय रसीदा बेगम अपने

दरवाजे पर किसी काम से आईं और उनकी नजर शेखू पर पड़ी जिसके मुँह और हथेली पर गुड़ चिपक रहा था...वे उसे देखते ही उसके पास आ गईं और शेखू के हाथ से गुड़ का टुकड़ा छीनते हुए बोलीं–"छीः, पूरा मुँह गन्दा कर लिया...किसने दे दिया तुम्हें इस तरह गुड़ खाने के लिए...तबीयत खराब हो जाएगी, चल! तेरा मुँह साफ करूँ...उफ्! तूने अपनी हथेलियों की कैसी हालत बना रखी है! चल...धोऊँ!"

अम्मी की झिड़की और अम्मी द्वारा गुड़ छीन लिये जाने पर शेखू जोर-जोर से रोने लगा। उसके रोने की आवाज सुनकर शेख बदरुद्दीन ने उसे आवाज दी–"शेखू...चुप हो जा...क्यों चिल्ला रहा है?"

शेखू ने सुबकते हुए कहा–"मैं...कआँ चिल्ला रआ ऊँ...अम्मी चिल्ली रई ऐ!" तोतली आवाज में शेखू के इस उत्तर से वहाँ काम कर रहे मजदूर हँस पड़े। रसीदा बेगम और शेख साहब भी हँसे बिना नहीं रहे और इसके बाद शेखू की भोली तुतली आवाज सुनने के लिए एक मजदूर ने शेखू का दामन थामकर पूछा–"कौन चिल्ली रई ऐ बेटा?"

शेखू ने भोलेपन से उत्तर दिया–"अम्मी!"

इसके बाद यह सिलसिला-सा चल पड़ा–'कौन चिल्ली रई ऐ!' सवाल गाँव के छोटे-बड़े बच्चे और बड़े-बूढ़ों की जबान पर आ जाता, जैसे ही वे भोले-भाले शेखू को देखते।

देखते-देखते शेखू का नाम 'शेखचिल्ली' हो गया। फिर किसी ने शेखू को सिखाया–"कोई तुम्हारा नाम पूछेगा तो बताना–अपना नाम तो शेखचिल्ली है जनाब!"

"क्या बताओगे...?"

"शेखचिल्ली!"

"नहीं, ऐसे नहीं! बोलो–अपना नाम तो शेखचिल्ली है जनाब!"

"अपना नाम तो शेखचिल्ली है जनाब!" शेखू ने तोतली आवाज में यह वाक्य दुहराया।

लोग उससे उसका नाम पूछते और शेखू के जवाब से हँसते-हँसते लोट-पोट हो जाते। शेखू लोगों को हँसता देखता तो खुद भी हँसने लगता। इस तरह शेखू के दिमाग में बैठ गया कि उसका नाम शेखचिल्ली है।

जब शेखू चार साल का हुआ तो शेख बदरुद्दीन उसे लेकर मदरसे में

गए। रास्ते भर वे शेखू को समझाते रहे–"शेखू बेटे! अब तुम बड़े हो गए हो। अब पढ़ने के लिए तुम्हें रोज मदरसे जाना पड़ेगा। आज तुम्हारा नाम मदरसे में लिखवा दूँगा। फिर तुम्हारे लिए स्लेट और पेंसिल खरीद दूँगा जिसे लेकर तुम रोज मदरसे जाओगे...और वहाँ पढ़ोगे–अलिफ, बेते..."

"पढ़ने से क्या होगा अब्बू?" शेखू ने मासूम-सा सवाल पूछा।

"पढ़ने से तू बड़ा आदमी बन जाएगा शेखू!" शेख बदरुद्दीन ने शेखू का उत्साह बढ़ाते हुए कहा।

शेखू कोई और सवाल करता मगर तब तक मदरसा आ गया। जब मदरसे में मौलाना ने शेख बदरुद्दीन से पूछा–"बच्चे का नाम क्या है?"

शेख बदरुद्दीन ने कुछ विचारते हुए कहा–"ऐसे तो हम लोग इसे शेखू बुलाते हैं मगर मदरसे में इसका नाम शेख कमरुद्दीन दर्ज करें...शेख कमरुद्दीन वल्द शेख बदरुद्दीन! यही बढ़िया नाम होगा।"

मौलाना और अब्बू के बीच हो रही बातचीत को शेखू सुन रहा था। उसने जब अपना नाम कमरुद्दीन सुना तो तुरन्त बोला–"नहीं अब्बू, मेरा नाम कमरुद्दीन नहीं लिखाना...अपना नाम है शेखचिल्ली जनाब!" उसने मौलाना की तरफ मुँह करते हुए कहा। शेख बदरुद्दीन ने बहुत चाहा कि शेखू अपना नाम कमरुद्दीन लिखवाए मगर शेखू बार-बार यही दुहराता रहा–'अपना नाम शेखचिल्ली है जनाब!' अन्ततः मदरसे में शेखू का नाम दर्ज हो गया–'शेखचिल्ली'!

अब्बू ने मुझे क्यों मारा?

शेखू आखिर शेखचिल्ली बन ही गया। मदरसे में जाने पर उसे मालूम हुआ कि वह चार साल का है। मदरसे से उसे पहली तालीम यही हासिल हुई कि यदि कोई उससे उसका परिचय पूछे तो वह बताएगा कि उसका नाम शेखचिल्ली वल्द शेख बदरुद्दीन है। और अगर इसके बाद उससे कोई उसकी उम्र पूछे तो वह बताए कि उसकी उम्र चार साल है। अमूमन रोज ही उसे अपना परिचय देना सिखाया जाता। शेखू होशियार तो था मगर उसकी होशियारी में मासूमियत बहुत थी जिसके कारण प्रायः उसे मौलाना साहब की डाँट पड़ जाती। इसी डाँट के डर से उसे अपना परिचय और अपनी उम्र अच्छी तरह याद हो गई। अलिफ, बे, ते भी उसने खूब मेहनत करके सीख लिया।

मदरसे के छह माह पूरे होने पर शेख साहब एक दिन उसकी तालीम के बारे में दरियाफ्त करने के लिए मदरसे पहुँचे। मौलाना ने उन्हें बताया कि शेखचिल्ली अन्य लड़कों से इस मामले में बेहतर है कि उसे जब कोई बात बताई जाती है, तब वह उस बात को इतनी बार रटता है कि वह बात उसे इस तरह याद हो जाती है जिसे कभी भूला ही नहीं जा सकता। मगर शेखचिल्ली में एक ऐब भी है कि उसे जो कुछ भी याद हो जाता है उसमें वह कोई सुधार करना सोच ही नहीं सकता। मौलाना का कहना था कि अभी की पढ़ाई के लिए तो यह बात ठीक है मगर रोज बदलती दुनिया में शेखू का यह गुण आगे की पढ़ाई के लिए ठीक नहीं है क्योंकि रोज नई खोजें हो रही हैं, रोज नए आविष्कार हो रहे हैं इसलिए छात्र को तो लचीली सोच का होना ही चाहिए मगर शेखचिल्ली अगर 'क' से कबूतर सीखेगा और उसे कोई 'क' से कलम पढ़ाए तो वह अड़ जाएगा कि 'क' से कलम नहीं, कबूतर होता है।

शेख बदरुद्दीन यह सुनकर थोड़े दुखी हुए मगर मौलाना ने उन्हें तसल्ली दी—"इसमें दुखी होने की कोई बात नहीं है, समय आने पर सब ठीक हो जाएगा। शेखचिल्ली अभी बच्चा है और खुदा की खैर मानिए कि समय रहते उसकी कमजोरी हम लोगों की समझ में आ गई है। हम लोग उसकी यह कमी दूर करने में कोई कसर नहीं छोड़ेंगे। वैसे आपको जानकर खुशी होगी कि शेखचिल्ली ने छमाही परीक्षा में अपनी कक्षा में सबसे अधिक अंक हासिल किए हैं। यह उपलब्धि उसकी उसी कमी की बदौलत है। वह अपनी धुन का पक्का है और बताई गई बात को किसी भी कीमत पर याद रखना चाहता है। उठते-बैठते, चलते-फिरते आप उसे बुदबुदाते हुए देखेंगे... जब भी आप उसे बुदबुदाते हुए देखें तो समझ जाएँ कि वह कुछ याद करने की कोशिश कर रहा है।"

शेखू के बारे में शेख बदरुद्दीन को यह नई जानकारी मिली। वे मदरसे से घर वापस आ गए। रसीदा बेगम को उन्होंने सारी बातें बताईं। रसीदा बेगम ने ढाढ़स बँधाते हुए कहा—"मौलाना ने अपने शेखू में जो कमियाँ बताई हैं, देख लेना, एक दिन वही कमियाँ शेखू की विशेषता बन जाएँगी और उन कमियों की बदौलत ही शेखू की देश-दुनिया में शोहरत होगी। वह छमाही परीक्षा में जैसे अव्वल आया है वैसे ही सालाना परीक्षा में भी अव्वल आएगा।"

रसीदा बेगम की बातें सुनकर शेख बदरुद्दीन की चिन्ता कम हो गई और वे अपनी बेगम के साथ बैठकर सुनहरे कल के ताने-बाने बुनने लगे। बात चली तो चलती ही गई। अचानक रसीदा बेगम को याद आया कि शेखचिल्ली के लिए उन्होंने अजमेर वाले बाबा की मन्नत माँगी थी। याद आते ही रसीदा बेगम ने शेख बदरुद्दीन से कहा—"ऐ जी! शेखू जब गर्भ में था तब ही मैंने अजमेर वाले बाबा की मन्नत माँगी थी। अब शेखू चार साल से भी ज्यादा का है, हमें चलकर मन्नत उतारनी चाहिए। हो सकता है कि मन्नत उतरने पर शेखू का दिमाग और उसकी सोच दुरुस्त हो जाए! अजमेर वाले बाबा के बारे में मैंने सुन रखा है कि उनके दरबार से कोई खाली नहीं लौटता है...चलो न! एक मन्नत पूरी हो चुकी है...हमें वह मन्नत तो उतारनी ही होगी...वहीं अजमेर वाले बाबा के सामने अपने शेखू की समस्या भी रख आएँगे। बाबा ही उसका निदान करेंगे और उसे दुरुस्त दिमाग बख्शेंगे।"

शेख बदरुद्दीन को इनकार करते नहीं बना। उन्होंने रसीदा बेगम को विश्वास दिलाया कि खेत-पथार का बन्दोबस्त देखकर दो-चार दिनों में अजमेर चलने का इन्तजाम कर लेंगे।

अपने पति की इसी आदत पर फिदा थीं रसीदा बेगम। मुँह से कुछ निकला नहीं कि वे उसको पूरा करने में लग जाएँगे...!

अपनी बेगम से बात करने पर शेख बदरुद्दीन का मन शान्त हो गया। शेखू के बारे में जो अजीबोगरीब खयालात उनके मन में आने लगे थे, वे स्वतः दूर हो गए। अब उनके मन में अजमेर यात्रा को लेकर नए खयाल उभरने लगे। कई वर्ष हो गए, वे गाँव से बाहर नहीं निकले। शेखू ने तो गाँव से बाहर का जीवन ही नहीं देखा है! शेख साहब सोच रहे थे कि यह पहला मौका होगा जब शेखू रेलगाड़ी देखेगा, मोटरगाड़ी, बस, रिक्शा—सबकी सवारी कराऊँगा उसे। अजमेर जाने से पहले पैसों का अच्छा बन्दोबस्त कर लूँ...ताकि बेगम की कोई ख्वाहिश अधूरी न रहे और शेखू को भी यह सफर याद रहे कि अब्बू के साथ गए तो रेलगाड़ी पर चढ़े, मोटरकार पर सफर किया, बस पर बैठे...रिक्शा पर घूमे...।

इस तरह शेख बदरुद्दीन ने पैसे का प्रबन्ध कर लिया और एक दिन अजमेर जानेवाली ट्रेन का टिकट कटाकर ले आए। रसीदा बेगम की खुशियों का ठिकाना नहीं रहा। शेखू के जन्म के बाद से वह भी कहीं घूमने नहीं गई थीं। शेख बदरुद्दीन की ओर देखकर रसीदा बेगम ने अनुमान लगा लिया कि इस यात्रा को लेकर शेख साहब भी खुश हैं। रसीदा बेगम ने खुशी-खुशी सामान सहेजा। रास्ते में खाने के लिए मठरियाँ और नमकीन तैयार किया। जब अपने ढंग से उन्होंने यात्रा की तैयारियाँ मुकम्मिल कर लीं तब शेख साहब से कहा—"ऐ जी! अजमेर वाले बाबा के पास जाने के लिए मैंने सारी तैयारियाँ पूरी कर ली हैं।"

शेख बदरुद्दीन अपनी बेगम की उत्सुकता समझ रहे थे। उन्होंने मुस्कुराते हुए कहा—"ठीक है बेगम! हम लोग अपने घर से सुबह चार बजे निकलेंगे। हमने कमरूँ मियाँ को बैलगाड़ी लेते आने को कहा है। बैलगाड़ी से कमरूँ मियाँ हमें स्टेशन छोड़ आएँगे। जब तक हम लोग वापस नहीं आ जाते तब तक कमरूँ मियाँ ही घर की रखवाली करेंगे। सुबह छह बजे अजमेर जानेवाली ट्रेन खुलेगी और दूसरे दिन सुबह छह बजे अजमेर

पहुँचेगी। समझ लो कि चौबीस घंटे ट्रेन में ही बिताना होगा।''

यह सब सुनकर रसीदा बेगम रोमांचित हो उठीं। रात गहराती गई मगर बेगम रसीदा को कोई थोड़ी-सी झपकी लेने के लिए राजी नहीं कर पाया। सुबह चार बजे कमरूँ मियाँ बैलगाड़ी लेकर हाजिर हो गए। शेख बदरुद्दीन ने सामान बैलगाड़ी पर रखा और रसीदा बेगम अपने प्यारे बेटे शेखू की उँगलियाँ थामे बैलगाड़ी पर सवार हुईं। शेखू के लिए यह पहला मौका था जब वह अपने अब्बू और अम्मी के साथ किसी यात्रा पर निकल रहा था। अम्मी ने उसे खूब सजाया था और शानदार कपड़े पहनाए थे। उसका दिल झूम रहा था।

शेख बदरुद्दीन घर के दरवाजों में ताला लगा आए और बैलगाड़ी पर सवार होकर बोले—''चलो कमरूँ मियाँ!''

बैलगाड़ी चल पड़ी। रास्ते भर शेखू चहकता रहा। कभी अम्मी से पूछता—''रेलगाड़ी कैसी होती है?'' तो कभी अब्बू से पूछता—''हम लोग मोटरगाड़ी पर भी सवारी करेंगे न?''

बैलगाड़ी अपनी रफ्तार में चलती रही और स्टेशन पर पहुँचकर रुकी। अजमेर जानेवाली ट्रेन प्लेटफार्म पर लगनेवाली थी। शेख बदरुद्दीन और कमरूँ मियाँ ने मिलकर बक्से उतारे और उन्हें लेकर प्लेटफार्म पर पहुँच गए। थोड़ी ही देर में ट्रेन आ गई। एक डिब्बे में खाली सीटें देखकर शेख बदरुद्दीन ने अपना सामान उस डिब्बे में रखवा लिया और कमरूँ मियाँ के हाथ में दस रुपए थमाते हुए कहा—''कमरूँ मियाँ! घर का खयाल रखना।''

कमरूँ मियाँ उन्हें आदाब करता हुआ चला गया। शेख बदरुद्दीन ने रसीदा बेगम और शेखू को डिब्बे में बैठाया और खुद भी डिब्बे में आ गए। गाँव के स्टेशन पर ट्रेन अधिक देर तो रुकती नहीं है इसलिए शेख बदरुद्दीन पहले से ही सचेत थे।

शेखू के लिए ट्रेन का यह सफर किसी अजूबे से कम नहीं था—झक-झक, छुक-छुक, झक-झक, छुक-छुक करती रेलगाड़ी भाग रही थी और रेलगाड़ी की खिड़की से शेखू बाहर का नजारा देख रहा था—मुदित मन से।

तभी एक आदमी काला कोट पहने ट्रेन के उस डिब्बे में आया और ट्रेन में बैठे लोगों के टिकट माँगकर देखने लगा। शेखू ट्रेन की खिड़की

भूलकर उस आदमी को देखने लगा। वह काला कोटवाला जब शेख बदरुद्दीन के पास आया और उन्हें टिकट दिखाने को कहा तो शेख बदरुद्दीन ने जेब से दो टिकट निकालकर उसे दिखा दिये। तभी उस काले कोटवाले की नजर शेखचिल्ली पर पड़ी और उसने शेख बदरुद्दीन से पूछा– ''और यह बच्चा? क्या आपके साथ है?''

''हाँ, जी हाँ!'' शेख बदरुद्दीन ने उत्तर दिया–''हाँ-हाँ, यह मेरा बेटा है–शेखू! तीन साल का है इसलिए टिकट नहीं लिया है।''

शेख बदरुद्दीन के मुँह की बात खत्म भी नहीं हो पाई थी कि शेखू ने टनक-भरी आवाज में कहा–''गलत! मैं शेखू नहीं! अपना नाम तो शेखचिल्ली है जनाब! और मैं तीन साल का नहीं, चार साल का हूँ और पाँचवें साल में प्रवेश कर चुका हूँ, तब ही तो अम्मी और अब्बू मन्नत उतारने अजमेर वाले बाबा के पास जा रहे हैं...''

काले कोटवाले टी.टी.ई. ने एक बार शेखचिल्ली की तरफ देखा और उसका टिकट बनाकर शेख बदरुद्दीन से कहा–''अब तो आपको इसके टिकट के पैसे फाइन के साथ भरने ही पड़ेंगे।''

शेख बदरुद्दीन ने जेब से बिना कुछ कहे रुपए निकाले और टिकट एवं फाइन की रकम चुकाई। टी.टी.ई. के जाते ही शेख बदरुद्दीन ने शेखू के गाल पर एक चाँटा रसीद किया। बेचारा शेखू सोचने लगा–'अब्बू ने मुझे क्यों मारा?'

अब न लूँगा कभी कटोरे की तल्ली में तेल

अजमेर शरीफ की यात्रा के आरम्भ में ही शेखचिल्ली को सच बोलना महँगा पड़ा कि यात्रा का मजा ही जाता रहा। शेख बदरुद्दीन ने भी महसूस किया कि उनके चाँटे ने शेखू की रेल-यात्रा का मजा किरकिरा कर दिया है। उन्होंने यात्रा के दौरान इस बात का पूरा ध्यान रखा कि शेखू को कोई बात बुरी न लगे।

अपने अब्बू की दरियादिली के कारण शेखचिल्ली उनके चाँटे की पीड़ा भूल गया मगर उसके दिलोदिमाग को यह सवाल उद्वेलित करता रहा कि अब्बू ने मुझे क्यों मारा?

अजमेर से लौटने के बाद शेखचिल्ली रोज की तरह मदरसे जाने लगा। शेख बदरुद्दीन आम दिनों की तरह खेत का काम देखने जाने लगे। रसीदा बेगम घर के कामकाज में लग गईं। रसीदा बेगम ने महसूस किया कि शेखू कभी-कभी अचानक ही उदास हो जाता है और घंटों उदास रहता है।

एक दिन शेखू को उदास देखकर रसीदा बेगम ने उसे लाड़ देते हुए पूछा–"बेटा, तुम इतने गुमसुम क्यों हो? क्या सोच रहे हो?"

"कुछ नहीं अम्मी!" शेखचिल्ली ने सहजता से उत्तर दिया मगर रसीदा बेगम उसे पुचकारते हुए बोलीं–"मेरा राजा बेटा! अपनी अम्मी को नहीं बताएगा?"

अपनी अम्मी की पुचकार पाकर शेखचिल्ली पिघल गया और सुबकते हुए कहने लगा–"अम्मी! मेरी समझ में नहीं आ रहा कि अजमेर जाते समय रेलगाड़ी में अब्बू ने मुझे चाँटा क्यों मारा। मैं तो उनकी गलत-बयानी ही सुधार रहा था। मैं चार साल कब का पार कर चुका हूँ। अब्बू ने मदरसे में मेरी उम्र खुद चार साल लिखाई है। उस दिन टिकट

माँगनेवाले से वे मेरी उम्र तीन साल बता रहे थे...मैंने सोचा कि भूलवश अब्बू ऐसा कह रहे हैं, सो मैंने अपनी उम्र सुधारकर बता दी...और अब्बू खफा हो गए...आखिर क्यों अम्मी? यही सवाल मुझे हमेशा हैरान करता है।''

''अच्छा, मेरे बेटे! अब इस सवाल को अपने दिमाग से झटक दे। अब्बू खफा हुए तो क्या! आखिर तुम्हारे अब्बू तुम्हें प्यार भी तो करते हैं!'' शेखचिल्ली की बातें सुनकर रसीदा बेगम का मन भर आया था। वाकई इस बच्चे ने तो कोई गलती की ही नहीं थी!...

रात को सोते समय रसीदा बेगम ने शेख बदरुद्दीन को शेखचिल्ली के दिल की हालत का खुलासा किया।

बेटे के मन में घुमड़ते सवाल को जान लेने के बाद शेख बदरुद्दीन बहुत दुखी हुए और रसीदा बेगम से कहा–"वाकई रसीदा! सच पूछो तो गलती सरासर मेरी थी। एक बच्चे का टिकट नहीं लेना पड़े, इस लोभ में मैंने टी.टी.ई. से उसकी उम्र तीन साल बता दी मगर शेखचिल्ली ने यह समझा कि मुझे उसकी सही उम्र याद नहीं है जिसके कारण उसने तुरन्त सुधार कर अपनी सही उम्र बता दी। सचमुच मुझे बहुत अफसोस है कि मैंने उसे चाँटा मारा। अब गलती तो हो चुकी। तुम शेखचिल्ली के मन से ये सारे खयालात हटाने के लिए उसे घर के कामकाज में लगाए रखा करो। मदरसे से लौटने पर हाथ-मुँह धुलाकर कुछ नाश्ता कराने के बाद उसे घर के छोटे-मोटे काम में लगा दो...इस तरह वह धीरे-धीरे दुनियादारी की बातें भी समझने लगेगा। बहुत सारी बातें सिखाई या बताई नहीं जातीं...तजुर्बे से आती हैं।"

"हाँ, जरूर! मैं ऐसा ही करूँगी...तुम भी शेखू से बात-व्यवहार करते समय इस बात का खयाल रखना कि वह वाकई बहुत सीधा है और दुनिया के छल-प्रपंच वह बिलकुल नहीं समझता है।"

इस तरह अपने घर में शेखचिल्ली को दुनियावी जिन्दगी का सलीका सिखाने के लिए एक सधी हुई तैयारी शुरू हो गई।

दूसरे दिन शेखचिल्ली मदरसे से लौटा तो उसकी अम्मी ने उसे एक चवन्नी थमाते हुए कहा–''बेटा, यह कटोरा लेता जा और चार आने का सरसों का तेल ले आ। हाँ, ध्यान रखना–यह चवन्नी खोटी है। न जाने

किसने हमें यह चवन्नी थमा दी! जैसे किसी ने यह चवन्नी देकर हमें ठगा है वैसे ही हम यदि इस चवन्नी को कहीं और चला लें, तो इसमें कोई बुराई नहीं है। यह बात मैं तुम्हें इसलिए बता रही हूँ कि यदि कोई दुकानदार यह चवन्नी खोटी बताकर लौटा दे तो तुम निराश मत होना और दूसरी दुकान की ओर चले जाना। थोड़ा धैर्य से काम लोगे तो यह चवन्नी कहीं-न-कहीं अवश्य चल जाएगी।''

हाथ में खोटी चवन्नी और कटोरा लेकर शेखचिल्ली घर से निकला। ऐसे, जैसे किसी बड़ी मुहिम पर जा रहा हो! उसे मन-ही-मन गर्व भी हो रहा था कि उसकी अम्मी ने उसे एक विशेष काम से बाजार भेजा है। खोटी चवन्नी चलाने के लिए शेखचिल्ली को अधिक मशक्कत नहीं करनी पड़ी। सर्वप्रथम वह जिस दुकान में गया उस दुकानदार ने उससे चवन्नी लेकर बिना उस पर ध्यान दिए ही गल्ले में डाल लिया और शेखचिल्ली के कटोरे में तेल डालने लगा। अपनी मुहिम की सफलता से शेखचिल्ली मन-ही-मन बहुत खुश हुआ तभी दुकानदार की आवाज ने उसे चौंका दिया। दुकानदार उससे पूछ रहा था–''अरे! तुम्हारा कटोरा तो बीस पैसे के तेल में ही भर गया...बताओ, पाँच पैसे का तेल कहाँ डालूँ?''

इस सवाल से शेखचिल्ली का दिमाग ही घूम गया...मगर उसने तुरन्त अपने पर काबू पाया और कटोरे को उलटकर दुकानदान से कहा–''लो, कटोरे की तल्ली में डाल दो!''

कटोरा उलटने से कटोरे में रखा गया तेल पुनः दुकानदान के तेल के मर्तबान में गिर गया और कटोरे की तल्ली में तेल लिये शेखचिल्ली दुकान से बाहर आया और सड़क पर दौड़ लगाते हुए चीख पड़ा–"चल गई भाई, चल गई!"

उसे भीड़-भरे बाजार में इस तरह चीखकर दौड़ता देख बाजार की सड़क पर चल रहे लोग भौचक्के हो गए और बिना कुछ सोचे-समझे शेखचिल्ली की तरह ही दौड़ने लगे। देखते-ही-देखते पूरे बाजार में भगदड़ मच गई। उन दिनों बाजार में कुछ गुंडे हाथ में तमंचा नचाते हुए आते थे और दुकानदारों से मनचाही रकम वसूल कर ले जाते थे। शेखचिल्ली की रट 'चल गई' से लोगों ने यही समझा कि शायद किसी मवाली ने गोली चला दी है। दुकानदारों को भी इसी तरह 'चल गई' की सूचना मिली तो

आनन-फानन में दुकानों के दरवाजे बन्द होने लगे। हर तरफ हड़बोंग-सा मच गया। इसी बीच बाजार में करमू चाचा ने शेखचिल्ली को हाथ में कटोरा लिये भागते देखा तो पूछ बैठे—"का चल गई बेटवा?"

करमू को देखकर शेखचिल्ली ठमका और बोला—"अम्मी ने एक चवन्नी दी थी—खोटी चवन्नी, वही चल गई चाचा!" इतना कहकर शेखचिल्ली फिर घर की ओर दौड़ पड़ा। उसका मन बल्लियों उछल रहा था और वह जल्दी-से-जल्दी अपने घर पहुँचकर चवन्नी चल जाने की सूचना देने के लिए बेताब था।

दूसरी तरफ जब करमू को 'चल गई' की हकीकत मालूम पड़ी तब उसने दुकानदारों को तसल्ली बँधाई कि दहशत की कोई बात नहीं है। लोग एक बच्चे की अधूरी बात सुनकर घबरा गए हैं जिससे बाजार में अफरा-तफरी का माहौल है। करमू के समझाने-बुझाने से बाजार का माहौल सामान्य हो पाया।

उधर शेखचिल्ली जब अपने घर पहुँचा तब अम्मी ने उसे उलटा कटोरा पकड़े देखकर पूछा—"क्यों शेखू! तेल नहीं मिला या चवन्नी नहीं चली?"

"चवन्नी चल गई, अम्मी!" शेखू ने खुश होते हुए जवाब दिया।

"चल गई? तो क्या चार आने का तेल तू कटोरे की तल्ली में लेकर आया है?"

अम्मी के सवाल पर चौकन्ना होते हुए शेखचिल्ली ने कटोरे को सीधा किया और कहा—"बाकी तेल इधर है अम्मी।"

मगर यह क्या...शेखचिल्ली का दिमाग एकबारगी घूम गया। कटोरा तो खाली था। खाली कटोरा देखकर शेखचिल्ली ने घबराकर कहा—"अम्मी! सच कहता हूँ—बीस पैसे के तेल से यह कटोरा भर गया था, तब दुकानदार ने मुझसे पूछा था कि पाँच पैसे का तेल कहाँ डालूँ? मैंने कटोरा उलटकर इसकी तल्ली में पाँच पैसे का तेल डलवा लिया और वहाँ से सीधे घर आया...मुझे नहीं मालूम कि कटोरे का तेल कहाँ गया?"

रसीदा बेगम अपने बेटे की मासूमियत पर फिदा हो गईं। डाँट का एक जुमला भी उनके मुँह से नहीं निकला...मन-ही-मन रसीदा बेगम ने सोचा—

'खोटी चवन्नी न होती तो दुख होता...' और प्रकट तौर पर वे शेखचिल्ली को कटोरे का उपयोग करना बताने में लग गईं।

बिना डाँट सुने ही शेखचिल्ली की समझ में आ गया कि उससे कैसी गलती हो गई है। उसने मन-ही-मन संकल्प किया कि वह अब कभी भी कटोरे की तल्ली में तेल नहीं लेगा।

अल्लाह नहीं, शेखचिल्ली का घर

शेखचिल्ली पन्द्रह साल का हो चुका था। उसके गाँव में कई मकान पक्के और दो-मंजिले थे। उसके एक सहपाठी मुर्तुजा अहमद का मकान भी दो-मंजिला बन चुका था। मगर उसका घर जैसा था वैसा ही रहा, कोई तब्दीली नहीं हुई। उसकी भी हसरत थी कि उसका घर भी दो-मंजिलों वाला बने। खपरैल मकान में रहते-रहते उसकी तबीयत भर गई थी।

एक दिन वह मदरसे से जल्दी वापस आ गया था। घर पहुँचने पर उसने शेख बदरुद्दीन और रसीदा बेगम को एक जगह बैठकर बतियाते हुए देखा। हालाँकि उसे बचपन से अब तक ऐसा मौका कम मिला जब उसने अपने अम्मी-अब्बू को एक साथ बैठकर बतियाते हुए देखा हो। उसे देखकर शेख बदरुद्दीन ने आवाज लगाई–"तू भी इधर ही आ जा शेखू!"

शेखचिल्ली ने अपना बस्ता रैक पर रखा और अब्बू-अम्मी के बीच में जाकर बैठ गया। अम्मी ने उसका सिर प्यार से सहलाते हुए कहा–"बता तो बेटे, इस बार ईद में तू कैसे कपड़े लेगा? तू जैसे कपड़े चाहेगा, इस बार तुम्हें वैसे कपड़े दिलवाएँगे हम।"

अम्मी-अब्बू को खुश देखकर शेखचिल्ली ने आखिर अपने मन की बात कह दी–"अम्मी! हर ईद में कपड़े बनते ही हैं, इस बार नहीं भी बने तो चलेगा। मेरी तमन्ना है कि अपना घर पक्का हो–दो छतोंवाला, जिसमें ऐसा छज्जा भी हो जहाँ टहला जा सके...घूम-घूमकर पढ़ा जा सके।"

शेखचिल्ली की बातें सुनकर शेख बदरुद्दीन चौंक पड़े। तभी रसीदा बेगम ने कहा–"हाँ जी! इस बार गन्ने की फसल अच्छी हुई है। हम लोग इस बार हाथ खोलकर खर्च करेंगे...और कुछ नहीं तो बाहरवाले दोनों कमरों पर छत डलवाकर उसके ऊपर एक कमरा शेखू के लिए बनवा देंगे। शेखू अब बड़ा हो रहा है। कल को उसकी शादी के लिए पैगाम लेकर लोग आएँगे। इस

बात का खयाल करके ही सही, अपना जी कड़ा कर लीजिए और मकान बनवाने में हाथ लगवा दीजिए। खुदा ने चाहा तो मकान बन ही जाएगा। अच्छा सम्बन्ध पाने के लिए थोड़ा दिखावा भी तो करना जरूरी है।"

शेख बदरुद्दीन अपनी बेगम और बेटे की बात सुनकर गम्भीर हो गए और थोड़ी देर सोचने के बाद धीरे से रसीदा बेगम से बोले—"ठीक है, कल मैं सुभान मिस्तरी से बातें करूँगा...वह हिसाब लगाकर बता देगा कि कितना खर्च आएगा—यदि बाहर के दोनों कमरों पर छत डलवाई जाए तो...!"

इस घटना के दो दिनों के बाद ही शेखचिल्ली ने देखा, उसके घर में राज-मिस्तरी काम कर रहे हैं। अम्मी ने उसे बताया कि उनके मकान के आगेवाले भाग में छत ढलाई का काम दो-तीन दिनों में हो जाएगा और उसके बाद छत पर उसके लिए एक अच्छा-सा कमरा बनवाया जाएगा जिसमें बड़ी-बड़ी खिड़कियाँ होंगी...रोशनदान होगा। उसके कमरे का फर्श भी रंगीन होगा—चकमक-बूटेदार! यह सब सुनकर शेखचिल्ली बहुत खुश हुआ और उस दिन से ही उसे प्रतीक्षा रहने लगी कि कब उसके घर में छत ढलाई हो...और कब उसके लिए कमरा बने।

और वह दिन भी जल्दी आ गया। शेख बदरुद्दीन इस बात पर आमादा थे कि जब पैसे खर्च हो ही रहे हैं तो दो-चार मजदूर बढ़ाकर मकान का सारा काम ईद से पहले पूरा करा लिया जाए। शेख बदरुद्दीन को अपने इस मकसद में कामयाबी मिली। ईद से पहले नई ढली छत पर शेखचिल्ली के लिए कमरा बनकर तैयार हो गया। नीचे के दो कमरे अब्बू-अम्मी के लिए और छत का शानदार फर्शवाला कमरा शेखचिल्ली के लिए मुकर्रर हो गया। रसीदा बेगम ने बड़े जतन से शेखचिल्ली का सामान छतवाले कमरे में करीने से सजाया और ईद के दिन ही शेखचिल्ली को वह कमरा सौंप दिया गया।

अब शेखचिल्ली के पास जब भी वक्त होता, वह झरोखे से मुक्त आकाश का सौन्दर्य निहारता। घर के सामने की सड़क पर आने-जानेवाले लोगों को देखता। छज्जे पर टहलता। उसकी प्रसन्नता का ठिकाना नहीं था क्योंकि बाहर से देखने पर उसका पूरा घर दो-मंजिला ही दिखता था। उसका सीना गर्व से चौड़ा हो गया कि अब गाँव में वह भी दो-मंजिला मकानवाला कहा जाएगा।

एक शाम शेखचिल्ली अपने कमरे के सामने की खुली छत पर टहल रहा था तभी उसने सुना, नीचे सड़क से किसी की आवाज आई–"देखो, यह दो-मंजिला मकान शेखचिल्ली का है।"

शेखचिल्ली ने जब यह सुना तो उसका दिल बल्लियों उछलने लगा। "वल्लाह! क्या बात है! अब तो इस मकान के कारण लोग मुझे भी जानने लगे हैं!" खुश होकर उसने छत से नीचे झाँककर देखा। तीन-चार लड़के उसके मकान के सामने नुक्कड़ पर खड़े होकर बात कर रहे थे।

शेखचिल्ली छत पर टहलता हुआ उस किनारे तक गया जहाँ से नुक्कड़ पर खड़े लड़कों की बातचीत वह सुन सके।

शेखचिल्ली ने सुना, उनमें से एक लड़का कह रहा था–"शेखचिल्ली का घर है।"

"यह कहकर तुम क्या जताना चाहते हो? अरे! मैं तो मानकर चलता हूँ, यह सारी कायनात अल्लाह ने बनाई है इसलिए हर घर अल्लाह का घर है फिर शेखचिल्ली का घर कहे जाने की जरूरत ही क्या है?"

इतना सुनना था कि शेखचिल्ली गुस्से से तिलमिला उठा। वह तैश में आकर बुदबुदाने लगा–"मेरे अम्मी-अब्बू ने मेरे लिए यह घर बनवाया है। मेरे कहने पर बना है यह दो-मंजिला। यह मुआ कौन है जो इस बात को अहमियत देने से इनकार कर रहा है...अभी चलकर मजा चखाता हूँ इसे!" और शेखचिल्ली दनादन सीढ़ियाँ लाँघते-कूदते उन लड़कों के पास पहुँचकर दहाड़ा–"अबे! कौन कह रहा था कि शेखचिल्ली का घर है, इस बात को अहमियत देने की जरूरत नहीं?"

शेखचिल्ली का तेवर देखकर लड़के डर गए और उनमें से एक ने उँगली दिखाकर दूसरे लड़के की तरफ इशारा कर दिया और शेखचिल्ली का एक घूँसा उस लड़के के जबड़े पर पड़ा–"तो तू है–मेरे घर को अल्लाह का घर बतानेवाला! तो ले, मेरे घूँसे को अल्लाह का घूँसा समझ!" इतना कहते हुए शेखचिल्ली ने दूसरा घूँसा भी जड़ दिया।

घूँसा खाकर उस लड़के ने तुरन्त माफी माँग ली। कहा–"भूल हो गई, माफ करो, अब मैं ऐसा नहीं बोलूँगा। बोलना होगा तो कहूँगा, अल्लाह का घर भी शेखचिल्ली का घर है।"

शेखचिल्ली शान से फिर अपनी छत पर आकर टहलने लगा।

अपनी रईसी खाक में मिल गई

शेखचिल्ली जवान हो गया। मदरसे की पढ़ाई पूरी हो गई। गाँव में मदरसे की पढ़ाई के बाद उसके सामने समस्या थी कि करे भी तो क्या करे! मदरसे के आगे की पढ़ाई के लिए गाँव में कोई इन्तजाम नहीं था। शेखचिल्ली के मन में बचपन से ही काम के प्रति विशेष आग्रह था। वह प्रायः कहा करता था कि खुदा ने हमें दो हाथ बख्शे हैं तो काम करने के लिए। काम चाहे जैसा भी हो, करना चाहिए। शेखचिल्ली की यह बात गाँव भर में मशहूर हो गई। शेख बदरुद्दीन अपने बेटे शेखू के लिए कोई काम सोच नहीं पाए और निठल्ला बैठना शेखचिल्ली को पसन्द नहीं था। इसलिए वह दिन-भर मटरगश्ती करता और जो भी उसे कोई काम कर देने को कहता, वह कर देता। उसके मन में किसी के प्रति कोई भेदभाव तो था नहीं। बस, काम करने का जज्बा था। हाथ का उपयोग करने की चाहत थी।

लोग उससे काम कराते और उसके मुँह पर उसकी खूब तारीफ करते कि उसके जैसा काम करनेवाला शख्स उस गाँव में कोई दूसरा नहीं है... वही है, जो उस काम को कर पाया। अपनी तारीफ सुनना भला किसे अच्छा नहीं लगता! शेखचिल्ली को भी अपनी तारीफ बहुत अच्छी लगती थी। जब भी कोई उसकी तारीफ करता तो वह फूलकर कुप्पा हो जाता।

एक दिन शेखचिल्ली गाँव के एक आदमी की लकड़ियों का गट्ठर तैयार करने में इतना मशगूल हो गया कि उसे समय का खयाल ही नहीं रहा। उसे पता ही नहीं चला कि कब दिन ढला और रात हो गई। उसने दिन-भर लकड़ियों का गट्ठर तैयार कर उस आदमी की बैलगाड़ी पर उन गट्ठरों को करीने से लादकर बाँध दिया ताकि वह आदमी ये लकड़ियाँ शहर ले जाकर बेच सके। अपना काम पूरा करने के बाद उसे खयाल आया कि रात हो आई है। घर में अब्बू-अम्मी उसके लिए परेशान हो रहे होंगे। वह

तेज कदमों से चलता हुआ अपने घर आ गया। दरवाजे के कुएँ पर अपने हाथ-पाँव धोकर उसने बाहर से ही आवाज लगाई–''अम्मी! कहाँ हो? मुझे जोरों की भूख लगी है। कुछ दो खाने को!''

दिन-भर उसका इन्तजार करते-करते थक चुकी रसीदा बेगम ने जब मियाँ शेखचिल्ली की आवाज सुनी तो बुदबुदाने लगीं–"आ! आज तुझे खाना खिलाती हूँ। दिन-भर आवारागर्दी करता फिरेगा और घर आते ही इसको भूख लगेगी। पता नहीं कहाँ मारा-मारा फिरता है! पाँच फीट का मुस्टंडा जवान हो गया पर जीने का शऊर नहीं आया। यह भी खयाल नहीं रहता कि शाम तक घर वापस लौट आए...आ, आज बताती हूँ तुझे!"

रसीदा बेगम का गुस्सा उबाल खा रहा था और मियाँ शेखचिल्ली लाड़ में इतराते हुए बोल रहा था–''अरे, अम्मीजान, खाना निकाल दो, बड़ी भूख लगी है।''

ऐसा बोलते हुए शेखचिल्ली ने जैसे ही घर में प्रवेश किया कि रसीदा बेगम दहाड़ उठीं–''घर में घुसते ही खाना चाहिए। बता, कहाँ रहा दिन-भर? रात गए घर लौटा है...यह कोई तरीका है घर आने का? जैसे घर न हुआ सराय हो गया! जब मर्जी निकल जाओ और जब मर्जी आ जाओ! बता, कहाँ था दिन-भर?''

अम्मी का रौद्र रूप देखकर शेखचिल्ली सहम-सा गया। उसके लिए अम्मी का यह रूप नया और चौंका देनेवाला था। उसके अब्बू से उसे डाँट सुनने को मिली थी...लप्पड़-थप्पड़ भी खा चुका था मगर अम्मी ने कभी उसे डाँटा नहीं था।

''क्या हुआ अम्मी? ऐसे नाराज क्यों हो रही हो?'' बहुत सहमे हुए अन्दाज में शेखचिल्ली ने रसीदा बेगम से पूछा।

और कोई अवसर होता तो रसीदा बेगम अपने लाड़ले के इस मासूम-सवाल पर फिदा हो जातीं और उसे अपने गले से लगा लेतीं मगर आज तो उन्होंने ठान रखा था कि शेखू को तबीयत-भर डाँटेंगी और उसे दुनियादारी समझने के लिए प्रेरित करेंगी। ऐसे तो मटरगश्ती करते-करते शेखू किसी काम का नहीं रह जाएगा। ऐसा सोचकर उन्होंने पूछा–''पहले बता, कहाँ रहा इतनी देर तक? सुबह ही निकल गया था, जैसे किसी जरूरी काम से जा रहा हो।''

"हाँ, अम्मी, जरूरी काम था। महमूद मियाँ ने अपना एक पेड़ कटवाया था और उसकी लकड़ियाँ चीड़ी थीं। कल सुबह वे बैलगाड़ी से उन लकड़ियों को लेकर शहर जाएँगे ताकि उन्हें बेच सकें। उन्होंने मुझसे कहा था कि 'बेटा, लकड़ियों की लदाई में मेरी मदद कर देना...' जब उन्होंने मुझसे मदद के लिए कहा तो मुझे आपकी कही बात याद आ गई कि 'बेटा, यदि तू किसी की मदद करेगा तो खुदा तेरी मदद करेगा।' इसलिए आज सुबह ही मैं महमूद मियाँ के घर चला गया और दिन-भर उनकी लकड़ियों का गट्ठर बनाया और शाम को उन लकड़ियों को उनकी बैलगाड़ी पर लादना शुरू किया। जैसे ही काम खत्म हुआ, मैं भागता हुआ घर आया कि अम्मी-अब्बू मेरे लिए परेशान हो रहे होंगे। मुझे जोरों की भूख भी लगी है...न!"

रसीदा बेगम अपने बेटे की बात सुनकर फिर से क्रोध के उबाल में आ गईं और शेखचिल्ली पर बरस पड़ीं—"अरे, तू दिन-भर मुआ महमूद का बेगार करता रहा और उसने तुझे खाना तक नहीं खिलाया?"

"अम्मी! उसने मुझे खाने के लिए कहा था मगर मुझे तुम्हारी नसीहत याद आ गई कि 'बेटा, भूखा रहना पड़े तो रह लो मगर कभी किसी गैर का दिया कबूल न करो।' मैंने सोचा कि आखिर ये महमूद मियाँ मेरे अपने तो हैं नहीं, तो वह गैर ही हुए न! इसलिए उनके बहुत कहने पर भी मैंने कुछ खाया नहीं!"

बेटे का उत्तर सुनकर रसीदा बेगम अवाक् रह गईं। थोड़ी देर चुप रहने के बाद उन्होंने कहा—"तुमसे तो कुछ कहना ही बेकार है! किसी भी बात के कहे जाने का कारण तो तू बिलकुल नहीं समझता...शब्दों में ही तेरा दिमाग अटक जाता है। चल, बैठ! खाना लगा देती हूँ। खा ले!"

एक आज्ञाकारी पुत्र की तरह शेखचिल्ली चौके में पीढ़े पर बैठ गया और रसीदा बेगम ने उसके सामने थाल सजा दी। शेखचिल्ली खाना खाने लगा। रसीदा बेगम उसे खाता हुआ देखती रहीं और सोचती रही—'कितना मासूम है मेरा शेखू! दुनिया की मतलबपरस्ती को भी नहीं समझता है। आखिर यह कब समझदार बनेगा? इतना बड़ा हो गया। कुछ दिनों में इसकी शादी होगी। बाल-बच्चे होंगे। तब भी क्या यह ऐसा ही रहेगा?' वह शेखचिल्ली का मुँह देखे जा रही थीं और शेखचिल्ली सिर झुकाए खाना खाता रहा।

खाना खत्म करके वह उठा और हाथ-मुँह धोकर सोने चला गया। थका होने की वजह से उसे तुरन्त नींद आ गई।

लेकिन रसीदा बेगम की आँखों में नींद नहीं थी। शेख बदरुद्दीन ने बिस्तर पर जब बेगम की बेचैनी का कारण पूछा तो रसीदा बेगम ने शेखचिल्ली की सारी दिनचर्या बताते हुए कहा–"यह लड़का कब काबिल इनसान बनेगा, यही सोच-सोचकर मेरा जी हलकान हो रहा है।"

शेख बदरुद्दीन कुछ देर तक रसीदा बेगम की बात सुनते रहे और फिर उन्हें तसल्ली देते हुए बोले–"बेगम! मन छोटा करने की जरूरत नहीं। शेखू अभी दुनियादारी से परिचित नहीं हुआ है। जब जिम्मेदारियाँ आएँगी तो वह भी दुनियादार हो जाएगा। तुम उसे कल कहना–'जाओ और कुछ कमा कर लौटो!' देखना, तुम्हारी बात का उस पर जादुई असर होगा। वह तुम्हारी बात मानता है और तुम्हारा कहा नहीं टालता है।"

दूसरे दिन, सुबह होते ही रसीदा बेगम ने शेखचिल्ली को जगाया और कहा–"बेटे! आज तुम जल्दी नहा-धोकर निकलो और कहीं भी जाकर कोई भी काम करके कुछ कमा कर लौटो। शाम को घर आओ तो तुम मुझे यह कहने लायक रहो कि 'अम्मी, यह लो, मेरे दिन-भर की कमाई है।' "

शेखचिल्ली तुरन्त बिस्तर से उठा। नहा-धोकर तैयार हुआ और काम की खोज में निकल पड़ा। आज उसके भीतर एक नया जोश भरा हुआ था। उसे लग रहा था कि वह हर तरह के काम कर सकता है। गाँव की सड़क से वह बाजार जाने की राह पर चल पड़ा। रास्ते में उसने एक आदमी को अंडों से भरे झाबे के साथ बैठे देखा। उसे समझते देर नहीं लगी कि इस आदमी को मदद की जरूरत है। खुदाई खिदमतगार की तरह शेखचिल्ली उस आदमी के पास पहुँच गया और पूछा–"क्यों भाई! कोई मदद चाहिए?"

वह आदमी शेखचिल्ली को देखकर वैसे ही खुश हुआ, जैसे कोई बिल्ली चूहे को देखकर होती है! उसने तुरन्त कहा–"हाँ, भाई! यह झाबा सिर पर लादकर मैं पार वाले गाँव से आ रहा हूँ। थक गया हूँ। यदि तुम मेरा यह झाबा उठाकर बाजार तक ले चलो तो मैं तुम्हारा शुक्रगुजार होऊँगा!"

और दिन होता तो शेखचिल्ली बिना किसी हील-हुज्जत के वह झाबा उठाकर बाजार तक पहुँचा आता मगर आज तो अम्मी का आदेश मिला है कि कुछ कमा कर लौटना! अम्मी का आदेश याद आते ही शेखचिल्ली ने

कहा–"ठीक है भाई! पहुँचा दूँगा...मगर सिर्फ शुक्रगुजार होने से काम नहीं चलेगा। बताओ, मुझे इस काम के एवज में तुम क्या दोगे?"

उस आदमी ने शेखचिल्ली से कहा–"भैया! मेरे पास पैसे नहीं हैं। तुम चाहो तो दो अंडे ले लेना!"

"सिर्फ दो अंडे?" शेखचिल्ली ने हैरत-भरे अन्दाज में पूछा।

"हाँ, दो अंडे!...दो अंडों को तुम कम मत समझो! दो अंडों से दो चूजे निकल सकते हैं और बाद में यही चूजे मुर्गियों में तब्दील हो जाएँगे। मुर्गियाँ रोज अंडे देती हैं। इस तरह सोचो तो तुम्हारे पास एक मुर्गीखाना ही तैयार हो जाएगा और तुम मेरी तरह अंडों का कारोबार शुरू कर सकते हो।"

शेखचिल्ली को उसकी बात जँच गई और वह तुरन्त झाबा उठाकर बाजार की तरफ तेजी से चल पड़ा–एक नई उमंग के साथ। उसके जेहन में सुनहरे ख्वाब तैरने लगे–दो अंडों से दो मुर्गियाँ, दो मुर्गियों से सैकड़ों अंडे, सैकड़ों अंडों से सैकड़ों मुर्गियाँ...सैकड़ों मुर्गियों से हजारों अंडे...फिर तो मैं अंडों का व्यापारी बन जाऊँगा...और गाँव के रईस वसीम खान की तरह अकड़कर चलूँगा–मूँछें ऐंठते हुए! अगर किसी ने कभी मेरे साथ बदसलूकी की तो मैं भी उसे वसीम खान की तरह ही इस तरह लात जमा दूँगा...ऐसा सोचते-सोचते शेखचिल्ली ने अपना एक पैर सामने की तरफ इस तरह उछाला मानो वह किसी को लात मार रहा हो। सड़क पर उसके ठीक सामने एक बड़ा-सा पत्थर पड़ा हुआ था। अपने ही खयालों में डूबे रहने के कारण शेखचिल्ली उस पत्थर को देख नहीं पाया था। लात जमाने के अन्दाज में जब उसने अपना पैर जोरदार ढंग से सामने की तरफ उछाला तो उसका पैर उस पत्थर से टकराया और वह मुँह के बल सड़क पर गिर पड़ा। उसके सिर से झाबा दूर जा गिरा और उसमें रखे अंडे चकनाचूर हो गए।

अब तो अंडेवाले का गुस्सा सातवें आसमान पर था। उसने शेखचिल्ली का गिरेबाँ पकड़कर उठाया और उसे थप्पड़ मारते हुए कहा–"देख के नहीं चल सकता था? तूने तो मेरे सारे अंडे बरबाद कर दिए!" फिर उसने शेखचिल्ली पर लात-घूँसे की वर्षा कर दी।

बेचारा शेखचिल्ली! बुक्का फाड़कर रोने लगा और अंडेवाले की दुहाई देता हुआ बोलने लगा–"क्यों मारते हो भाई? मुझे मारने से तेरे अंडे तो दुरुस्त नहीं हो जाएँगे...। तुम क्या जानो, मेरा कितना नुकसान हो गया...।

कहाँ तो मैं गाँव का सबसे बड़ा रईस बनने जा रहा था और कहाँ अपनी रईसी खाक में मिल गई।"

अंडेवाला शेखचिल्ली की बातें सुनकर उसे फिर एक चाँटा रसीद किया और कहा—"देखकर चला करो!" और अपनी राह चला गया।

अपना गाल सहलाता हुआ शेखचिल्ली अपने घर की तरफ चल पड़ा, अपने मन को तसल्ली देते हुए कि बेटे! जान बची तो लाखों पाए!

बुखार तो बुखार है, आदमी को हो या खुरपी को

मदरसा जाते-जाते शेखचिल्ली ने बहुत-कुछ सीखा। मौलाना साहब की एक नसीहत उसे बहुत भा गई थी और यह नसीहत थी–अल्लाह ने इनसान को दो हाथ दिये हैं काम करने के लिए। इसलिए इनसान को कभी खाली नहीं बैठना चाहिए। कुछ-न-कुछ करते रहना चाहिए।

गर्मियों के दिन थे। मदरसे की लम्बी छुट्टी चल रही थी। शेखचिल्ली घर में रहने के लिए मजबूर था। मगर घर में खाली बैठे रहने में उसे परेशानी महसूस हो रही थी इसलिए वह बार-बार अपनी अम्मी से जाकर कहता– "अम्मी, बताओ न कोई काम! खाली बैठना इनसान के लिए ठीक नहीं है! खुदा ने उसे दो हाथ बख्शे हैं तो इसलिए कि वह कुछ काम करता रहे!"

रसीदा बेगम अपने बेटे के मुँह से इस तरह की बात सुनकर बहुत खुश हुईं और सोचने लगीं कि शेखचिल्ली को ऐसा कौन-सा काम बताएँ जिसमें उसका दिन निकल जाए। बहुत सोच-विचार करने के बाद रसीदा बेगम ने एक खुरपी लाकर शेखचिल्ली को थमाई और कहा–"बेटे! दरवाजे के सामने की खुली जमीन में तुम्हारे अब्बू ने आलू लगवा रखे हैं। आलू के पौधे अब बड़े हो चले हैं। जाकर उन पर मिट्टी चढ़ा दे। ध्यान रखना–आलू के पौधों की क्यारियाँ बिलकुल सीध में रहें।"

शेखचिल्ली ने अपने खेतों में मजदूर-किसानों को काम करते देखा था। आलू की खेती उसके गाँव में प्रायः हर किसान घर की जरूरत के मुताबिक करता था जिसके कारण शेखचिल्ली को पूरा भरोसा था कि वह आलू के पौधों पर मिट्टी चढ़ाने का काम ठीक तरह से कर लेगा इसलिए उसने उत्साहपूर्वक खुरपी थामी और आलू के खेत की तरफ चला गया।

दो-तीन घंटे वह मनोयोग से आलू के पौधों पर मिट्टी चढ़ाते हुए उसकी क्यारियाँ बनाने में जुटा रहा। दोपहर में उसकी अम्मी बाहर निकलीं

और उसके पास आकर बोलीं–"शेखू बेटा! अब चल, हाथ-मुँह धोकर खाना खा ले। फिर आकर लगना खेत में।"

शेखचिल्ली ने आलू के खेत में ही खुरपी छोड़ दी और कुएँ पर जाकर खुद कुएँ से पानी निकाला और अच्छी तरह हाथ-पैर धोए फिर अम्मी के साथ घर में आ गया।

भोजन करने के बाद शेखचिल्ली आलू के खेत में काम करने के उद्देश्य से पूरे उत्साह के साथ पहुँचा। उसने मिट्टी कोड़ने के लिए खुरपी उठाई। उफ! खुरपी तप-सी रही थी। खुरपी इतनी गरम हो चुकी थी कि उसकी बेंट शेखचिल्ली की पकड़ से छूट गई। शेखचिल्ली यह नहीं समझ पाया कि दोपहर की धूप में पड़ी रहने के कारण खुरपी गरम हो गई है। इसकी जगह उसे याद आया कि एक बार उसका शरीर भी तपने लगा था। तब अम्मी हकीम साहब को बुलाकर ले आई थीं और हकीम साहब ने उसे देखकर अम्मी से कहा था–'बेगम साहिबा! शेखू को तेज बुखार है। मैं दवा बनाकर भेज देता हूँ। इसे हर चार घंटे पर दो-दो चम्मच दवा पिलाती रहिएगा...।'

शेखू को सन्देह हुआ कि उसकी खुरपी भी बीमार है और उसे तेज बुखार हो गया है...ऐसा खयाल आते ही शेखचिल्ली ने दौड़ लगाई और भागता हुआ हकीम साहब के पास पहुँच गया। हकीम साहब उस समय खाना खाकर आराम फरमा रहे थे। शेखचिल्ली ने उनके पास पहुँचकर हाँफते हुए कहा–"हकीम साहब! जल्दी चलिए!"

"क्यों, क्या हुआ शेखचिल्ली? किसकी तबीयत खराब हो गई?" हकीम साहब ने पूछा।

"मेरी खुरपी धूप में पड़ी थी, अभी उसे तेज बुखार हो आया है। आप चलकर उसे देख लीजिए और कोई अच्छी-सी दवा दे दीजिए जिससे मेरी खुरपी जल्दी से ठीक हो जाए।" शेखचिल्ली ने कहा।

हकीम साहब को बात समझते देर नहीं लगी कि धूप में पड़ी रहने के कारण खुरपी गरम हो गई है जिसे शेखचिल्ली बुखार समझ रहा है। उन्होंने प्यार-भरे अन्दाज में शेखचिल्ली से कहा–"बेटा, तुम्हारे खेत के पास तो एक तालाब भी है न? अपनी खुरपी को रस्सी से बाँधकर उस तालाब में दो-तीन डुबकियाँ लगा दो। खुरपी का बुखार उतर जाएगा। खुरपी-खन्ती-कुदाल का बुखार उतारने के लिए यह शर्तिया इलाज है। हाँ, यदि ऐसा करने पर भी

खुरपी का बुखार नहीं उतरे तब आना। मैं चलूँगा और देखूँगा कि तुम्हारी खुरपी को क्या रोग लग गया है। अभी तुम जाओ और जैसा मैंने बताया है, वैसा करो।''

शेखचिल्ली पुनः अपने आलू के खेत में पहुँचा और खुरपी को एक रस्सी में बाँधकर तालाब के पानी में दो-तीन बार डुबोया और निकाला। इसके बाद उसने खुरपी को कपड़े से पोंछा और उसे छूकर देखा। खुरपी का तापमान सामान्य हो चला था। शेखचिल्ली इस कामयाबी पर उछल पड़ा। उसने मान लिया कि बुखार उतारने की कामयाब तरकीब उसने सीख ली है। इस बोध के साथ वह दूने उत्साह से आलू के खेत में काम करने लगा।

शाम को सूरज ढलने के बाद भी जब वह घर वापस नहीं लौटा तब रसीदा बेगम खुद पहुँच गईं आलू के खेत पर। वहाँ उन्होंने देखा कि शेखचिल्ली ने उम्मीद से बहुत ज्यादा आलू की क्यारियाँ तैयार कर दी हैं—बिलकुल सीधी क्यारियाँ! अपने बेटे के इस कारनामे पर वह बहुत खुश हुईं और उसे साथ लेकर लौटीं और उसके हाथ-पैर धुलवाकर घर में ले गईं।

अब यह आलू का खेत शेखचिल्ली के हवाले हो गया। उसकी कोड़ाई और पौधों पर मिट्टी चढ़ाने का काम शेखचिल्ली ने पूरी तरह अपने जिम्मे ले लिया।

आलू की फसल जब तैयार हुई तो संयोगवश उस खेत की पैदावार अच्छी हुई जिसमें शेखचिल्ली ने काम किया था। शेखचिल्ली की इस उपलब्धि की चर्चा शेख बदरुद्दीन बहुत शान से अपनी मित्र-मंडली में करते थे जिसे सुनकर शेखचिल्ली बहुत प्रसन्न होता था।

इसी तरह दिन गुजर रहे थे। अचानक एक रात पड़ोस के एक घर में अफरा-तफरी मच गई। घर की बूढ़ी औरत को तेज बुखार था। हकीम साहब को बुला लाने के लिए पास-पड़ोस के लोगों से कहा जा रहा था क्योंकि उस वक्त उस घर में पुरुष सदस्य नहीं थे। महिलाएँ थीं या फिर बच्चे थे। अफरा-तफरी के कारण शेख बदरुद्दीन भी जगे और उनकी बेगम भी जगीं। शेखचिल्ली की भी नींद खुल गई। सभी बाहर आए। पड़ोसी के घर कोहराम मचने का कारण जानकर शेख बदरुद्दीन हकीम साहब को बुला लाने के लिए चले गए। रसीदा बेगम उस बूढ़ी औरत को देखने चली

गई। बाहर रह गया शेखचिल्ली। उसने लोगों से मिली जानकारी को आधार बनाकर कहना शुरू किया–"भाई! दादी जी को बुखार है। इतनी-सी बात को आफत समझने की जरूरत नहीं। मुझे बुखार उतारने का नुस्खा हकीम साहब ने ही सिखाया है। दादी जी को सामनेवाले तालाब में दो-तीन डुबकियाँ दिलवा दें...फिर देखिए कि बुखार कैसे छू-मन्तर हो जाता है।"

शेखचिल्ली ने यह बात इतने विश्वास और संजीदगी से कही कि आसपास के लोगों को उस पर भरोसा हो गया और आनन-फानन में बीमार बूढ़ी को उठाकर कुछ लोग ले आए और उन्हें लेकर तालाब के पानी में उतर गए। पानी में बूढ़ी को दो-तीन डुबकियाँ लगाई गईं और इसका असर यह हुआ कि बूढ़ी की हालत और खराब हो गई। उसकी साँसें उलटी चलने लगीं। संयोगवश उसी समय शेख बदरुद्दीन अपने साथ हकीम साहब को लेकर पहुँचे। हकीम साहब ने तुरन्त वृद्ध महिला को कोई दवा खिलाई और इस बात पर खफा होने लगे कि बूढ़ी को पानी में क्यों डुबोया गया।

जब हकीम साहब को पता चला कि शेखचिल्ली ने खुरपी के बुखार उतारने का नुस्खा इस वृद्ध महिला का बुखार उतारने के लिए आजमाया है तब उन्होंने शेखचिल्ली को बुलाकर समझाया–"बेटे शेखू! आज तो मैं समय पर आ गया जिससे बूढ़ी की जान बच गई। अब ऐसा इलाज मत करना। खुरपी का इलाज आदमी पर आजमाओगे तो हमेशा धोखा खाओगे। अभी पढ़ो और इलाज-विलाज के चक्कर में मत पड़ो...।"

शेखचिल्ली अजीब निगाहों से हकीम साहब को देख रहा था और मन-ही-मन सोच रहा था–'बुखार तो बुखार है, आदमी को हो या खुरपी को...! तो दोनों के लिए दवा तो एक ही होगी न!'

देना—एक गज दूध!

शेखचिल्ली का बचपन अजीबोगरीब वाकयात से भरा था। शेखचिल्ली के प्रारम्भिक जीवन में सरोकारवाले बहुत कम लोग थे। एक अब्बू, दूसरी अम्मी और जब वह मदरसा जाने लगा तब तीसरे मौलाना साहब। कुल जमा तीन आदमी जिनसे शेखचिल्ली की बातें होतीं, नसीहतें मिलतीं और डाँट पड़ती। यह जरूर है कि इसके बावजूद शेखचिल्ली में हुनरमन्द और बुद्धिमान दिखने का जज्बा था।

एक दिन शेखचिल्ली ने अपनी अम्मी से कहा—"अम्मी! तुम या अब्बू मुझसे कोई काम नहीं कराते...आखिर क्यों? सभी बच्चों के अम्मी-अब्बू उनसे कोई-न-कोई काम कराते हैं मगर तुम तो मुझे कुछ करने ही नहीं देतीं! क्या मैं इतना नाकारा हूँ कि तुम या मेरे अब्बू मुझे किसी काम के काबिल नहीं समझते?"

शेखू की बात सुनकर रसीदा बेगम चौंक पड़ीं। अरे! यह छोटा बच्चा, अभी से क्या काम करेगा? अभी तो खुद से बधना भर पानी ले नहीं सकता और पूछ रहा है कि काम क्यों नहीं करातीं? मगर यह बात उन्होंने शेखचिल्ली पर प्रकट नहीं होने दी और उसे प्यार से सहलाते हुए बोलीं—"ठीक है, मेरे राजा बेटे! अब मैं तुमसे भी कोई-न-कोई काम कराती रहूँगी।"

माँ का दुलार पाकर शेखचिल्ली खुश हो गया और मदरसे से मिला सबक पूरा करने में लग गया।

दूसरे दिन सुबह जब वह मदरसा जाने के लिए निकला तो देखा, अम्मी दरवाजे पर फेरीवाले से ब्लाउज के लिए कपड़े खरीद रही हैं। उसे पास से गुजरता देखकर अम्मी ने उसे आवाज दी—"जरा इधर तो आना शेखू!"

शेखचिल्ली का भी मन था कि वह फेरीवाले के पास जाकर नए-नए

कपड़े देखे। अम्मी की पुकार सुनकर वह खुश हो गया और दौड़कर अम्मी के पास पहुँच गया। अम्मी ने उससे कहा–"बेटे, देख तो इनमें से कौन-सा कपड़ा तुम्हें अच्छा लग रहा है...तुम जो कपड़ा पसन्द करोगे–मैं उसी कपड़े से अपने लिए ब्लाउज बनवाऊँगी।"

शेखचिल्ली ने एक बार रसीदा बेगम की तरफ खुश होकर देखा और फिर उसकी निगाहें फेरीवाले के कपड़ों पर दौड़ने लगीं और अन्ततः उसने लाल-लाल छापोंवाले कपड़े के थान पर अपनी अँगुली रख दी–"अम्मी, यह!"

रसीदा बेगम को भी लाल बूटोंवाला वह कपड़ा पसन्द आ गया और उसने फेरीवाले से कहा–"भैया, इसमें से एक गज निकाल दो।"

फेरीवाले ने अपने पास से एक फीता निकाला और कपड़े के किनारे पर उसे फैलाकर माप लिया और कैंची से कपड़ा काटकर रसीदा बेगम को थमा दिया।

शेखचिल्ली के लिए माप का यह शब्द 'गज' नया था और बाँहें फैलाकर कपड़ा मापने का तरीका भी उसके लिए नया और दिलचस्प था। 'गज' और हाथ फैलाकर माप लेना ये दो बातें शेखचिल्ली के दिमाग में बैठ गईं, और वह कपड़े मापे जाने के दृश्य को याद करता हुआ मदरसे चला गया।

शाम को शेखचिल्ली मदरसे से वापस आया। बस्ता रखकर हाथ-मुँह धोया। तभी रसीदा बेगम ने उसे दुअन्नी थमाते हुए कहा–"बेटा, दौड़कर जाओ और कोनेवाले हलवाई से दो आने का दूध लेकर आओ!"

शेखचिल्ली ने मुट्ठी में दुअन्नी दबाई और दूध लेने के लिए एक बड़ा कटोरा चौके से लेकर दौड़कर हलवाई की दुकान पर पहुँच गया। गाँव के कई लोग उस हलवाई के पास खड़े थे। हलवाई अपने दोनों हाथ में एक-एक मग पकड़े था और एक हाथ ऊपर करते हुए उससे गरम दूध की धार गिराता और दूसरे हाथ को नीचे कर उस दूध की धार को मग में भर लेता। फिर भरे मगवाला हाथ ऊपर करता और खाली मगवाला हाथ नीचे। यह क्रिया वह बार-बार, यंत्रवत् कर रहा था। शेखचिल्ली के लिए यह दृश्य नया था। दूध ठंडा करने का यह तरीका उसके लिए नया था। वह समझने की कोशिश कर रहा था कि आखिर यह हलवाई क्या कर रहा है! फिर उसे

सुबह की घटना याद हो आई। कपड़ावाला भी तो इसी तरह कपड़े की लम्बाई माप रहा था। उसने सोचा—यह दूधवाला जरूर दूध की लम्बाई माप रहा है। ऐसा सोचकर वह गर्वित हुआ कि सही वक्त पर उसके दिमाग ने साथ दिया और वह यह समझने के काबिल हुआ कि दूधवाला क्या कर रहा है।

शेखचिल्ली को अपने पास देर से टकटकी लगाए खड़ा देखकर हलवाई ने पहले तो सोचा कि यह लड़का किसी ग्राहक के साथ आया होगा लेकिन जब पहले से खड़े ग्राहक दूध लेकर लौट गए तब भी शेखचिल्ली को वहीं खड़ा देख हलवाई ने पूछा—"ऐ लड़के! तुम्हें क्या चाहिए?"

शेखचिल्ली की तन्द्रा टूटी और उसने कहा—"दूध!"

"कितना दूध चाहिए?" हलवाई ने शेखचिल्ली से पूछा।

हलवाई के इस प्रश्न से शेखचिल्ली घबरा गया क्योंकि अम्मी ने तो यह बताया ही नहीं था कि कितना दूध लेना है? फिर भी अक्ल पर जोर डालते हुए उसने कहा—"एक गज दूध दे दो। एक गज!"

यह बात शेखचिल्ली ने पूरी गम्भीरता से कही।

हलवाई और उसकी दुकान पर खड़े लोगों ने जब शेखचिल्ली की बात सुनी तो ठहाका मारकर हँस पड़े। दुकान पर खड़े एक ग्राहक ने शेखचिल्ली में रुचि ली और उससे प्यार से पूछा—"फिर बताना बेटे! कितना दूध लेना है?"

"एक गज।" रुआँसा होते हुए शेखचिल्ली ने कहा।

शेखचिल्ली के इस मासूम उत्तर पर एक बार फिर ठहाका गूँजने लगा।

शेखचिल्ली समझ नहीं पा रहा था कि लोग हँस क्यों रहे हैं।

लेकिन हलवाई की समझ में आ गया था कि शेखचिल्ली दूध की माप नहीं जानता इसलिए उसने शेखचिल्ली से पूछा—"क्यों बेटे, पैसे लाए हो?"

"हाँ!" शेखचिल्ली ने कहा और दुअन्नी हलवाई को थमा दी।

हलवाई ने उसके कटोरे में दो आने का दूध डाल दिया।

जब शेखचिल्ली दूध लेकर, दुकान से अपने घर की ओर चलने लगा तब उसके बढ़ते ही एक ग्राहक ने दुकानदार से जोर से कहा—"देना भैया, मुझे भी एक गज दूध!" और फिर समवेत ठहाके की गूँज शेखचिल्ली के कानों से टकराई।

शेखचिल्ली यह तो समझ रहा था कि लोग उसे चिढ़ाने के लिए हँस रहे हैं मगर वह यह नहीं समझ रहा था कि एक गज दूध माँगकर उसने ऐसा क्या कर दिया कि लोग उसे हँसी का पात्र बनाने लगे हैं। ठहाके की आवाज अभी भी उसे पीछे से आती महसूस हो रही थी और वह लम्बे डग भरता हुआ अपने घर वापस जा रहा था...यह सोचता हुआ कि हँसो...हँसते रहो, मेरी बला से!

चौराहे से ससुराल तक

शेखचिल्ली का दो-मंजिला मकान क्या बना कि उसके उमंगों के पर निकल आए। वह जब भी मौका मिलता, शेखी बघारने से नहीं चूकता। गाँव के लड़कों में भी उसकी धाक जम गई थी। वह जब भी घर से बाहर निकलता तो उसके हमउम्र लड़के उसके इर्द-गिर्द मँडराने लगते। इधर एक नई अदा भी सीख ली थी शेखचिल्ली ने। वह एक गोल टोपी लगाकर ही घर से बाहर निकलता था और जब कभी भी कोई साथी उसे टोकता तो वह अपने सिर की टोपी को जरा-सा घुमाकर उसकी बातों का जवाब देता।

एक दिन शेखचिल्ली अपने कुछ साथियों के साथ अपने गाँव के चौराहे पर बने चबूतरे पर बैठा हुआ इधर-उधर की बातें कर रहा था। तभी एक अजनबी आदमी वहाँ पर आकर रुक गया और लड़कों से मुखातिब होकर बोला–''क्यों बच्चो, क्या यही सड़क शेख साहब के घर जाएगी।''

शेखचिल्ली को उस व्यक्ति का सवाल सुनकर मसखरी सूझी और वह तुरन्त बोल पड़ा–''नहीं जनाब! शेख साहब के घर न यह सड़क जाती है और न वह सड़क जाती है।''

वह व्यक्ति हैरत में डूबकर बोला–''क्या बात कर रहे हो बेटे? ऐसा कैसे हो सकता है? बारह साल पहले मैं यहाँ आया था...अभी भी बहुत-कुछ वैसा ही है–इस गाँव का। तुम समझ तो रहे हो–शेख साहब से मेरा मतलब शेख बदरुद्दीन से है। क्या शेख बदरुद्दीन इस गाँव में नहीं रहते?''

शेख बदरुद्दीन का नाम सुनकर शेखचिल्ली चौंका तो जरूर मगर दोस्तों के बीच रौब गालिब करने के लिए फिर उसी अन्दाज में बोला–''शेख बदरुद्दीन तो इसी गाँव में रहते हैं जनाब! मगर ये सड़कें इसी तरह यहीं पड़ी रहती हैं जनाब! कहीं आती-जाती नहीं।''

शेखचिल्ली की बातें सुनकर वह आदमी थोड़ा झेंप-सा गया और झेंपते

हुए ही शेखचिल्ली से कहा–''हाँ, बेटे! सड़कें खुद नहीं चलतीं। उन पर चलकर मुसाफिर एक स्थान से दूसरे स्थान तक जाते हैं...अब मुझे यह बता दो कि किस सड़क से चलकर जाऊँ कि मैं शेख बदरुद्दीन के घर पहुँच जाऊँ!''

शेखचिल्ली की मसखरी का अन्दाज अब थोड़ा कम हो चला था। उसने उस व्यक्ति से पूछा–''मगर जनाब! आप शेख बदरुद्दीन साहब के घर क्यों जाना चाहते हैं?''

"शेख बदरुद्दीन मेरे बचपन का दोस्त है। कभी हम दोनों साथ-साथ खेला करते थे। मगर वक्त ने हमें अलग-अलग रहने को मजबूर कर दिया। वह तो मेरा सबसे अजीज दोस्त हुआ करता था किन्तु वक्त का कुछ ऐसा चक्कर चला कि उसके अब्बा अपना पूरा परिवार साथ लेकर इस गाँव में बस गए। बारह साल पहले जब शेख बदरुद्दीन के घर एक जलसा हुआ तब मैं अपने पूरे परिवार के साथ उसके पास आया था।''

अब शेखचिल्ली को लगा कि इस इनसान से मसखरी करना ठीक नहीं है इसलिए तुरन्त बेहद शालीन अन्दाज में बोला–''जनाब! आप पहले तो मेरा आदाब कबूल फरमाइए फिर मैं आपको शेख साहब के घर ले चलूँगा। शेख साहब मेरे अब्बा हुजूर हैं।''

शेखचिल्ली की शालीनता से वह आदमी प्रभावित हुआ और बोला–''खुश रहो बरखुरदार! तुम्हारी हाजिरजवाबी का कायल हुआ। बहुत अच्छा लगा तुमसे मिलकर। शेख साहब ने तुम्हें अच्छी तालीम दी है। खुदा तुम्हें कामयाबी बख्शे।''

शेखचिल्ली एक अजनबी इनसान से अपनी तारीफ सुनकर बहुत खुश हुआ और बोला–''चलिए जनाब! मेरे साथ चलिए। मैं आपको बागानवाली सड़क से लेकर चलता हूँ। अगर अब्बू बागान में होंगे तो दिख जाएँगे, नहीं तो घर पर आपकी उनसे मुलाकात जरूर हो जाएगी।''

वह व्यक्ति शेखचिल्ली के साथ चलने लगा। शेखचिल्ली चुपचाप चल रहा था और आदत के अनुसार थोड़ी-थोड़ी देर पर अपनी टोपी घुमा देता था।

उस व्यक्ति ने उसे बार-बार टोपी घुमाते देखकर पूछा–''क्या बात है, बेटे, अपनी टोपी को तुम बार-बार घुमाते क्यों हो? क्या तुम्हारे सिर में

खुजली हो रही है?"

"बिलकुल नहीं जनाब! बस, मैं यह सोच रहा था कि दुनिया गोल है जैसे मेरी टोपी गोल है। जिन्दगी इधर से गुजरे या उधर से–पहुँचती कहाँ है, कोई समझ नहीं पाता। यह टोपी घूम गई फिर भी देखने में वैसी की वैसी...इसका न कोई आगे का भाग है और न पीछे का..."

वह व्यक्ति शेखचिल्ली के मुँह से फलसफाने अन्दाज में इस तरह की बातें सुनकर बहुत प्रभावित हुआ और बोला–"वाह, बेटे! इतनी छोटी उम्र में तुम्हें जिन्दगी का अच्छा तजुर्बा है। शेख साहब ने तुम्हें अच्छी परवरिश दी है...मैं तो तुम्हारी सोच का कायल हुआ।"

अब तक बागान का इलाका आ चुका था। शेखचिल्ली बागान की तरफ देखते हुए बोला–"जनाब, आप भी बागान में झाँकते चलें, शायद अब्बा दिख जाएँ। अब्बा या तो बागान में रहते हैं या फिर घर में और कहीं आते-जाते नहीं हैं!" बागान का इलाका समाप्त हो जाने के बाद शेखचिल्ली ने उस व्यक्ति से कहा–"अब्बा बागान में नहीं हैं। इसका मतलब है कि वे घर में ही होंगे। आगेवाले मोड़ से दस कदम की दूरी पर हमारा घर है...अब एक फर्लांग ही समझिए!"

वह व्यक्ति मुस्कुराकर शेखचिल्ली की तरफ देखने लगा और बोला–"बेटे, मैं देख रहा हूँ, तुममें शेख साहब के बहुत सारे गुण हैं। तुम्हारे अब्बा भी समय और दूरी का अन्दाज लगाकर चला करते थे। कहीं भी देर से पहुँचना उन्हें अच्छा नहीं लगता था।"

बातचीत करते हुए शेखचिल्ली उस व्यक्ति के साथ अपने घर आ गया। उस व्यक्ति को अपने पक्के मकान में अब्बा के लिए सुरक्षित कमरे में ले जाकर बैठाकर उसने कहा–"मैं अभी अब्बा को बुलाता हूँ शायद वे ऊपर हैं।"

इतना कहकर शेखचिल्ली वहाँ से चला गया। वह व्यक्ति उस कमरे में रखी पुरानी नक्काशीदार कुर्सियों, गाव-तकियों से सजे दीवान, मेहराबदार खिड़कियों और आबनूस के बने दरवाजों को देख रहा था तभी शेख बदरुद्दीन ने कमरे में प्रवेश किया और उस व्यक्ति को देखकर हैरत से बोल पड़े–"अरे महमूद मियाँ...तुम! अल्लाह कसम! मुझे तसव्वुर में भी यह खयाल नहीं आया कि तुमसे इस तरह मुलाकात होगी।"

महमूद मियाँ कुर्सी से उठ खड़े हुए और शेख बदरुद्दीन से गले मिले और फिर दोनों दोस्त बातें करने लगे। इसी बीच शेखचिल्ली दो गिलास शर्बत लेकर कमरे में पहुँचा और उन दोनों के सामने रख दिया। उस वक्त वे दोनों बहुत अजीजी से गुफ्तगू कर रहे थे।

शेखचिल्ली को वहाँ आया देख महमूद मियाँ ने कहा—"बदरुद्दीन! मुझे तुम्हारा बेटा बहुत पसन्द आया। इसकी बातों में इतनी गहराई है कि सुनकर हैरत होती है। मैंने इस उम्र के लड़कों को कभी इतनी ऊँची और बेहतरीन खयालातवाली बात करते नहीं सुनीं।"

अपनी तारीफ सुनता हुआ शेखचिल्ली धीरे-धीरे कदम बढ़ाता हुआ कमरे से बाहर हो गया।

दूसरे दिन सुबह शेखचिल्ली की अम्मी ने उसे जगाया और बोलीं—"बेटे, जा, हलवाई की दुकान से दो-तीन तरह की मिठाइयाँ मिलवाकर सेर-भर मिठाई और एक सेर दूध ले आ। महमूद साहब की अच्छी खातिरदारी करनी है। यह तुम्हारे अब्बा का हुक्म है।"

अलसाए हुए शेखचिल्ली ने उबासियाँ लेते हुए कहा—"अम्मी, मुझे सोने दो। अब्बा खुद चले जाएँ मिठाई और दूध लाने। खातिरदारी उनके दोस्त की होनी है...मेरी नींद क्यों खराब करती हो?"

"बेटे! उनके दोस्त अब तुम्हारे ससुर बननेवाले हैं। उठ, तुम्हारे साथ हम लोग कल ही उनकी बेटी को देखने जाएँगे और खुदा ने चाहा तो जल्दी ही उनकी बेटी का निकाह तुम्हारे साथ हो जाएगा।"

अम्मी की बातें सुनकर शेखचिल्ली के पूरे जिस्म में एक सनसनी-सी दौड़ गई...उसकी आँखों की नींद गायब हो गई और वह हैरत के उबाल में बिस्तर पर बैठ गया और पूछा—"अरे अम्मी! क्या कह रही हो तुम!"

"हाँ, बेटे! महमूद साहब तुम पर फिदा हो गए हैं। तुम्हारे अब्बू से कह रहे थे कि तुमसे अच्छा नौजवान वे अपनी बेटी रजिया के लिए लाख कोशिश भी करें तो नहीं तलाश सकते। वे चाहते हैं कि जल्दी-से-जल्दी तुम्हें अपना दामाद बना लें। आज वे लौट जाएँगे और हम लोगों की अगवानी का इन्तजाम करेंगे। कल हम लोग उनके घर जाएँगे। तुम्हारी होनेवाली बीवी को देखने। सबकुछ ठीक रहा तो जल्दी ही तुम्हारी शादी उनकी बेटी से हो जाएगी और तुम्हारे अब्बू की बचपन की दोस्ती रिश्तेदारी में बदल जाएगी।"

शेखचिल्ली आनन-फानन में बिस्तर से उठा और हलवाई की दुकान से मिठाई और दूध लेकर आ गया। महमूद साहब की जोरदार मेहमाननवाजी हो, इसके लिए उसने जी-जान लगा दी।

दूसरे दिन उनकी बेटी को देखने-छेकने की रश्म अदायगी भी हो गई और महीने-डेढ़ महीने में शेखचिल्ली का विवाह भी हो गया।

जब शेखचिल्ली अपनी दुलहन के साथ अपने घर आ रहा था तब गाँव के उस चौराहे पर पहुँचकर उसने अपनी बेगम से कहा–"यही चौरस्ता है–देखो, यहाँ से चार राहें चार दिशाओं में जाती हैं मगर मेरे लिए इस चौरस्ते ने तुम्हारे घर का द्वार खोला और तुम्हारे लिए मेरे घर पहुँचने का रास्ता बना दिया...मगर क्या करूँ, तुम मेरी बात अभी नहीं समझोगी! तुम्हारे अब्बा होते तो समझ भी जाते।"

उसकी बेगम ने घूँघट की ओट से उस चौराहे का नजारा लिया और फिर घूँघट में खुद को समेट लिया।

ससुराल में शेखचिल्ली की शोहरत

शेखचिल्ली की नई-नई शादी हुई थी अब्बा के बचपन के दोस्त महमूद की बेटी से। उन दिनों ससुराल में बहू को नया नाम देने की प्रथा थी। रसीदा बेगम यानी शेखचिल्ली की अम्मी ने अपनी नई-नवेली बहू को नया नाम दिया--रजिया! इस तरह शेखचिल्ली की पत्नी रजिया बेगम बन गई।

शेखचिल्ली को अपनी बेगम के साथ गप्पें लड़ाने में इतना मजा आने लगा कि वह दोस्तों के साथ अड्डेबाजी करना भूल गया। अपने कमरे से बाहर निकलकर वह छत पर टहलता रहता था और सड़क से गुजरनेवालों को देखा करता था। शादी के बाद उसका यह शौक भी छूट गया। जब से वह रजिया बेगम को ब्याह कर लाया तब से वह उसके साथ ही अपना समय बिता रहा था। एक दिन, दो दिन नहीं, इस तरह पूरा एक सप्ताह बीत गया। उसकी अम्मी-अब्बू ने उसमें आए इस परिवर्तन को महसूस किया किन्तु यह सोचकर कि आवारागर्द लड़कों की सोहबत में मटरगश्ती करने से तो बेहतर है कि शेखचिल्ली घर में ही रहे। इस तरह रजिया का मन भी लगा रहेगा। फिर तो शेखचिल्ली को अपना घर चलाने के लिए कहीं काम करने जाना ही होगा। ऐसे में उसे रजिया के पास रहने का मौका भी कम मिलेगा।

रजिया बेगम को ससुराल में आए सात दिन हो चले थे। आठवें दिन रजिया का भाई और महमूद साहब का बड़ा बेटा शेख बदरुद्दीन के घर आया और उन्हें अपने अब्बा का पैगाम दिया कि रजिया और उसके खाविन्द शेखचिल्ली को कुछ दिनों के लिए उनके घर भेज दिया जाए ताकि घर के दामाद से उनके घर के लोग भली प्रकार परिचित हो सकें।

शेखचिल्ली को जब पता चला कि उसकी ससुराल से बुलावा आया है तो वह बहुत खुश हुआ और रजिया बेगम के पास जाकर अपने साले सलीम

के आने की सूचना दी। अपने घर से बुलावा लेकर भाई के आने से रजिया भी बहुत खुश हुई। सलीम की जोरदार मेहमाननवाजी हुई।

शेखचिल्ली ने सलीम को अपने गाँव की हर अच्छी चीज दिखाई और अपने यार-दोस्तों से मिलवाया। दो दिनों के बाद बुलावा-कबूल का सन्देश देते हुए शेख बदरुद्दीन ने शेखचिल्ली के साले सलीम से कहा–"महमूद भाई से कहना, रजिया सवा महीने यहाँ रह ले तब शेखचिल्ली उसे लेकर अपनी ससुराल जाएगा और फिर जितने दिन मर्जी हो उतने दिन वह ससुराल में रह लेगा। हमें बहुत खुशी होगी कि वह अपने नए रिश्तेदारों को जानेगा और उनसे सरोकार और व्यवहार की समझ हासिल करेगा। इंशाअल्लाह! ऐसा ही होगा। तुम हमारे यहाँ आए। हमें अच्छा लगा। जब कभी भी रजिया से मिलने की ख्वाहिश हो, तुम आ जाया करना और अपने अब्बा को मेरा आदाब कहना।"

इस तरह शेख बदरुद्दीन ने सलीम को विदा किया। इसके बाद वे बहू को पहली बार मायके भेजने की तैयारियों में जुट गए। वे जानते थे कि रिश्तेदारियाँ रस्मो-रिवाजों से चलती हैं जिसमें आदान-प्रदान का खासा महत्त्व होता है इसलिए बहू के साथ उसके रिश्तेदारों के बीच बाँटे जा सकनेवाले उपहारों की खरीद का सिलसिला शुरू हुआ। शेख बदरुद्दीन और रसीदा बेगम तकरीबन हर एक-दो दिन पर बाजार जाते और रजिया के किसी रिश्तेदार के लिए कोई-न-कोई उपहार खरीद लाते। वे चाहते थे कि रजिया जब अपने मायके जाए तो उसका कोई रिश्तेदार यह नहीं कह सके कि उसके ससुरालवालों ने उसकी कद्र नहीं समझी। शेख बदरुद्दीन रईस तो थे नहीं कि एक दिन में सारी खरीदारी कर लेते। उनके पास जैसे-जैसे पैसे आते वैसे-वैसे वे चीजें बटोरते रहे और जब सवा महीने बाद शेखचिल्ली अपनी बेगम के साथ ससुराल पहुँचा तब प्रत्येक रिश्तेदार को देने के लिए उसके पास कोई-न-कोई उपहार था।

शेखचिल्ली को ससुराल जाने से पहले उसकी अम्मी रसीदा बेगम से कुछ नसीहतें मिली थीं, मसलन–सबसे मीठा व्यवहार करना, ऊँची जबान में कुछ भी मत बोलना, उतना ही बोलना जितने से काम चल जाए।

ससुराल पहुँचने पर जब शेखचिल्ली का अपने ससुराली रिश्तेदारों से परिचय होने लगा तब वह अपनी अम्मी की नसीहतों को याद करने लगा।

एक रिश्तेदार ने शेखचिल्ली से कहा—"मुझ खाकसार को नसीर कहते हैं।"

शेखचिल्ली ने भी अदब से झुककर मुस्कुराते हुए कहा—"मुझ हिल्ली-सिल्ली को शेखचिल्ली कहते हैं जनाब नसीर साहब!"

शेखचिल्ली का जवाब सुनकर उसके ससुरालवाले खुश हुए और उनमें चर्चा भी शुरू हो गई—'वाकई महमूद भाई का दामाद बड़े सलीकेवाला और विनम्र है। घमंड नाम की कोई चीज उसमें नहीं है...किस्मत से ही ऐसा दामाद किसी को मिलता है। देखो न, हर किसी के लिए उपहार लाया है। छोटा हो या बड़ा, नजदीक का हो या दूर का—सभी रिश्तेदार उसकी जेहन में थे, यह बड़ी बात है...देखना, यह लड़का बहुत तरक्की करेगा और दोनों खानदान का नाम रौशन करेगा।'

उस दिन शेखचिल्ली से भेंट करने उसके ससुराली रिश्तेदार लगातार आते रहे। रजिया बेगम उनसे शेखचिल्ली का परिचय कराती और वह उन्हें उपहार थमाता हुआ कहता—"यह मैं आपके लिए लाया हूँ—कबूल फरमाएँ।"

उपहार और शेखचिल्ली की विनम्रतापूर्वक कही गई बातें उस रिश्तेदार को प्रभावित करने के लिए काफी होतीं। इस तरह पूरे ससुराल में शेखचिल्ली को विनम्र और व्यवहार-कुशल दामाद का सम्बोधन प्राप्त हो गया।

दोपहर के भोजन के बाद शेखचिल्ली के साले सलीम ने उसे चाँदी का वरक चढ़ाई हुई पान की गिलौरी खाने के लिए दी। इससे पहले उसने कभी पान नहीं खाया था। उसने मुँह में पान की गिलौरी रखी। मीठी गिलौरी थी। उसने समझा कि खाने के लिए उसके साले ने कोई मीठा पकवान दिया है। ऐसा सोचकर उसने गिलौरी चबाकर खा ली। अच्छा लगा...एक नए किस्म का स्वाद! गिलौरी खाते हुए वह ससुराल में अपने लिए दिये हुए कमरे में चला गया।

रजिया बेगम को उसकी खाला अपने साथ ले गई थी। शेखचिल्ली की तीमारदारी के लिए साला सलीम और साली शकीला तैनात थे। शेखचिल्ली अपने कमरे में गया ही था कि उसकी नजर आदमकद आईने में उभरे अपने अक्स पर गई। उसने अपने होंठों का बदला हुआ रंग देखा और होंठों के कोने से लाल रंग का खून जैसा द्रव रिसते हुए देखा तो चौंक गया—'अरे!

यह क्या? मेरे होंठों के किनारे से खून बह रहा है।' उसने मुँह खोलकर मुँह के अन्दर दृष्टि डाली तो पाया कि पूरा मुँह लाल हो रहा है। वह तुरन्त कमरे से बाहर आया और नाली पर जाकर थूक फेंका तो वह भी लाल! उसकी सिट्टी-पिट्टी गुम हो गई और वह हताश-सा अपने कमरे में आकर रोने लगा।

उसी समय उसकी साली शकीला उसके कमरे में आई। शेखचिल्ली को रोता हुआ देखकर शकीला ने उससे बड़े प्यार से पूछा—"क्या हुआ जीजा? आप रो क्यों रहे हैं?"

"मैं रो इसलिए रहा हूँ कि अभी-अभी मेरी शादी हुई है। अपनी बेगम रजिया से अभी मैं ठीक तरह से मिल भी नहीं पाया हूँ...और मुझे कोई भयंकर रोग हो गया है। मैं खून की कुल्लियाँ कर रहा हूँ। उफ्! अब मैं बचनेवाला नहीं! मेरे बाद मेरी रजिया का क्या होगा! यही सोचकर मुझे रोना आ रहा है!"

शेखचिल्ली की बातें सुनकर शकीला घबरा-सी गई और उसने जाकर अपने अब्बू-अम्मी से सारी बातें कह सुनाईं। शेखचिल्ली की बीमारी की खबर ने उसके ससुराल में सनसनी फैला दी। देखते-ही-देखते उसके सारे रिश्तेदार उसके कमरे में पहुँच गए। शेखचिल्ली अपने कमरे में फर्श के बीचोबीच चित पड़ा हुआ था। रह-रहकर उसके मुँह से कराहती हुई आवाज निकल रही थी—"या खुदा! या परवरदिगार! या मेरे मौला...मेरे आका... रहम करना...मेरी रजिया पर रहम करना!"

महमूद मियाँ और सलीम भी भागे-भागे शेखचिल्ली के कमरे में पहुँचे और पूछने लगे—"क्या हुआ दामाद जी? इस तरह फर्श पर क्यों पड़े हैं? कोई तकलीफ है तो बताइए...क्या हकीम साहब को बुलवाऊँ?"

"नहीं-नहीं, अब तो बहुत देर हो चली। मेरा पूरा मुँह रह-रहकर खून से भर जाता है...अब भला हकीम क्या करेगा? अच्छा यही है कि मैं शान्ति से अपने रब को याद करते हुए अपने प्राण त्याग दूँ! बस अफसोस इस बात का है कि मैं रजिया की कोई ख्वाहिश पूरी नहीं कर पाया। यह देखिए, मुँह के बाहर भी छलककर खून आ रहा है।"

शेखचिल्ली की बातें सुनकर महमूद साहब तो सकते में आ गए मगर शेखचिल्ली के साले सलीम को याद आ गया कि अभी घंटा-भर पहले

उसने जीजा को मीठे पान की गिलौरी खाने को दी थी। वह तुरन्त शेखचिल्ली का मुँह झुककर देखने लगा और बोल पड़ा—"उठिए जीजा! आपको कोई रोग नहीं हुआ है और न आपके मुँह से खून निकल रहा है। आप भले-चंगे हैं और आपके मुँह से खून नहीं, पान की पीक निकल रही है। मैंने ही तो आपके लिए पान की गिलौरी मँगाई थी...और आपको खाने के लिए दिया था। यह उसी गिलौरी से बनी हुई पीक है, आप बेवजह दुखी हो रहे हैं।"

शेखचिल्ली को उसने अपना मुँह खोलकर दिखाते हुए कहा—"यह देखिए, मैंने गिलौरी खाई है। मेरे मुँह में झाँकिए, वहाँ भी आपको वैसी ही लाल चीज बहती हुई दिखेगी जैसा कि आपके मुँह में है।"

सलीम के मुँह में झाँकने के बाद शेखचिल्ली को भरोसा हो गया कि उसके मुँह से खून नहीं बह रहा है।

इस घटना को लेकर भी शेखचिल्ली की चर्चा उसके ससुराल में होने लगी। कम उम्रवाले रिश्तेदारों ने उसे अहमक बेवकूफ कहा जो पान खाने का भी तरीका नहीं जानता और पीक को खून समझता है। वहीं उसके ससुराल के बड़े-बुजुर्गों ने शेखचिल्ली को बेहद शरीफ नौजवान कहा जो पान भी नहीं खाता।

शेखचिल्ली के पान खाने से जो खलबली मची थी वह धीरे-धीरे शान्त हो गई लेकिन उसके कारण जो आपाधापी मची थी, उससे किसी को भी यह समझ में नहीं आया कि कब शाम ढल गई और रात हो गई। जनानखाने में खाना बनाने की जल्दबाजी में पड़ी औरतें शेखचिल्ली की मासूमियत की चर्चा करते हुए अपना काम निपटा रही थीं। खाना बनकर तैयार हुआ। दस्तरखान बिछा और सलीम ने जाकर शेखचिल्ली को भोजन कर लेने को कहा।

भोजन के दौरान शेखचिल्ली की सास ने फिरनी की कटोरी शेखचिल्ली के आगे सरकाते हुए कहा—"बेटा, मेरी बहन ने तुम्हारे लिए खासतौर से यह फिरनी तैयार की है। तुम्हारी रजिया ने उसे बताया है कि फिरनी तुम्हें बहुत पसन्द है।"

शेखचिल्ली ने फिरनी की वह कटोरी उठाई और अपने सिर पर रख ली। उसकी यह अटपटी-सी हरकत देखकर दस्तरखान पर साथ बैठे साले सलीम

ने पूछा–"क्या हुआ जीजा? आपने यह कटोरी सिर पर क्यों रख ली?"

सास ने भी चौंककर पूछा–"अरे! यह क्या दामाद जी? फिरनी की कटोरी आपने सिर पर क्यों रख ली? यह तो आपको खाने के लिए दी गई है।"

शेखचिल्ली ने बहुत अदब से पेश आते हुए अपनी सास से कहा–"यह फिरनी मेरे लिए खाला जी ने भेजी है। मेरी अम्मी ने मुझे यहाँ आते समय नसीहत दी थी कि 'बेटा! ससुराल में बड़े-बुजुर्ग कुछ भी दें तो सिर-माथे लेना।' उनकी नसीहत याद आने से मैंने फिरनी की कटोरी अपने सिर पर रख ली है।"

शेखचिल्ली की बात सुनकर उसकी सास सहित सभी साले-सालियाँ हँसने लगे और हँसी रुकने पर उसकी सास ने कहा–"ठीक है बेटे! तुमने फिरनी को इज्जत बख्शी है–मैं यह बात अपनी बहन को बता दूँगी मगर अब तुम फिरनी खा लो।"

शेखचिल्ली ने फिरनी खा ली।

खाना खत्म होने पर सभी ने हाथ-मुँह धोया और सोने की तैयारी शुरू हो गई। शेखचिल्ली के कमरे में जहाँ उसका पलंग लगा था, ठीक उसके ऊपर छत से लटकाकर एक मर्तबान रखा गया था। शेखचिल्ली जब पलंग पर लेटा तब उसकी नजर छत से लटकते मर्तबान पर पड़ी। वह यह जानने के लिए उत्सुक हो गया कि मर्तबान में क्या है। मर्तबान ऊँचाई पर था और पलंग पर खड़ा होने के बाद भी हाथ की पहुँच से दूर था। शेखचिल्ली को पलंग के पास एक डंडा पड़ा दिख गया। वह उस डंडे को लेकर उस मर्तबान को ठकठकाकर उसकी आवाज से यह जानने का प्रयास करने लगा कि मर्तबान में क्या है? इसी प्रयास में एक बार डंडे की चोट मर्तबान पर कुछ जोर से पड़ गई और मर्तबान टूट गया और उसमें रखा गया बेल का मुरब्बा शेखचिल्ली के शरीर पर गिर गया। शेखचिल्ली मुरब्बे की चाशनी से नहा-सा गया। शेखचिल्ली के कमरे से सटा एक और कमरा था जिसमें घर के फालतू सामान रखे गए थे। जाड़े की तैयारियाँ चल रही थीं और रजाई बनवाने के लिए उसके ससुर ने रुई धुनवाकर उस कमरे में रखवा दी थी जो इसी तरह फर्श पर खुली पड़ी थी। शेखचिल्ली ने यह सोचकर कि उस कमरे में देह-पोंछने के लिए कोई कपड़ा मिल जाएगा, अपने मुँह में बेल के मुरब्बे की

एक बड़ी डली डालते हुए उस कमरे का दरवाजा खोल लिया। कमरे में अँधेरा था इसलिए शेखचिल्ली को कुछ दिखाई नहीं दिया और किसी चीज से टकराकर वह औंधे मुँह फर्श पर गिर पड़ा।

ठीक उसी समय उसकी साली शकीला उसे तलाशते हुए उसके कमरे में आई। बिस्तर पर उसे न देखकर शकीला ने कमरे में इधर-उधर देखा। कमरे से लगे हुए कमरे का दरवाजा खुला देखकर वह उसके दरवाजे पर पहुँचकर आवाज लगाई—"जीजा!"

शकीला की आवाज सुनकर शेखचिल्ली ने उसे कुछ कहा—मुँह में बेल का मुरब्बा ठूँसा हुआ होने के कारण उसके मुँह से अजीब-सी आवाज निकली। तभी उसकी साली हाथ में लालटेन लेकर उस कमरे की ओर बढ़ी। शेखचिल्ली के पूरे शरीर पर रुई चिपक गई थी जिसके कारण वह इनसान नहीं लग रहा था। उसे देखकर शकीला भूत-भूत कहकर भागी।

शेखचिल्ली ने देखा कि शकीला के हल्ला करने से घर के सारे लोग जग जाएँगे और उसकी यह हालत देखकर उसका मजाक उड़ाएँगे। लालटेन की रोशनी में उसने उस कमरे में एक और दरवाजा देखा तो उसने अनुमान लगाया कि यह दरवाजा बाहर की तरफ खुलता है। उसने दरवाजा खोला और रुई से लिपटी अवस्था में ही वह दरवाजे से बाहर निकलकर खुद को घर के पिछले हिस्से में पाया।

ससुरालवाले घर में लोग जग गए थे और हर कमरे में चिराग रौशन होने लगा था। ससुरालवालों की नजर में न आने की गरज से उसने पड़ोसी की चारदीवारी लाँघ ली और वह पड़ोसी के बथान में पहुँच गया। बथान में एक तरफ दो गायें और चार भैंसें बँधी थीं तथा शेष भाग में भेड़ें और बकरियाँ। तभी शेखचिल्ली ने अपनी ससुराल के पीछेवाले कमरे में रोशनी देखी और उसे शकीला की आवाज सुनाई पड़ी—"अब्बू! मैंने यहीं पर सफेद भूत देखा था। वह बहुत भयानक चेहरे और वैसे ही भयानक शरीरवाला था। उसके चेहरे और शरीर पर सफेद-सफेद से अजीब उभार थे...उसकी आवाज अजीब किस्म की गड़गड़ाहट पैदा करती थी।"

शकीला की आवाज सुनकर शेखचिल्ली भेड़ों के बीच चुपचाप बैठ गया। थोड़ी ही देर में ससुराल में शान्ति छा गई। सफेद भूत के चक्कर में किसी को भी उसका खयाल नहीं आया।

अभी निश्चिन्त होकर शेखचिल्ली ससुराल में वापसी की तैयारियाँ करता, उसके पहले ही चार चोर बारी-बारी से चारदीवारी लाँघकर बथान में कूदे–धपाक! धपाक! धपाक! धपाक! चार आवाजें हुईं कूदने की। शेखचिल्ली ने अपना शरीर समेट लिया और भेड़ों के बीच खुद को छुपा लिया। चारों चोर कम्बल में लिपटे थे। तीन चोरों ने एक-एक भेड़ अपनी गोद में उठाई और चौथे चोर से फुसफुसाकर कहा–"एक भेड़ तुम भी उठा लो और जल्दी निकल चलो। थोड़ी देर में सबेरा हो जाएगा। फिर निकल पाना मुश्किल हो जाएगा।"

चौथे चोर ने कहा–"अरे यार! मेरे पास उस राहगीर से लूटी गई सिक्कों भरी थैली है।...अच्छा, इस थैली को कम्बल के खूँट में बाँध लेता हूँ फिर एक भेड़ मैं भी लेता चलूँगा।...आज ठीक समय है। एक शिकार वहाँ मिला और अब एक भेड़ भी...।"

कम्बल को कन्धे पर सहेजकर उसने शेखचिल्ली को भेड़ समझकर उठाया और उसे अपने कन्धे पर लादते हुए कहा–"बहुत तैयार भेड़ हाथ लगी है! इसका गोश्त तो बहुत चर्बीदार होगा! अच्छे दाम मिल जाएँगे इसके!"

चारों चोर बथान से निकलकर सड़क पर आ गए और नदी की तरफ जानेवाले रास्ते पर मुड़ गए। शेखचिल्ली बिना कुछ बोले उस चोर के कन्धे पर लदा रहा। नदी का किनारा आ जाने पर सभी चोरों ने अपने-अपने कन्धों से भेड़ उतारी। शेखचिल्ली का वजन कुछ अधिक था इसलिए जब चोर उसे उतारने लगा तब वह उसके हाथ से गिर पड़ा और उसके मुँह से आवाज निकली–"कितनी जोर से पटका रे!"

चारों चोरों ने भेड़ के मुँह से आदमी की तरह आवाज निकलते सुनी तो उन्हें दहशत ने दबोच लिया। दरअसल एक राहगीर को लूटने के बाद वे चारों शेखचिल्ली की ससुराल में चोरी करने पहुँचे थे और उनके घर में घुसते ही एक लड़की 'भूत-भूत' कहते हुए पूरे घर के लोगों को जगाने लगी थी जिसके कारण वे लोग दीवार फाँदकर बथान में चले आए थे और वहाँ से चार भेड़ें उठाकर ले आए थे।

भेड़ के मुँह से आदमी की आवाज निकलते देख चोरों ने सोचा–जिसे वे भेड़ समझ रहे हैं, वह भेड़ नहीं, भूत है। उनकी घिग्घी बँध गई।

एक चोर ने कहा–"लगता है, हम भेड़ की जगह भूत को उठाकर ले आए हैं।"

उस चोर की बात सुनकर शेखचिल्ली ने समझ लिया कि चोर उसे भूत समझ रहे हैं और उससे डर रहे हैं। फिर क्या था–शेखचिल्ली उठकर बैठा और जोरदार ढंग से अँगड़ाई लेते हुए बोला–"तो तुम लोग चोरी भी करते हो और राहगीरों को लूटते भी हो...!" अँगड़ाई लेते समय बोलने के कारण उसकी आवाज अजीब ढंग से खुरदरी होकर निकल रही थी। उसने अँगड़ाई लेने के बाद उठते हुए कहा–"तुम लोगों को तुम्हारे किए की सजा तो मिलनी ही चाहिए!"

एक भेड़ को आदमी की आवाज में बोलते और अब आदमी की तरह खड़ा होते देख चारों चोरों ने अपने कम्बल फेंके और पूरी ताकत से वहाँ से भागने लगे। शेखचिल्ली भी दौड़ा थोड़ी दूर तक और उन चोरों को आँख से ओझल होने तक देखता रहा फिर लौटा और चारों चोरों के कम्बल उठाकर लेता आया।

वह सबेरा होने से पहले साफ-सुथरा होना चाहता था ताकि अपनी ससुराल लौट सके। वह तीनों भेड़ों को नदी के किनारे बाँधकर उनके पास ही चारों कम्बल तह लगाकर रखने लगा। एक कम्बल के एक कोने में कुछ बँधा हुआ देखकर उसे याद आया कि चोरों ने एक राहगीर से एक थैली भी लूट ली थी। इस कम्बल में वही थैली होगी। ऐसा सोचकर वह उस कम्बल को वैसे ही, वहीं छोड़ दिया और खुद कपड़ा पहने ही नदी में उतरकर अपने कपड़ों को रगड़-रगड़कर साफ किया और नदी से बाहर आने पर उसने थैलीवाले कम्बल को अपने शरीर पर लपेट लिया तथा अपने कपड़े उतारकर सूखने के लिए फैलाकर रख दिया। अब उसे सुबह होने की प्रतीक्षा थी।

भेड़ों की बगल में उसने एक कम्बल बिछा लिया और दो कम्बलों को तकिए के स्थान पर रखकर लेट गया। अपने शरीर पर लिपटे कम्बल की खूँट से बँधी थैली को टटोलकर वह सोचने लगा–'यह खुदा की मेहरबानी है। खुदा ने ही एक थैली सिक्के मेरे पास भिजवाए हैं ताकि मैं इनका उपयोग अपनी ससुराल में कर सकूँ। वाह! मेरे मौला...सचमुच तू जिसे चाहे उसे मालामाल कर देता है! मैं तुम्हारा शुक्रगुजार हूँ। मुझे सचमुच धन की

आवश्यकता थी। ससुराल में आया हूँ तो कुछ अपनी जेब से भी खर्च करूँगा ही। अब्बा ने चलते समय मात्र दस रुपए दिये थे पर दस रुपयों से क्या होता?'...थोड़ी देर तक पैसों के बारे में सोचते रहने के बाद अचानक शेखचिल्ली के दिमाग ने झटका खाया कि अगर ससुरालवाले उससे रात-भर गायब रहने का सबब पूछेंगे तब वह क्या बताएगा? थोड़ी देर तक उसका दिमाग किस्सा गढ़ने में लगा रहा फिर वह सुकून से नींद के सागर में गोते लगाने लगा। उसे नदी के किनारे शीतल मन्द समीर में जल्दी ही गहरी नींद आ गई। सुबह चेहरे पर सूरज की तेज धूप की गरमाहट के कारण जब उसकी नींद खुली तो खुद को नदी किनारे पाकर वह झटके से उठा। रात की सारी घटनाएँ उसे याद आ गईं। उसने देखा, उसके कपड़े सूख गए हैं। उसने अपने कपड़े पहने। कम्बल की खूँट से थैली खोलकर अपनी जेब के हवाले किया और चारों कम्बल को कन्धे पर लटकाकर उसने भेड़ों को खोला और तीनों भेड़ों को लेकर वह अपनी ससुराल की तरफ चल पड़ा।

सुबह उसे बिस्तर पर नहीं देख उसकी ससुराल में कोहराम-सा मच गया और उसके साले व ससुर उसे खोजने के लिए निकल पड़े। उन्हें दूर से ही शेखचिल्ली भेड़ों के साथ आता दिख गया तो वे दोनों उसकी तरफ दौड़ पड़े।

शेखचिल्ली के निकट पहुँचकर उसके ससुर महमूद मियाँ ने पूछा–"अरे बेटा, शेखचिल्ली! तुम कहाँ चले गए थे बिना बताए? घर में सभी हलकान हो रहे हैं कि जमाई राजा कहाँ चले गए!"

"अरे, अब्बा हुजूर! मुझे मौका ही नहीं मिला कि लोगों को जगाऊँ या बताऊँ। असल में रात को मेरी नींद खुली। मुझे पेशाब करने जाना था इसलिए मैंने अपने कमरे के पास वाला कमरा खोला और उसका दरवाजा खोलकर अपने घर के पीछेवाले बाग में चला गया क्योंकि उस समय गुस्ल के लिए घर के लोगों को जगाना मैंने ठीक नहीं समझा। बाग में आते ही मैंने चार बार किसी के दीवार फाँदने की आवाज सुनी। मैंने देखा, कम्बल से लिपटे चार चोर पड़ोसी की दीवार फाँदकर पीछे के रास्ते से नदी की तरफ जा रहे हैं। इनमें से तीन चोरों के कन्धों पर एक-एक भेड़ लदी थी जिसे देखकर मैं समझ गया कि पड़ोसी की भेड़ें चुराकर ये लोग भाग रहे हैं। बस, मैंने आव देखा न ताव और दीवार फाँदकर उनके पीछे चल दिया। मेरी

अम्मी कहा करती हैं कि 'बेटा! पड़ोसी की जानमाल की हिफाजत करना हमारा फर्ज है...ऐसा मौका आए तो कभी पीछे नहीं हटना।' बस, अपनी अम्मी की बातें याद कर मैं चोरों का पीछा करते हुए नदी किनारे पहुँच गया और उनसे भेड़ें छीनने के लिए उनसे लड़ने लगा। इस लड़ाई में एक चोर ने मुझे उठाकर जोरों से पटक दिया जिससे मेरे कन्धे छिल गए हैं और पीठ में भी चोटें आई हैं। मगर खुदा का शुक्र है कि मैंने उन चारों को पीट-पीटकर भगा दिया। उनके कम्बल भी छीन लिये और वे तीनों भेड़ें भी छीन लाया...यह देखिए, यही हैं वे तीन भेड़ें।"

शेखचिल्ली के ससुर और साले ने शेखचिल्ली की वीरता की दास्तान जब उसके मुँह से सुनी तो उनका सीना फूल गया। महमूद मियाँ तो इतने खुश हुए कि बढ़कर अपने दामाद को गले लगा लिया।

शेखचिल्ली ने अपने कन्धे से चारों कम्बल उतारकर अपने साले को थमाते हुए कहा—"जाओ, ये चारों कम्बल किसी जरूरतमन्द परिवार को दे आओ! उनके काम आ जाएगा।" फिर उसने महमूद मियाँ से कहा—''अब्बा हुजूर! अपने घर से सटे, पिछले हिस्से में जो खटाल है—ये भेड़ें वहीं से रात को चुराई गई हैं। आप इन भेड़ों को वहाँ पहुँचवा दें।''

अभी वे ये बातें कर ही रहे थे कि महमूद साहब के पड़ोसी साजिद भेड़ों को तलाशते हुए उधर ही आते दिखे। महमूद साहब ने आवाज लगाई—''साजिद भाई! जरा इधर तो आना।''

साजिद की नजर उन पर पड़ी। वहीं उसे अपनी तीनों भेड़ें भी दिख गईं। वह लम्बे डग भरता हुआ उनके पास आ गया और बोला—''अरे! महमूद भाई! सुबह बथान की सफाई के दौरान हमें पता चला कि तीन भेड़ें गायब हैं। मैं इन भेड़ों की तलाश में ही निकला था मगर मेरी समझ में नहीं आ रहा कि इतने सबेरे आप लोग यहाँ क्या कर रहे हैं और ये भेड़ें आपके पास कैसे आ गईं?"

महमूद साहब ने वह सारी दास्तान, जो उन्हें शेखचिल्ली ने बताई थी, अपने पड़ोसी साजिद मियाँ को सुना दी।

''वल्लाह!" साजिद मियाँ ने सारी दास्तान सुनकर हैरत-भरे अन्दाज में कहा—''अरे बेटा! वे चार और तुम अकेले! फिर भी उन पर भारी पड़े। खुदा का शुक्र है...मगर बेटा, इस तरह जान जोखिम में मत डाला करो...ये चोर

बड़े जालिम होते हैं। हथियार लेकर चलते हैं। अगर तुम्हें कुछ हो जाता तो...?''

''कैसे कुछ हो जाता जनाब! मेरी अम्मी कहा करती हैं कि जो लोग किसी भी भले काम के लिए अपना कदम बढ़ाते हैं, उसका रखवाला खुद-ब-खुद खुदा हो जाता है और जिसका रखवाला खुदा हो, उसका कोई बाल भी बाँका नहीं कर सकता!'' शेखचिल्ली ने शालीनता से उत्तर दिया।

महमूद मियाँ ने साजिद भाई को वहीं उनकी तीनों भेड़ें थमा दीं और अपने बेटे व दामाद के साथ घर लौटने को उद्यत हुए किन्तु साजिद मियाँ ने शेखचिल्ली को टोक दिया–''जरा देखूँ बेटे, तुम्हारे कन्धे और पीठ की चोट।''

साजिद मियाँ की जवानी कुश्ती लड़ने और पहलवानी करने में बीती थी इसलिए वे शरीर पर लगनेवाली चोटों की पहचान भी रखते थे और उसका इलाज भी जानते थे।

साजिद मियाँ की पेशकश सुनकर महमूद मियाँ ने भी अपने दामाद से कहा–''हाँ बेटे, साजिद भाई को चोटों का अच्छा तजुर्बा है। इन्हें अपनी चोटें दिखा दो, क्या पता यही कोई नुस्खा सुझा दें!''

शेखचिल्ली ने अपने कुर्ते का बटन खोलकर कन्धे की चोट दिखाई। साजिद मियाँ ने चोट देखते हुए कहा–''अरे, लगता है कि उन लोगों ने तुम्हें अपने कन्धे पर उठाकर कहीं उछाल दिया है...।" फिर सोचते हुए कहा–"तब तो चोट पीठ और कूल्हे पर भी होनी चाहिए!'' साजिद मियाँ घूमकर शेखचिल्ली की पीठ की तरफ चले गए और कुर्ता उठाकर शेखचिल्ली से कहा–''बेटे, तुम्हारी पीठ पर खून जमने के नीले निशान पड़ गए हैं। मैं घर से काढ़ा बनवाकर भेज देता हूँ। जल्दी आराम आ जाएगा। लेकिन इस बात का खयाल रखना कि आज तुम पीठ के बल नहीं सोओ!"

इसके बाद शेखचिल्ली का सिर सहलाकर साजिद मियाँ ने उसका माथा चूमा और फिर अपने घर की राह ली।

महमूद मियाँ भी बेटे सलीम और दामाद शेखचिल्ली के साथ अपने घर चले आए।

शेखचिल्ली ने जैसे ही अपनी ससुराल में कदम रखा, वैसे ही शकीला दौड़ी हुई आई और बोली–''जीजा, आप अपने कमरे में मत जाना क्योंकि

उसके साथ वाले कमरे में मैंने सफेद भूत देखा है। अम्मी ने कहा है कि किसी पहुँचे हुए सयाने को बुलाकर उस भूत को डिब्बाबन्द कराएँगी तब ही उस कमरे में कोई जाएगा। जानते हैं जीजा, मैंने अपनी आँखों से सफेद भूत को देखा–बाप रे! उसकी आवाज बहुत डरावनी थी।" शकीला एक ही साँस में बिना रुके बोले जा रही थी।

शेखचिल्ली को तो भूत की असलियत का पता था ही, उसने कहा–"शकीला! अम्मी से जाकर कहो–किसी सयाने को बुलाने की जरूरत नहीं, बस! एक कटोरे में मुझे थोड़ा लोबान जलाकर दे जाओ और हाँ, मुझे एक मजबूत डंडे की जरूरत भी पड़ेगी। मैं देख लूँगा भूत को...तुम चिन्ता न करो। जाओ, जो चीजें मैंने माँगी हैं उसे जल्दी लेकर आओ।"

थोड़ी देर में ही शेखचिल्ली की सास अपने हाथ में डंडा और धूपदान में लोबान जलाकर लेती आईं और शेखचिल्ली से बोलीं–"बेटा! सोच लो, तब कदम बढ़ाओ। कुछ भूत तो बड़े सयानों के बस में भी नहीं आते... ।"

"आप चिन्ता न करें अम्मीजान, मैं महफूज रहूँगा और उस सफेद भूत को एक बोतल में बन्द कर उसे जमींदोज करने के बाद ही मैं अब कोई और काम करूँगा।" इतना कहकर शेखचिल्ली ने अपनी सास से एक खाली बोतल भी मँगवा देने के लिए कहा।

सास खुद जाकर बोतल ले आईं और शेखचिल्ली को थमा दी।

शेखचिल्ली अपने कमरे की तरफ जाते हुए बोला–"ध्यान रहे, जब तक मैं आवाज न दूँ, उस तरफ कोई नहीं आएगा।"

वह अपने कमरे में चला गया तथा भीतर से दरवाजा बन्द कर लिया। फिर लोगों ने उसके चीखने, चिल्ला-चिल्लाकर किसी को धमकियाँ देने, उठा-पटक और लाठी से किसी को पीटे जाने की आवाजें सुनीं। फिर सब कुछ शान्त हो गया। शेखचिल्ली ने यत्नपूर्वक बोतल में लोबान का धुआँ भरकर ढक्कन लगा दिया था। अपने कमरे में बेल के मुरब्बावाले मर्तबान को (जो कल रात उसकी लाठी से टूट गया था) भी उसने टुकड़े-टुकड़े कर डाला। मर्तबान का सारा मुरब्बा पलंग के पास फर्श पर छितरा गया। फिर उसने बगलवाले कमरे में रुई पर डंडे चलाए और चीख-चीखकर मंत्रोच्चार करने लगा। थोड़ी देर के बाद दरवाजा खोला और उसने आवाज लगाई–"जो भी आना चाहे, आ जाए। अब

कोई खतरा नहीं है। भूत मेरे कब्जे में है।''

शेखचिल्ली की सास और साली दौड़ती हुई आईं। उनके पीछे-पीछे साला भी आया।

शेखचिल्ली ने बोतलवाला हाथ उठाकर कहा, ''भूत अब बोतल में कैद है।'' फिर उसने साले से कहा–''चलो मेरे साथ किसी सुनसान जगह पर...हाँ, एक कुदाल ले लो साथ में। इस बोतल को मिट्टी में दफन कर देना है।''

साला कुदाल लेकर आ गया और शेखचिल्ली उसके साथ जाकर बोतल को जमीन में गाड़कर चला आया। अपनी सास को देखकर उसने कहा– ''मुझे अफसोस है कि छत से लटका हुआ एक मर्तबान भूत से लड़ने में चकनाचूर हो गया...पता नहीं उस मर्तबान में क्या कुछ भरा हुआ था। दरअसल हुआ यह कि जब मैं भूत को मंत्र से घेरने लगा तब वह लोबान के धुएँ से बचने के लिए उस मर्तबान में जा छिपा जिसके कारण मुझे मर्तबान पर भी चोट करनी पड़ी।''

''अरे कोई बात नहीं! उस मर्तबान में *बेल का मुरब्बा* रखा हुआ था...फिर बन जाएगा।'' शेखचिल्ली की सास ने कहा।

अभी घर में भूत पकड़े जाने का किस्सा सुनने-सुनाने का सिलसिला शुरू ही हुआ था कि साजिद मियाँ के घर से शेखचिल्ली के लिए काढ़ा आ गया। शेखचिल्ली ने काढ़ा पिया तब ससुराल में उसकी 'रात की वीरता' की कहानी सुनाई जाने लगी और देखते-ही-देखते शेखचिल्ली अपनी ससुराल में हरफनमौला नौजवान मान लिया गया।

गाँव में कोई भी बात आग की तरह फैलती है। शेखचिल्ली के कारनामे भी उसकी ससुराल के गाँव में मशहूर हो गए और आलम यह रहा कि जब तक शेखचिल्ली अपनी ससुराल में रहा तब तक उसकी खातिरदारी होती रही। ससुराल के गाँव में उसकी शोहरत बुलन्दियों को छू रही थी। प्रायः रोज ही किसी-न-किसी घर से उसके लिए दावत का बुलावा आ जाता और सास-ससुर के कहने पर शेखचिल्ली दावत खाने चला जाता और लौटते समय वह दावत पर बुलानेवाले घर के किसी बच्चे को चाँदी का एक सिक्का जरूर थमा आता। इस तरह शेखचिल्ली अपनी ससुराल के गाँव में साहसी, भरोसेमन्द और दानवीर के रूप में जल्दी ही ख्यात हो गया।

उसकी चर्चा सास की बहन के गाँव में भी पहुँची। उस समय रजिया बेगम दो-चार दिनों के लिए अपनी खाला के घर आई हुई थी। यह चर्चा उस तक भी पहुँची। उसने अपनी खाला से शेखचिल्ली के बारे में हो रही चर्चा का ब्यौरा दिया।

रजिया की खाला ने रजिया से कहा–"बेटी, मैंने भी तेरे शौहर की चर्चा कई लोगों के मुँह से सुनी है। सुना है कि शेखचिल्ली बेहद नेक-तबीयत और शाहखर्च इनसान है। बच्चों से उसे खास लगाव है। जहाँ भी जाता है, उस घर के बच्चों को कुछ जरूर देता है। खुदा उसे बरकत दे! मैं भी उसे बुलाना चाहती हूँ। ऐसे इनसान का कदम बहुत पाक होता है। मैं चाहती हूँ कि वह आए और मेरे यहाँ भी दो-चार दिन रहकर जाए। मेरा गाँव तो शहर के पास है–एक दिन तुम दोनों शहर भी चली जाना और सिनेमा देख आना। मैं आज ही तुम्हारे घर जाती हूँ और दामाद को यहाँ आने का बुलावा दे आती हूँ।"

रजिया को मानो मुँहमाँगी मुराद मिल गई। कुछ ऐसा ही सोचकर उसने अपनी खाला से शेखचिल्ली की चर्चा की थी। उसका भी मन शेखचिल्ली से मिलने के लिए बेचैन हो रहा था। खाला के सामने रजामन्दी से उसने सिर हिलाया और शरमाकर अपने कमरे में चली गई।

खाला हँसती हुई अपनी बहन के गाँव चल पड़ी–शेखचिल्ली को अपने घर बुलाने के लिए।

दो दिनों के बाद ही शेखचिल्ली अपने साले के साथ खाला के घर पहुँचा और जब उसका रजिया बेगम से सामना हुआ तब उसने उससे शिकायती लहजे में कहा–"इस तरह फुर्कत की सजा देनी थी तो मुझे लेके क्यों आई? बेहतर होता कि तुम अकेले आई होती।...तुम्हारे बिना मेरा मन वहाँ लग ही नहीं रहा है। यह तो खुदा ने मेहरबानी की है कि खाला को मुझे बुलाने के लिए भेज दिया।"

रजिया को प्रेम प्रकट करने का शेखचिल्ली का यह अन्दाज बहुत पसन्द आया। रात को उसने सोने से पहले शेखचिल्ली से कहा–"मुझे नेग में कई जगह से पैसे मिले हैं। तुम हाँ कर दो तो कल हम सिनेमा देखने चलें। टिकट के पैसे मैं दे दूँगी और आने-जाने में जो खर्च आएगा वह भी मैं ही दे दूँगी। इस गाँव से सटा हुआ ही शहर है जहाँ सिनेमा हॉल है। दोनों जने चलेंगे

और शहर के होटल में खाना भी खाएँगे। मैंने सुना है, होटल में तरह-तरह के लजीज खाने मिलते हैं...मैंने कभी होटल में नहीं खाया। अभी मेरे पास पैसे हैं, क्या पता कल खर्च ही हो जाएँ! पैसे के तो पंख होते हैं...पैसे आए नहीं कि फुर्र से उड़ गए। बस, तुम हाँ कह दो तो मैं अभी ही खाला से इजाजत ले लूँगी कि कल हम दोनों शहर जाएँगे।''

शेखचिल्ली ने मुग्ध होकर रजिया बेगम की बातें सुनीं, फिर उसने कहा—''बेगम! अपने नेग के पैसे तुम अपने पास ही रहने दो। मेरे पास पर्याप्त पैसे हैं। खाला से तुम नहीं, मैं इजाजत माँगूँगा और शहर मैं और तुम ही नहीं हम सभी चलेंगे यानी सलीम और खालाजान भी। सिनेमा मैंने भी कभी नहीं देखा है और न होटल में खाना खाया है। हम सभी साथ-साथ शहर चलेंगे और साथ-साथ सिनेमा देखेंगे, साथ-साथ होटल में खाना खाएँगे और साथ-साथ वापस लौटेंगे। चलो, चलकर खाला को राजी कर लें।''

शेखचिल्ली रजिया को साथ लेकर खाला के पास पहुँचा। उस वक्त खाला चौके में थी खाना पकाने में मशगूल। शेखचिल्ली ने शहर चलने का प्रस्ताव रखा तो वे थोड़ा झेंप गईं मगर शेखचिल्ली की जिद के आगे उनकी एक न चली। शेखचिल्ली ने उनसे शहर चलने के लिए एक अच्छी बैलगाड़ी का इन्तजाम करने को कहा। खाला ने साथ चलने के लिए भी हामी भर दी और बैलगाड़ी के इन्तजाम के लिए भी।

दूसरे दिन बैलगाड़ी पर सवार होकर शेखचिल्ली, रजिया बेगम, सलीम और खालाजान शहर पहुँचे। सबसे पहले होटल में तबीयत के अनुसार सबने खाना खाया। मुगलई पराँठा और अफगानी सालन से पेट भरने के बाद खाने की तारीफ करते हुए वे लोग सिनेमा हॉल पहुँचे और टिकट कटाकर हॉल में घुसे। एक टॉर्च वाले आदमी ने हॉल में उनसे टिकट माँगा तो शेखचिल्ली ने उसके आगे चार टिकट बढ़ा दिए। उस आदमी ने टिकट अपने हाथ में लेकर उसका आधा भाग फाड़कर अपने पास रख लिया और आधा भाग उसे लौटा दिया। टिकट फटता देख शेखचिल्ली गुस्से में आ गया था, अब टिकट की अधकटी देखकर उसका गुस्सा और बढ़ गया। उसने उस आदमी की गर्दन पकड़ ली और गुस्से में बोला—''अबे! तूने मेरा टिकट क्यों फाड़ दिया? अभी तो मैंने सिनेमा भी नहीं देखा है। पैसे देकर हमने टिकट खरीदा है और तू मुफ्त में इसका आधा अपनी जेब में डाल रहा है?''

तुरन्त शेखचिल्ली के साले सलीम ने हस्तक्षेप किया और बताया–"जीजा, सिनेमा हॉल में ऐसा ही होता है। यह आदमी हमें अपनी सीटों पर बैठाएगा। और इस अधकटी से सिनेमा हॉल चलानेवाले को पता चलेगा कि किस-किस सीट पर आदमी बैठा हुआ है ताकि उस सीट के लिए किसी और को टिकट नहीं बेचा जाए...आप शान्त हो जाइए...इसमें गुस्सा करने की कोई बात नहीं है।"

"अच्छा...अच्छा, अब समझाना बन्द भी करो! मैं तो इससे मजाक कर रहा था...आखिर अपनी ससुराल आया हूँ...इतना मजाक भी न करूँ!" झेंप मिटाते हुए शेखचिल्ली ने कहा।

टॉर्चवाले आदमी ने उन लोगों को उनकी सीटों पर बिठा दिया और वहाँ से चला गया।

शेखचिल्ली की समझ में नहीं आ रहा था कि घुप्प अँधेरे हॉल में कोई सिनेमा कैसे देखेगा? मगर वह चुप ही रहा। 'देखें, आगे क्या होता है', के अन्दाज में वह हॉल की गतिविधियाँ देखने में मशगूल हो गया।

हॉल धीरे-धीरे भर गया फिर एक घंटी बजने की आवाज सुनाई पड़ी। और पर्दा हटने लगा...फिर सिनेमा शुरू हुआ। शेखचिल्ली का मुँह आश्चर्य से फैल गया। सिनेमा देखने में उसे मजा आने लगा। सिनेमा का एक दृश्य था जिसमें नायिका को खलनायक दबोच लेता है और उसके साथ जबर्दस्ती करने पर उतारू हो जाता है। नायिका अपने बचाव के लिए चीखती है... उसकी चीख सुनकर शेखचिल्ली बेचैन हो गया। अपना आपा खोकर सीट से खड़ा हो गया और ललकारने लगा–"अबे! ओ दुष्ट! छोड़ दे उसे वरना मैं तुम्हारा कचूमर निकाल दूँगा...शरम नहीं आती एक औरत पर अपनी ताकत आजमा रहा है...हिम्मत है तो मुझसे..."

तभी हॉल में बैठे लोग चीखने लगे–"अबे बैठ...यह कौन गँवार आ गया है हॉल में!"

सलीम ने शेखचिल्ली को पकड़कर सीट पर बैठा लिया और समझाया–"जीजा...यह सिनेमा है...सचमुच की घटना नहीं है...क्यों नाराज हो रहे हैं...?"

शेखचिल्ली फिर झेंप गया और हें...हें...हें करते हुए झेंपी हुई हँसी हँसता हुआ बोला–"मैं तो मजाक कर रहा था।"

सिनेमा देखकर लौटते समय भी शेखचिल्ली ने सबको होटल में ले जाकर खाना खिलाया और फिर बैलगाड़ी पर बैठकर सभी के साथ खाला के घर आ गया। खाला तो उस पर मुग्ध हो गई।

जब शेखचिल्ली सलीम के साथ अपनी ससुराल लौटा तब खाला ने उसे विदा करते समय कहा–"बेटा! मैंने तुम्हारी जितनी तारीफ सुनी थी उससे बढ़कर पाया। तुम वाकई एक नेकदिल इनसान हो...खुदा तुम्हें बरकत दे।"

कुछ दिनों के बाद रजिया बेगम भी खाला के घर से लौट आई।

जब शेखचिल्ली अपनी बेगम के साथ अपनी ससुराल से विदा हुआ तो उसके ससुर-सास, साला-साली सबकी आँखें नम हो गईं–रजिया बेगम के लिए नहीं...शेखचिल्ली के वियोग के कारण उनके आँसू छलछला आए थे।

काले धागे में जिन्दगी

ससुराल से शेखचिल्ली अपनी बेगम रजिया के साथ अपने घर लौट आया। कुछ दिन उसके अम्मी-अब्बू उसका रंग-ढंग देखते रहे। वह दिन-भर रजिया बेगम के साथ छतवाले कमरे में गुफ्तगू करता रहता। रजिया के बगैर एक पल भी रहना उसके लिए कठिन था।

शेख बदरुद्दीन अपने बेटे की इस जीवन-शैली से परेशान थे। उसकी अम्मी रसीदा बेगम भी मन-ही-मन शेखचिल्ली पर खफा थीं मगर संयोगवश कुछ कहती नहीं थीं। एक दिन उनसे रहा न गया और शेखचिल्ली से कहने लगीं–"बेटा! अब तू परिवारवाला बन चुका है। कुछ करने की सोच। कुछ ऐसा कर कि दो पैसे कमा सके...दो पैसे जोड़ सके। बैठे-बैठे तो जिन्दगी दुश्वार हो जाएगी और लोग तुम्हें काहिल समझने लगेंगे। कब तक जोरू का पल्लू थामे कमरे में कैद रहेगा? जरा बाहर निकल। घूम-फिर। लोगों से मिल-जुल। देख-सीख कि दुनिया में लोग कैसे-कैसे काम कर रहे हैं और कैसे पैसा कमा रहे हैं। अच्छी जिन्दगी जीने के लिए पैसे की भी जरूरत है। और पैसा कमाने के लिए देह चलाना भी जरूरी है। ऐसा कर, आज ही बाहर जा और कोई काम तलाश कर कुछ पैसे कमा कर आ।"

शेखचिल्ली के दिल में अम्मी की बात लग गई। वैसे भी वह अपनी अम्मी की कही हुई बात नहीं टालता था। वह तैयार हुआ और चुपचाप घर से बाहर निकल आया। घर से बाहर निकलकर वह सोचने लगा कि किधर जाए और क्या काम करे। कहाँ काम खोजे। अम्मी ने तो कह दिया–जा, कमा के आ...यहाँ मुझे पता ही नहीं है कि क्या करके कमाई की जा सकती है। अपने मन में इसी तरह की उधेड़बुन लिये शेखचिल्ली धीरे-धीरे चला जा रहा था कि रास्ते में उसे एक किसान मिल गया। उसने बेहिचक राह चलते उस किसान से कहा–"जनाब, मेरी अम्मी ने मुझे कमाकर लौटने को

कहा है। मैं किसी भी तरह का काम करने को तैयार हूँ यदि मुझे उसके बदले में वाजिब मजदूरी मिल जाए।"

उस किसान ने शेखचिल्ली को ऊपर से नीचे तक देखा और कहा—"बरखुरदार! मुझे भी एक आदमी चाहिए जो कुल्हाड़ी चलाना जानता हो। दरअसल मेरा एक बगीचा है जिसमें फलदार पेड़ लगे हुए हैं। इन पेड़ों की गैर-जरूरी डालियाँ काटनी हैं। मैं पूरे बगीचे के पेड़ों की उन डालियों पर निशान बनाकर छोड़ दूँगा जिन्हें काटकर पेड़ से अलग करना है। एक डाल काटने का एक रुपया दूँगा। तुम कुल्हाड़ी चला सकते हो तो चलो मेरे साथ। कम से कम छह महीने का काम है। कई बीघे में फैला है मेरा फलदार पेड़ों का बागान।"

"हाँ, मैं कुल्हाड़ी चला सकता हूँ। मगर मेरे पास कुल्हाड़ी नहीं है।" शेखचिल्ली ने किसान से कहा।

"मैं तुम्हें कुल्हाड़ी दे दूँगा। मेरे पास कुल्हाड़ी है। मुझे लगता है कि दिन भर में तुम दस डालियाँ काट लोगे...यानी कम से कम दस रुपए कमाकर अपने घर लौटोगे। और दस रुपए एक परिवार के लिए बहुत होते हैं, क्यों? मंजूर हो तो चलो मेरे साथ।"

शेखचिल्ली ने तुरन्त हामी भर दी और उस किसान के साथ चला गया।

किसान ने उसे कुल्हाड़ी दी और अपने बागान में ले गया। सचमुच वह बागान जंगल की तरह दूर तक फैला हुआ था। शेखचिल्ली ने देखा, बागान में आम, लीची, जामुन, फालसा, अमरूद, शरीफा, नीबू जैसे अनेक किस्म के फलों के पेड़ थे। बागान के किनारे-किनारे केले के पेड़ करीने से उगाए गए थे।

किसान ने उससे कहा—"चलो, अब तुम डाल काटने में लगो।" एक पेड़ की तिरछी और बेतरतीब डाल की ओर इशारा करते हुए किसान ने शेखचिल्ली से कहा—"बरखुरदार! अब तुम इस डाल को काट लो तब तक मैं सामनेवाले पेड़ों की उन डालियों पर निशान लगा देता हूँ जिन्हें काटना है।"

शेखचिल्ली उस तिरछी डाल पर चढ़ गया और उसे काटने लगा। किसान सामनेवाले पेड़ों के झुरमुट में गायब हो चुका था। खट्-खट्! खट्-खट्! शेखचिल्ली डाली पर पूरे जोश से कुल्हाड़ी चला रहा था।

थोड़ी देर के बाद एक आदमी उधर से गुजरा। उसने देखा कि शेखचिल्ली उसी डाल को काट रहा है जिस पर बैठा है। उसने तुरन्त उसे आवाज दी–"अरे लड़के! कुल्हाड़ी चलाना बन्द करो, नहीं तो डाल के साथ तुम भी गिरोगे और उतनी ऊँचाई से गिरने से तुम्हारी मौत भी हो सकती है।"

उस आदमी की बात सुनकर शेखचिल्ली तुरन्त पेड़ से उतरा और उससे पूछने लगा–"क्यों भाई, यह तुमने कैसे जाना कि मैं पेड़ से डाली के साथ गिर पड़ूँगा और मेरी मौत हो जाएगी?"

उस व्यक्ति ने सोचा कि कह दे–'अबे जिस डाल पर बैठा है...उसी को काटेगा तो तेरी मौत नहीं होगी तो और क्या होगा?' मगर वह चुप रहा, कुछ बोला नहीं। तब बेचैन होकर शेखचिल्ली ने पूछा–"क्या तुम भविष्यद्रष्टा हो?"

उस व्यक्ति ने सोचा कि मेरे सामने खड़ा यह नौजवान निरामूर्ख है। इसके पास सामान्य ज्ञान ही नहीं है। इसलिए इसके सामने भविष्यद्रष्टा बनने में कोई हर्ज नहीं। उसने हामी भर दी।

शेखचिल्ली तुरन्त उत्साह में आ गया और बोला–"भविष्यद्रष्टा हो तो कोई उपाय बताओ जिससे मैं डालियाँ काटूँ तो उसके साथ गिरकर मरूँ नहीं।"

"हाँ, मैं उपाय बता सकता हूँ मगर उसके लिए तुम्हें चार आने देने पड़ेंगे।"

शेखचिल्ली ने जेब से एक चवन्नी निकालकर उस आदमी को थमा दी और उस आदमी ने एक काला धागा उसके गले में बाँध दिया और कहा–"बेटे, जब तक यह काला धागा तुम्हारे गले में रहेगा, तुम महफूज रहोगे। हाँ, एक बात पर अमल करना कि जिस डाल को काटो उस पर खुद न खड़े रहना और न बैठना। हमेशा दूसरी डाल पर बैठकर उस डाल पर कुल्हाड़ी चलाना जिसे तुम काट रहे हो।" इतना कहकर वह आदमी चला गया।

शेखचिल्ली फिर उस डाल को काटने के लिए पेड़ पर चढ़ गया और उस आदमी की बात पर अमल करते हुए दूसरी डाल पर चढ़कर पहलेवाली डाल पर कुल्हाड़ी चलाने लगा। थोड़ी ही देर में वह डाल कटकर पेड़ से अलग हो गई और 'चर्रर' करती हुई पेड़ से नीचे गिर पड़ी।

डाल काटकर शेखचिल्ली पेड़ के नीचे आकर सुस्ताने लगा।

थोड़ी देर के बाद किसान उसके पास आ गया और शेखचिल्ली को एक ऐसे पेड़ के पास ले गया जिसमें दस-पन्द्रह डालियों पर काटे जाने के लिए निशान लगाए गए थे। किसान ने शेखचिल्ली को आम का वह सायादार वृक्ष दिखाते हुए कहा–"बेटे, यदि इस पेड़ की डालियों का सफाया तुमने आज ही कर दिया तो समझो कि आज तुम्हारी कमाई पन्द्रह रुपए की होगी। इस पेड़ पर चौदह डालियाँ काटनी हैं। कुछ पतली और कुछ मोटी डालियाँ मगर सभी डाली के एक-एक रुपए...और एक डाल तुम काटकर आए हो...शाम तक काम निपटाओ और पन्द्रह रुपए लेकर जाओ।"

शेखचिल्ली तुरन्त पेड़ पर चढ़ गया। शाम से पहले ही उसने पेड़ की चौदह डालियाँ काट डालीं। पेड़ से उतरकर सभी कटी हुई डालियों को एक जगह पर एकत्र करके वहीं बैठ गया और किसान के आने का इन्तजार करने लगा।

शाम होते ही किसान लौटा। उसने शेखचिल्ली का काम देखा और उसे पन्द्रह रुपए देकर कहा–"कल समय पर आ जाना। मैं तुम्हें यहीं मिलूँगा। मुझे तुम्हारा काम पसन्द आया है। लगता है कि तुम एक दिन में बीस रुपए तक कमा लोगे। मुझे बागान के पेड़ों की सफाई जल्द से जल्द करनी है। मगर मैं यह काम सिर्फ तुमसे कराऊँगा क्योंकि तुम मुझे ईमानदार लगते हो।"

और इस तरह अपनी जेब में पन्द्रह रुपए डालकर शेखचिल्ली मस्ती में अपने घर आया और घर पहुँचकर अम्मी के हाथ में पन्द्रह रुपए रखते हुए कहा–"ले अम्मी, यह आज की कमाई।"

रसीदा बेगम बेटे के इस अन्दाज पर बहुत खुश हुईं और कहा–"चल बेटे, हाथ-मुँह धोकर अपने कमरे में जाकर कपड़े बदल और रजिया को भेज दे। तेरे लिए उसी के हाथ से नाश्ता भेजती हूँ।"

शेखचिल्ली हाथ-मुँह धोकर अपने कमरे में पहुँच गया और कपड़े उतारकर पाजामा और गंजी पहनकर नाश्ते की प्रतीक्षा करने लगा। रजिया उसके लिए नाश्ता लेकर आ गई। वह नाश्ता करने लगा। तभी रजिया की नजर उसके गले से लटके काले धागे पर गई। रजिया ने पूछा–"अरे! तुम्हारे गले में यह कैसा धागा बँधा है?"

''यह धागा एक नजूमी ने दिया है। यह जब तक मेरे गले में रहेगा तब तक मैं महफूज रहूँगा...'' शेखचिल्ली ने रजिया बेगम को बताया।

''अरे, यह कैसा अन्धविश्वास! मतलब यह कि धागा नहीं रहने पर तुम महफूज नहीं रहोगे?'' रजिया बेगम ने पूछा।

''धागा टूटने पर मेरी मौत हो जाएगी।'' शेखचिल्ली ने कहा।

''मैं नहीं मानती।'' कहते हुए रजिया बेगम ने एक झटके में वह धागा तोड़ दिया।

धागा टूटते ही शेखचिल्ली ने खाना छोड़ दिया और उसी जगह पर मुर्दे की तरह चित पड़ गया और बोला—''मैं मर गया।''

रजिया बेगम ने उसे बहुत समझाया कि तुम मरे नहीं हो, जिन्दा हो मगर शेखचिल्ली पड़ा रहा, कुछ बोला भी नहीं।

हारकर रजिया बेगम गई और अपनी सास को सारी बातें बताकर उन्हें बुला लाई।

रसीदा बेगम ने कमरे में आते ही हाथ पकड़कर शेखचिल्ली को झटके से उठाकर बैठा दिया और डाँटते हुए बोलीं—''क्यों इस तरह का नाटक करते हो...बेचारी रजिया की हालत खराब है। यह भी कोई तरीका है मजाक करने का?''

''मैं मजाक नहीं कर रहा अम्मी! नजूमी ने कहा था कि जब तक वह धागा तुम्हारे गले में है, तुम महफूज रहोगे। अब रजिया ने वह धागा तोड़ डाला तो मैं महफूज नहीं रहा—मर गया!'' शेखचिल्ली ने कहा।

रसीदा बेगम ने उसके गाल पर प्यार से एक चपत जमाई और कहा—''बेटे, मरें तुम्हारे दुश्मन! तुम मरे नहीं हो, जिन्दा हो और मुझसे बातें कर रहे हो...कभी किसी मुर्दे को बातें करते देखा है तुमने?''

शेखचिल्ली को अपने जिन्दा होने का सबूत मिल गया। उसने हँसते हुए कहा—''हाँ, अम्मी! मैं तो जिन्दा हूँ। बस, मैं जरा रजिया से मजाक कर रहा था—हें..हें..हें!''

न रहेगा बाँस, न बजेगी बाँसुरी

शेखचिल्ली ने अपनी मेहनत से कुछ पैसे अर्जित किए और धीरे-धीरे इस लायक भी हो गया कि अपनी पसन्द की कोई चीज खरीद ले। बचपन से ही उसका दिल एक घोड़े के लिए मचलता था। प्रायः वह सोचता था कि यदि उसके पास पैसे होंगे तब वह भी अपने लिए घोड़ा खरीदेगा।

कुछ पैसे बचाने के बाद उसने रजिया बेगम से अपनी दिली तमन्ना बताई तो रजिया भी यह सुनकर खुशी से मचल उठी। उसने कहा—"हाँ! बेहतर है कि अपने दरवाजे पर भी एक घोड़ा हो। कभी-कभी मेरा मन भी अपनी अम्मी और अब्बू से मिलने के लिए मचलता है। यदि अपना घोड़ा होगा तो सुबह हम लोग चलेंगे और अम्मी-अब्बू से मिलकर शाम को लौट आएँगे।"

पत्नी से बढ़ावा मिलने पर शेखचिल्ली पैसे लेकर निकल गया घोड़ा खरीदने के लिए। मगर उसके पास जितने पैसे थे उतने में घोड़ा तो नहीं मिला मगर एक दुबली-पतली बीमार-सी घोड़ी मिल गई। उसने वही थोड़ी खरीदकर सन्तोष कर लिया। वह घोड़ी को लेकर पैदल ही घर आया। घर के पास पहुँचने पर उसे एक आदमी ने टोका—"शेखचिल्ली! तुम भी अजीब इनसान हो। घोड़ी तुम्हारे साथ है फिर भी पैदल चल रहे हो?"

शेखचिल्ली तुरन्त घोड़ी पर बैठ गया और अपने घर पहुँच गया। घोड़ी से उतरकर उसने अम्मी और रजिया को आवाज लगाई। जब दोनों बाहर आईं तब उसने कहा—"देखो, बचत का कमाल! अपनी बचत से मैंने यह घोड़ी खरीदी है।"

दुबली-पतली घोड़ी को देखकर उसकी अम्मी ने कहा—"ठीक है बेटा... मगर तुम्हारी घोड़ी बीमार-सी दिखती है। इसे रोज भरपूर खाना खिलाना होगा...कुछ दिन लगेंगे, घोड़ी ठीक दिखने लगेगी।"

घोड़ी लाए एक सप्ताह बीत चला था। रजिया बेगम एक दिन सुबह-सुबह शेखचिल्ली से मनुहार करने लगी–"आज मुझे अम्मी की बड़ी याद आ रही है। चलो न! अपनी घोड़ी से चलते हैं। शाम तक लौट आएँगे।"

शेखचिल्ली मान गया। उसने अपनी बेगम से कहा–"अपनी घोड़ी अभी कमजोर है। ऐसा करो, कुछ दूर तक तुम पैदल चलो फिर कुछ दूर मैं पैदल चलूँगा। इस तरह घोड़ी पर एक आदमी का बोझ ही रहेगा।"

इस तरह पहली बार अपनी घोड़ी के साथ शेखचिल्ली की ससुराल-यात्रा आरम्भ हुई। अभी वे लोग थोड़ी ही दूर गए थे। शेखचिल्ली घोड़ी पर सवार था। बेगम पैदल चल रही थी कि रास्ते में एक आदमी ने कहा–"अरे मियाँ! कैसे बेदीद इनसान हो तुम! बेचारी औरत पैदल चल रही है और तुम घोड़ी पर लदे हो। कुछ तो शर्म करो!"

उस आदमी की बात सुनकर शेखचिल्ली पानी-पानी हो गया और तुरन्त घोड़ी से उतर गया। उसने रजिया बेगम से कहा–"बेगम! तुम घोड़ी पर बैठो, मैं पैदल चलता हूँ।"

रजिया बेगम रास्ते में उस व्यक्ति द्वारा कही हुई बातें सुन चुकी थी इसलिए उसने इनकार नहीं किया और घोड़ी पर सवार हो गई। दोनों फिर आगे बढ़े। लगभग एक कोस चलने के बाद रास्ते में फिर एक आदमी अपने साथ चल रहे दूसरे आदमी को कोहनी मारते हुए बोला–"अबे देख! इस जोरू के गुलाम को! बीवी को घोड़ी पर बैठाए हुए खुद पैदल चल रहा है। ऐसे ही लोगों के कारण औरतें हमारे सिर पर सवार हो जाती हैं..."

कुछ देर सोचने के बाद शेखचिल्ली ने घोड़ी रोकी और खुद भी उस घोड़ी पर बैठ गया। घोड़ी अपनी मरियल चाल से बढ़ने लगी–'खट्-खट्, ट्प-ट्प, खट्-खट्, टप्-टप्!'

शेखचिल्ली की ससुराल जाने के लिए एक नदी के पुल से गुजरना पड़ता था। घोड़ी जब पुल से एक फर्लांग की दूरी पर पहुँची तब एक और आदमी ने शेखचिल्ली और उसकी बेगम को एक ही घोड़ी पर बैठे देख उन्हें धिक्कारा–"अरे! निर्दयी हो तुम लोग। इस बीमार घोड़ी पर दोनों चढ़े हो...!"

बेचारा शेखचिल्ली तुरन्त घोड़ी से उतर गया और अपनी बेगम से भी घोड़ी से उतर जाने को कहा। अब दोनों घोड़ी के साथ पैदल चलने लगे।

अभी वे थोड़ी ही दूर गए थे कि फिर एक आदमी ने कहा—"हद हो गई मूर्खता की! अरे भाई! जब तुम्हारे पास घोड़ी है तब पैदल क्यों चल रहे हो...घोड़ी पर सवार होकर क्यों नहीं जाते?"

शेखचिल्ली पर जैसे क्रोध का दौरा पड़ा, उसने तुरन्त घोड़ी को अपने कन्धे पर उठा लिया और उसे ले जाकर नदी में बहा दिया, फिर रजिया बेगम के साथ भुनभुनाता हुआ अपनी ससुराल की राह पर चलने लगा—'न रहेगा बाँस, न बजेगी बाँसुरी! नहीं चढ़ना है हमें घोड़ी पर!'

सिर मुड़ाते ओले पड़े

शेखचिल्ली अपनी अम्मी रसीदा बेगम की सीख पर अमल करते हुए खुद को एक जिम्मेदार गृहस्थ बनाने में लगा हुआ था। हर रोज शेखचिल्ली सुबह-सुबह घर से निकल जाता और शाम ढले वापस आता। इससे उसके जीवन में एक नियमितता आ गई थी। रोज उसे अपनी मेहनत के एवज में दस-पन्द्रह रुपए मिल जाते थे। वह रुपए सीधे अपनी अम्मी रसीदा बेगम की हथेली पर रख देता। उसके अब्बा शेख बदरुद्दीन ने भी उससे यह जानना नहीं चाहा कि वह कहाँ जाता है, क्या करता है और कितना कमाता है क्योंकि शेख बदरुद्दीन को भरोसा था कि उनका बेटा कुछ भी करेगा मगर वह गलत काम नहीं करेगा इसलिए वे उसके प्रति निश्चिन्त रहते। रसीदा बेगम से उन्हें शेखचिल्ली की गतिविधियों और कमाई दोनों के बारे में जानकारियाँ मिल ही जाती थीं।

इधर, शेखचिल्ली की पत्नी रजिया बेगम महसूस करने लगी थी कि शेखचिल्ली कुछ चिन्तित रहने लगा है इसलिए एक रात उसने शेखचिल्ली से पूछ ही लिया–"क्या बात है, इन दिनों तुम खोए-खोए से रहते हो! पहले की तरह न तो बातें करते हो और न हँसते-हँसाते हो...मुझसे नाराज हो क्या?"

"नहीं रजिया! तुमसे नाराज नहीं हूँ। नाराजगी की कोई बात भी नहीं है। दरअसल मुझे इस बात की चिन्ता है कि इन दिनों मैं जिस बागान में डाल काटने का काम कर रहा हूँ, वहाँ का काम दो-चार दिन में खत्म हो जाएगा। मेरी चिन्ता का कारण यही है। मैं समझ नहीं पा रहा हूँ कि इसके बाद क्या करूँगा।" शेखचिल्ली ने कहा।

अपने शौहर को तसल्ली देने के खयाल से रजिया बेगम ने कहा–"देखो दिलवर, मन को मायूस मत होने दो। जिन्दगी में जब इस तरह की परेशानी

आती है तो उसका मकसद कुछ सिखाना ही होता है। जिस दिन यह बात इनसान समझ लेता है उस दिन उसकी सारी परेशानियाँ खत्म हो जाती हैं। बागान का काम खत्म हो रहा है तो होने दो...यह बात सोचो कि बागान इस दुनिया का एक छोटा...बहुत छोटा...बहुत-बहुत-बहुत छोटा-सा हिस्सा है और काम करने के लिए पूरी दुनिया पड़ी है। तुम मेहनती हो, ईमानदार हो और नेकदिल इनसान हो...तुम्हें भला काम क्यों नहीं मिलेगा?...गाँव में मान लो कि काम कम है तो शहर जाओ। शहर की जिन्दगी की रफ्तार गाँव से तेज है। वहाँ रोज करने को सैकड़ों काम मिल सकते हैं...तुम अपने लायक काम चुन सकते हो।''

रजिया के समझाने से शेखचिल्ली को मानसिक ताकत मिली और उसे विश्वास हुआ कि जिन्दगी बस यहीं खत्म नहीं हो जाती। उसने मन-ही-मन फैसला किया कि बागान का काम खत्म होते ही वह शहर चला जाएगा और वहीं कोई काम करेगा।

समय की रफ्तार कभी थमती नहीं। आखिर वह दिन भी आ ही गया जब शेखचिल्ली ने बागान का काम पूरा कर दिया और अपना मेहनताना लेकर अपने घर वापस आ गया। रसीदा बेगम को अपनी कमाई की रकम सौंपकर शेखचिल्ली सीधे रजिया के पास पहुँचा और उससे कहा–''रजिया! कल मैं शहर जाऊँगा। यहाँ का काम खत्म हो चुका है। शहर में काम मिल गया तो वहाँ अपना ठिकाना बनाने की कोशिश करूँगा जहाँ दोनों रह सकें, नहीं तो अपना गाँव तो है ही।''

रजिया बेगम ने समझदार पत्नी होने का सबूत देते हुए शेखचिल्ली का मनोबल बढ़ाया। उसने उसे कई तरह से यह बात समझाई कि जिन्दगी में इस तरह के लमहात आते हैं और गुजर जाते हैं। आदमी यदि अपने मनसूबों के प्रति ईमानदार है तो जिन्दगी की ऐसी उलझनें उसे कामयाब होने से नहीं रोक पातीं और खुद-ब-खुद उसके लिए कामयाबी की राह बना देती हैं... दरअसल मुश्किलें यह बताने के लिए आती हैं कि तुम्हें कामयाब होना है तो और मशक्कत करो...और उत्साह से काम करो।

दूसरे दिन शेखचिल्ली रजिया से विदा लेकर शहर चला गया। जाते समय उसने अपनी अम्मी और अब्बू से बस इतना कहा कि मेरे लिए दुआ करना कि मैं कामयाब इनसान बनकर लौटूँ। वह चूँकि पहली बार शहर जा

रहा था इसलिए जाते समय उसकी अम्मी ने उसे पचास रुपए दिये और कहा–"बेटा, इसे अपने पास रख लो ताकि वक्त-जरूरत तुम्हारे काम आए।"

शेखचिल्ली पैदल चलता हुआ ही शहर पहुँचा। रजिया ने उसके झोले में मठरियाँ रख दी थीं। शहर पहुँचने पर उसने थकावट महसूस की। उसे भूख भी लगी थी और प्यास भी। उसके लिए अजनबी शहर में बैठकर सुस्ताने लायक जगह तलाशना आसान नहीं था। थके पाँव से वह धीरे-धीरे चलता हुआ शहर के मुख्य मार्ग से गुजर रहा था। शहर की रौनक उसके लिए बेमानी थी। उसे तो महज ऐसी जगह की तलाश थी जहाँ वह बैठ सके।

चलते-चलते वह एक अजीब-सी सीलन-भरी जगह पर पहुँच गया जहाँ लोग इधर-उधर बैठकर शराब पी रहे थे। एक अजीब-सी उबकाऊ गन्ध से सारा माहौल सिमटा था। शराब पीनेवालों की बतकही से वहाँ एक अजीब-सा शोर पैदा हो रहा था। शेखचिल्ली को यह दुर्गन्ध-भरा माहौल और चिल्ल-पों की आवाजें, पसन्द तो नहीं आईं मगर उसने देखा कि यहाँ दूर-दूर तक लोग सड़क के किनारे और शराब के ठेके के सामने वाले मैदान में बैठकर खा-पी रहे हैं। तब उसने भी मैदान की तरफ कदम बढ़ाए और एक जगह एकान्त पाकर वह बैठ गया।

वह जहाँ बैठा था उससे सौ कदम की दूरी पर एक प्याऊ भी था जहाँ जाकर लोग हाथ-मुँह धोते थे और पानी पीते थे। दूर से ही शेखचिल्ली ने अपनी जरूरत की सारी स्थितियों का जायजा लिया और झोले में हाथ डालकर चार-छः मठरियाँ निकाल लीं और उन्हें धीरे-धीरे खाने लगा। मठरियाँ खाकर उसने अपने को थोड़ा ठीक महसूस किया और प्याऊ पर जाकर पानी पी आया।

भोजन पेट में पहुँचने का तुरन्त असर हुआ और शेखचिल्ली अलसाकर मैदान में बैठ गया फिर उसने झोले को सिरहाना बनाया और जमीन पर लेट गया। सारा जिस्म थककर चूर था...वह वहीं निढाल पड़ा रहा और न जाने कब उसे नींद आ गई। शाम ढली। रात आई। शेखचिल्ली मैदान में पड़ा रहा।

रात जब गहराने लगी तब शराब के ठेके पर पुलिस का छापा पड़ा।

शराब बेचनेवाले और शराब पीनेवाले दोनों पर पुलिस की गाज गिरी। सिपाहियों ने मैदान में पड़े शेखचिल्ली को भी शराबी-कबाबी समझकर दो-चार हंटर जमाए और उसे अपनी गिरफ्त में ले लिया।

बेचारा शेखचिल्ली हंटर की चोट पड़ते ही बिलबिलाकर उठा और खुद को सिपाहियों से घिरा देखा तो उसकी घिग्घी बँध गई। सिपाहियों ने उससे उसका नाम-पता पूछा तो हकलाहट के कारण उसके मुँह से कोई बात साफ नहीं निकली।

एक सिपाही ने कहा–"ले चलो इसे भी। इतना पीए हुए है कि मुँह से आवाज भी नहीं निकल रही है।"

एक सिपाही ने उसकी बाँहें उमेठीं और दूसरे ने उसके हाथ में हथकड़ी डाल दी और शेखचिल्ली भी आम शराबियों के साथ हवालात के हवाले हो गया।

दूसरे दिन उसे जेल भेज दिया गया। उसने अधिकारियों को समझाने की बहुत कोशिश की कि वह शराब नहीं पीता है, शहर के बारे में भी कुछ नहीं जानता है, बस खुली जगह देखकर वह उस मैदान में अपनी थकान मिटाने के लिए लेट गया था और उसे नींद आ गई थी, मगर अधिकारियों ने उसकी एक न सुनी और कहा कि नशा टूटने पर सभी ऐसे ही कहते हैं।

इस तरह शेखचिल्ली शहर पहुँचने के साथ ही सीधे जेल की यात्रा पर भेज दिया गया। जेल पहुँचने पर शेखचिल्ली का मन परेशान हो उठा था तभी उसे रजिया बेगम की कही बात याद आई–'परेशानियों का मकसद हमेशा कुछ सिखाना होता है।' नसीहत याद आते ही शेखचिल्ली का मन शान्त हो गया और जेल में भी वह अपनी सामान्य दिनचर्या में लग गया।

जेल में उससे जो भी काम कराया जाता उसे वह मन लगाकर करता। जो भी खाना मिलता उसे रुचि से खाता और निश्चिन्त होकर सोता। उसके आचार-व्यवहार से जेल के अधिकारियों को उस पर भरोसा हो चला था कि वह एक नेक-दिल इनसान है और कोई गलत काम नहीं कर सकता। इस तरह जेल में हफ्ता-दस दिन निकल गए।

एक दिन उसे जेल में ईंट ढोने के काम पर लगा दिया गया। जेल की ऊँची चारदीवारी के शीर्ष पर लोहे की उल्टी कीलें लगाने का काम चल रहा

था ताकि कोई अपराधी उन्हें लाँघकर नहीं जा सके। शेखचिल्ली अपने काम में जुटा हुआ था कि उसकी नजर एक हट्टे-कट्टे मुच्छड़ इनसान पर पड़ी जो जेल की दीवार से सटाकर एक खूँटा ठोकने की कोशिश कर रहा था। शेखचिल्ली ने अपनी आदत के मुताबिक उससे पूछा–"यह तुम क्या कर रहे हो?"

उस आदमी ने घबराकर शेखचिल्ली की तरफ देखा और हड़बड़ाकर उसके पास आकर धीरे से बोला–"चुप रहो! मैं डाकू हूँ। आज रात मैं जेल से भागने की व्यवस्था में लगा हूँ। तुम चाहो तो मैं तुम्हें भी अपने साथ जेल से बाहर निकाल लूँगा। आज रात मेरे साथी आएँगे और मुझे रस्सी के सहारे जेल की दीवार फाँदने में मदद देंगे। तुम चाहो तो यह मदद तुम्हें भी मिल जाएगी।"

शेखचिल्ली को भला क्या एतराज हो सकता था! उसने हामी भर दी। डाकू ने उसे जबान बन्द रखने की नसीहत देते हुए कहा–"मैं जब जेल से भागने लगूँगा तब तुम्हारी बैरक के सामने तीन बार ताली बजाऊँगा। बिना समय गँवाए तुम उस जगह पर आ जाना जहाँ मैंने खूँटा गाड़ा है।"

इस तरह शेखचिल्ली का जेल से भागने का कार्यक्रम बन गया। उसे रात होने की प्रतीक्षा थी। मध्य रात्रि के बाद उसने तीन ताली की आवाज सुनी। उसने अपने कमरे का दरवाजा खोलना चाहा तो वह वाकई आसानी से खुल गया। शेखचिल्ली प्रसन्न होकर बिल्ली जैसी फुर्ती से कमरे से बाहर निकला और दबे कदमों से लम्बे डग भरता हुआ खूँटेवाले स्थान पर पहुँच गया। दरअसल डाकू ने भागने के स्थान की निशानदेही के लिए खूँटा गाड़ा था। खूँटेवाली जगह पर पहुँचकर शेखचिल्ली ने पाया कि डाकू वहाँ पहले से मौजूद है। शेखचिल्ली के पहुँच जाने के बाद डाकू ने जेल की दीवार को तीन बार हाथ से थपथपाया। दीवार के पृष्ठ भाग से उसी समय उसी तरह की थपथपाहट की आवाज आई। डाकू ने शेखचिल्ली से कहा–"घबराओ मत। मेरे साथी मुझे सहयोग देने के लिए दीवार के उस पार पहुँच चुके हैं।" फिर उसने एक बड़ी-सी रस्सी निकाली और उसका छल्ला बनाकर जेल की दीवार के पार उछाल दिया। दूसरी तरफ से वह रस्सी खींच ली गई। रस्सी का दूसरा सिरा डाकू ने शेखचिल्ली को थमा दिया और कहा–"ठीक से इस रस्सी को पकड़े रहो। छोड़ना मत। मैं रस्सी के सहारे दीवार के उस पार

पहुँच जाता हूँ, फिर तुम भी इसी तरह आ जाना।''

शेखचिल्ली ने बात मान ली और रस्सी को मजबूती से पकड़ लिया। अचानक शेखचिल्ली के दिमाग में यह बात कौंध गई कि डाकू उसे मूर्ख बना रहा है। खुद तो रस्सी के सहारे उस पार पहुँच जाएगा और वह इस पार फँसा रह जाएगा क्योंकि डाकू के लिए तो वह खुद रस्सी पकड़े हुए है। जब वह खुद रस्सी पर चढ़ना चाहेगा तब उसके लिए रस्सी पकड़नेवाला कोई नहीं रहेगा। इस तरह वह जेल अधिकारियों की नजर में भी आ सकता है और एक कुख्यात डकैत को भागने में मदद करने के कारण उसे डकैत का साथी मान लिया जा सकता है। यह विचार आते ही शेखचिल्ली ने खुद से पूछा—'हाय, यह मैं क्या कर रहा हूँ? अगर यह डाकू भाग निकला तब कल लोग मुझे इसका साथी मान लेंगे और मुझे डाकू शेखचिल्ली कहा जाएगा।...तौबा...तौबा! यह डकैत मुझे अँधेरे में रखकर जेल की दीवार फाँदकर फरार हो रहा है और मैं उसके लिए रस्सी थामे हूँ? नहीं, मैं इस दगाबाज, फरेबी इनसान को अभी सबक सिखाऊँगा।' ऐसा सोचकर शेखचिल्ली ने रस्सी छोड़ दी। डाकू जो रस्सी के शीर्ष पर पहुँचनेवाला था, अचानक ऊँचाई से जमीन पर गिर गया। धपाक् की आवाज से रात का सन्नाटा काँप गया। जेल का सुरक्षादस्ता सक्रिय हुआ और डाकू और शेखचिल्ली दोनों पकड़े गए। ऊँचाई से गिरने के कारण डाकू के एक पाँव की हड्डी टूट गई थी और वह दर्द से बिलबिला रहा था।

जेल अधिकारियों ने डाकू की मरहम-पट्टी कराकर उसके पाँव पर प्लास्टर चढ़वा दिया और उसे दुर्दान्त अपराधी मानकर 'सेल' में डाल दिया गया। फिर जेल अधिकारियों के सामने शेखचिल्ली की पेशी हुई। शेखचिल्ली ने सादगी से कहा—''जनाबेआला! मैं एक शादीशुदा शरीफ नौजवान हूँ। अम्मी की सलाह और बीबी की हौसला-अफजाई पर मैं जिस दिन गाँव से शहर आया उस दिन ही पुलिस ने मुझे शराबनोशी के इल्जाम में पकड़कर जेल भेज दिया, जबकि खुदा गवाह है कि मेरी जुबान पर कभी शराब का एक कतरा भी नहीं आया। मेरा कसूर बस इतना था कि मैं अनजाने ही थका-माँदा होने के कारण उस जगह पर जाकर सो गया था जहाँ पुलिस का छापा पड़ा था। खुली जगह देखकर मैं वहाँ गया था। मुझे पता ही नहीं था कि वहाँ शराब का ठेका चल रहा है।...यह तो हुई मेरे जेल आने की

बात! अब कल रात की दास्तान भी सुन लीजिए। कल रात मुझे हाजत मालूम पड़ी। मैं फारिग होने के खयाल से अपने बैरक के दरवाजे पर आया। दरवाजे पर दस्तक देने की कोशिश की तो पाया कि दरवाजा खुला हुआ है। मैं हाजत के लिए जेल की दीवार के पास गया तो देखा, एक आदमी रस्सी के सहारे दीवार पर चढ़ रहा है। मुझे लगा कि यह आदमी देश और समाज के लिए खतरनाक भी हो सकता है और मैंने रस्सी को जोरों का झटका देकर उस आदमी को गिरा दिया। आज मुझे मालूम हुआ कि वह व्यक्ति जो जेल से भागना चाह रहा था, एक डाकू है। सचमुच देश और समाज के लिए घातक इनसान! मुझे अपने किए का कोई अफसोस नहीं है बल्कि फख्र है कि मैंने कानून और समाज के लिए एक नेक काम किया है।"

जेल अधिकारियों ने शेखचिल्ली के बयान को कलमबन्द किया और उसे जेल से मुक्ति दिलाने की पैरवी के साथ उसका बयान दंडाधिकारी के पास भेज दिया।

दंडाधिकारी ने शेखचिल्ली की रिहाई का आदेश जारी कर दिया। जेल से बाहर जाते समय उसने जेल अधिकारियों का आभार जताया। जेल अधिकारियों ने उसकी पीठ थपथपाते हुए पूछा–"अब रिहाई के समय कैसा लग रहा है?"

शेखचिल्ली ने कहा–"कैसा लगेगा साहब? गाँव से कमाने आया था मगर यहाँ तो सिर मुड़ाते ही ओले पड़े।"

जज साहब की ससुराल में

शहर जाने के तुरन्त बाद शेखचिल्ली को जेल की हवा खानी पड़ी। यह तो खुदा का शुक्र है कि जेल में शेखचिल्ली ने अक्ल से काम लिया और रिहा होकर बाहर आ गया। जेल से छूटने के बाद शेखचिल्ली को शहर में रहने और खाने की चिन्ता सताने लगी। जेल में था तब यह चिन्ता न थी। शहर उसके लिए अजनबी था जहाँ वह गाँव से कमाने के लिए आया था। वह अब इस सवाल से परेशान था कि जाए तो किधर जाए! जिन्दगी जीने के लिए–सिर छुपाने के लिए जगह, करने को कोई काम, दोनों जरूरी हैं और इन दोनों की जरूरत का मारा था शेखचिल्ली!

जेब में अम्मी के दिये पचास रुपए सुरक्षित थे। टटोलकर देखा तो झोले में कुछ मठरियाँ बची थीं। उसने खुदा का शुक्रिया अदा किया कि जेल के अधिकारियों और सिपाहियों ने उसके असबाब पर हाथ नहीं डाला। वह एक मठरी निकालकर उसे खाते हुए शहर की एक सड़क पर चलने लगा।

उसे रजिया बेगम की कही बात याद आ रही थी कि परेशानी आती है तुम्हें कुछ सिखाने के लिए। चलते-चलते उसकी निगाह में एक मुसाफिरखाना आ गया। वह उस मुसाफिरखाने में चला गया और मुसाफिरखाने के चबूतरे पर बैठकर सोचने लगा–अब क्या करूँ? गाँव लौट नहीं सकता क्योंकि अम्मी ने कुछ कमाकर आने को कहा है। किसी के घर जा नहीं सकता क्योंकि शहर में मैं किसी को जानता नहीं। बैठे-बैठे इस मुसाफिरखाने में दिन गुजार नहीं सकता क्योंकि जेब में सिर्फ पचास रुपए हैं। वह भी रुपए ऐसे हैं जिसे देते समय अम्मी ने कहा था–'वक्त-जरूरत काम आएगा।' इसी उधेड़-बुन में वह चबूतरे पर निढाल भाव से पड़ा रहा।

कुछ समय बीता, तब उसने देखा कि उसी की उम्र के तीन युवक वहाँ आए और चबूतरे के एक कोने में बैठकर किसी जज साहब के काइँयापने

की बात करने लगे। थोड़ी देर तक उनकी बात होती रही और बातचीत के दौरान ही उन तीनों में से एक ने कहा–"अब बन्द भी करो उस कनकटवा की बात। वह इतना बड़ा और मगरूर तबीयत इनसान है कि हम उसका कुछ बिगाड़ नहीं सकते। बदला लेने की बात तो दूर, उसका हम बाल भी बाँका नहीं कर सकते। हो सकता है कि उससे बदला लेने के चक्कर में हमें दूसरा कान भी कटवाना पड़े। उस मक्कार ने तो बिना पैसे दिए हमसे बेगार कराया और कान काटकर निकाल बाहर किया। यह दुनिया ऐसे ही मक्कारों से भरी हुई है। हम जैसों के लिए सब्र करने के सिवा और चारा ही क्या है?"

शेखचिल्ली उनकी बातें सुन रहा था। वह अपनी जगह से उठा और उनके पास जाकर बोला–"भाइयो, तुम लोगों को देखकर और तुम लोगों की बातें सुनकर ऐसा लगता है कि तुम तीनों किसी के सताए हुए हो... मैं शेखचिल्ली हूँ। गाँव से आया हूँ। सच्चा इनसान हूँ और मुसीबत में रहते हुए भी मैं मुसीबत के मारों की सहायता करने का जज्बा रखता हूँ। तुम इसे मेरी फितरत कह सकते हो। मैं किसी पर किसी की ज्यादती कतई बर्दाश्त नहीं कर सकता।"

उन तीनों में से एक युवक ने कहा–"तुमने अभी-अभी कहा कि तुम मुसीबत में हो...क्या है तुम्हारी मुसीबत, हमें बताओ...शायद हम तुम्हारे काम आ सकें।"

"हाँ-हाँ, क्यों नहीं, जरूर बताऊँगा।" मदद की आशा मिलते ही शेखचिल्ली जोश में आते हुए बोला–"मगर पहले तुम लोग मुझे अपनी आपबीती सुनाओ। तुम्हारी कुछ बातें मैंने सुनी हैं जिससे मैं इस नतीजे पर पहुँचा हूँ कि तुम लोग किसी जज की मक्कारी के मारे हो और उसे सजा देना चाहते हो। मैं चाहता हूँ कि तुम लोग खुलकर मुझे सारी बातें सुना दो ताकि मैं तय कर सकूँ कि तुम लोगों पर हुई ज्यादती की सजा मैं दे सकता हूँ या नहीं।"

तीनों में से एक ने बताया–"इसी शहर में एक जज है। नाम है मुस्तफा अली खान। वह अपने यहाँ साठ रुपए मासिक वेतन, खाना, कपड़ा और रहने की जगह देने की शर्त पर नौकर रखता है। नौकरी करने के लिए उसकी एक शर्त नौकरी करनेवाले को मंजूर करनी पड़ती है कि अगर वह

अपनी मर्जी से नौकरी छोड़कर जाएगा तो उसे पगार की रकम नहीं दी जाएगी और उसका एक कान काट लिया जाएगा। वह जज अपने नौकर को इतना तंग करता है कि आजिज आकर नौकरी करनेवाला अपना कान कटवाकर उसकी नौकरी से मुक्त होने में ही अपनी भलाई समझता है। हम तीनों रिश्ते में भाई हैं। तीनों ही अपने-अपने गाँव से कमाने के लिए आए हैं। सबसे पहले मैं ही गया था काम करने लेकिन एक महीने बाद ही कान कटवाकर भाग आया। फिर मेरा बदला लेने के लिए मेरा यह भाई 'चिक्कू' गया मगर एक महीने के अन्दर अपना कान कटवाकर वापस आ गया। इसके बाद मेरा चेचरा भाई टिंकू जज से बदला लेने के लिए उसके यहाँ नौकरी करने गया और दो हफ्ते में ही कान कटवाकर वापस आ गया।''

शेखचिल्ली उसकी दास्तान सुनकर संजीदा हो गया। उसने उस युवक से कहा–''पहले तुम मुझे अपना नाम बताओ।''

''मेरा नाम मंसूर है।'' उसने कहा।

''ठीक है मंसूर, चिक्कू और टिंकू। आज और अभी से हम लोग दोस्त हुए। हर महीने की पहली तारीख को हम लोग यहीं, इसी चबूतरे पर मिला करेंगे। अब मुझे उस जज का पता बता दो, मैं उससे जल्दी ही हिसाब-किताब बराबर करके तुम लोगों से मिलूँगा। वैसे हर महीने की पहली तारीख को दोपहर से शाम तक का समय हम लोगों की मुलाकात के लिए तय कर लिया जाए ताकि उस दिन हम लोग एक-दूसरे की जरूरतों को जान सकें। क्या पता हममें से क़िसी को किसी तरह की मदद की जरूरत हो!''

उन तीनों ने हामी भर दी और शेखचिल्ली को उस कनकटवा जज का पता बता दिया।

शेखचिल्ली उनसे विदा लेकर उस जज का मकान खोजते हुए उसके महल के गेट पर पहुँच गया। गेट पर एक तख्ती लटकी हुई थी–मुस्तफा अली खान। गेट पर एक दरबान तैनात था। शेखचिल्ली ने उससे गेट खोलने के लिए कहा तो दरबान ने उसे डाँटकर भाग जाने को कहा। शेखचिल्ली ने दरबान को दुबारा कहा–''भाईजान! मेहरबानी करके मुझे अन्दर आने दो, मुझे जज साहब से मिलना है।''

''भाग जाओ, जज साहब अभी कचहरी से नहीं लौटे हैं। जब लौट आएँगे तब आना।'' दरबान ने झिड़कते हुए शेखचिल्ली से कहा।

शेखचिल्ली ने मन ही मन फैसला कर लिया था कि चाहे जैसे भी हो, वह जज साहब से मिलकर नौकरी हासिल करके रहेगा। इसलिए वह दरबान के झिड़कने के बावजूद गेट के पास ही खड़ा रहा। साढ़े पाँच बजे शाम को जज साहब बग्घी से अपने महल के गेट पर पहुँचे। गेट पर बग्घी रुकी और दरबान अदब से गेट खोलकर सलाम की मुद्रा में खड़ा हो गया। शेखचिल्ली को समझते देर नहीं लगी कि बग्घी से उतरनेवाला शख्स ही कनकटवा जज मुस्तफा अली खान है। वह फुर्ती से जज के पास गया और बोला–"हुजूरेआला! मैं आपके पास आपकी खिदमत के इरादे से हाजिर हुआ हूँ। मुझे पता चला है कि आपको घर के काम-काज के लिए एक आदमी की जरूरत है, मैं भी काम की तलाश में गाँव से आया हूँ और बड़ी उम्मीद के साथ आपके पास आया हूँ।"

जज ने शेखचिल्ली को ऊपर से नीचे तक देखा और उसे काम का आदमी समझकर कहा–"भीतर चलकर बातें करो।" और खुद गेट के भीतर चला गया तथा महल की तरफ जाते-जाते उसने दरबान से कहा–"आने दो उसे।"

शेखचिल्ली तेज गति से महल के दरवाजे पर पहुँच गया। जज मुस्तफा अली खान ने उससे कहा–"देखो बरखुरदार! हमारे यहाँ तुम्हें काम तो मिल जाएगा लेकिन उसकी शर्त भी है कि यदि तुम छह महीने के अन्दर काम छोड़ोगे तो तुम्हें पगार नहीं मिलेगी और तुम्हारा एक कान काट लिया जाएगा। मंजूर है तो साठ रुपया मासिक वेतन, खाना, कपड़ा और रहने की सुविधा के एवज में आज से ही काम पर लग जाओ।"

शेखचिल्ली ने अदब से कहा–"हुजूर, मौखिक बात नहीं, बस नौकरी शुरू करने से पहले शर्तनामा लिखकर दस्तखत करवा लें मगर मेरी भी एक शर्त है कि छह माह से पहले यदि आपने मुझे हटाया तो आपको साल भर के वेतन का भुगतान तो करना ही पड़ेगा, इसके साथ ही एक आदमी पर साल भर में खाने और कपड़ा पर आनेवाला खर्च जोड़कर उसका एकमुश्त भुगतान करना पड़ेगा। ये बातें भी शर्तनामा में लिखी होनी चाहिए।" शेखचिल्ली ने आगे कहा–"हाँ, कान तो आपको भी कटवाना पड़ेगा।"

जज ने शेखचिल्ली को ऊपर से नीचे तक देखा और मन-ही-मन सोचा–क्या पिद्‌दी क्या पिद्‌दी का शोरबा! मुझसे शर्तें तय कर रहा है। दस दिन

में कान कटवाकर भागने में अपनी भलाई समझेगा। कितने आए...कितने गए—हुँह! लेकिन प्रकट तौर पर उसने कहा—"तुम आदमी दिलचस्प हो! तुम्हें काम पर रखना, अच्छा तर्जुबा होगा। चलो तुम्हारे लिए शर्तनामा तैयार कर देता हूँ।"

जज साहब मुस्कुराते हुए उसे लेकर महल के भीतर चले गए। बैठक में जाकर उन्होंने शर्तनामा लिखकर तैयार किया और उसे पढ़कर सुनाने लगे। मगर, शेखचिल्ली ने उन्हें बीच में ही रोक दिया और कहा—"रहने दीजिए हुजूर! मैं खुद पढ़ लूँगा। हाँ, इस शर्तनामे में यह बात भी शामिल कर दीजिए कि हर महीने की पहली तारीख को मुझे महल से बाहर जाने की इजाजत होगी और पहली तारीख को मैं कोई काम नहीं करूँगा।"

जज साहब ने शेखचिल्ली की ओर पहली बार चौंककर देखा और सोचा—युवक तेज-तर्रार है और पढ़ा-लिखा भी...चलो, कोई बात नहीं। और उन्होंने शर्तनामे में शेखचिल्ली के कहे अनुसार बातें भी दर्ज कर दीं।

शर्तनामे की कार्बन कॉपी पर शेखचिल्ली ने दस्तखत करके जज साहब को दे दिया और शर्तनामे की मूल प्रति पर जज साहब से दस्तखत कराकर अपने पास रख लिया। उस दिन से जज साहब के घर का काम-काज करने के लिए उनके घर में रहने लगा।

जज साहब ने उसे नौकरी पर रखते समय साफ-साफ कहा—"देखो शेखचिल्ली! तुम्हारे काम की पहली शर्त है कि तुम हमेशा काम के लिए तैयार रहोगे और जिस समय भी जो भी काम तुम्हें कहा जाए उसे अंजाम देने में कोई कोताही नहीं करोगे। इसी में तुम्हारी और तुम्हारे कान की भलाई है।"

काम के पहले दिन ही जज मुस्तफा अली खान अपने नौकर पर हावी हो जाया करता था। मगर शेखचिल्ली ने जज को ऐसा कोई मौका नहीं दिया।

जज साहब ने शेखचिल्ली से अपनी बेगम को मिलवाया और शेखचिल्ली से कहा—"देखो शेखचिल्ली! तुम्हें बेगम साहिबा का हर हुक्म मानना होगा। मेरे नहीं रहने पर यही तुम्हें काम दिया करेंगी।"

इसके बाद जज साहब ने हाथ-पैर धोए और कपड़े बदलकर बैठक में चले गए।

शेखचिल्ली बेगम साहिबा की खिदमत के लिए रुक गया। बेगम साहिबा ने उसको अपने चार साल के बेटे की देखभाल करने की जिम्मेदारी सौंपी और खुद रसोई में खाना बनाने चली गई। शेखचिल्ली बैठकर जज साहब के बेटे को घूरने लगा। घूर-घूरकर देखे जाने से चार साल का वह बच्चा डर गया और उसके चेहरे से शेखचिल्ली ने अनुमान लगाया कि लड़का डरकर रोने ही वाला है कि उसने फुत्कारते हुए कहा–"अबे! याद रखना...अगर मुँह से आवाज निकली या तू रोया तो तेरा गला काट डालूँगा।"

बेचारा लड़का सहमकर पत्थर के बुत की तरह बैठा रहा। शेखचिल्ली की तरफ देखने की भी उसे हिम्मत नहीं हुई।

बेगम साहिबा ने खाना पका लिया। दस्तरखान बिछा। जज साहब आए। दस्तरखान पर बैठे। बेगम साहिबा ने गरम-गरम खाना परोसा। जज साहब खा चुके तब बेगम साहिबा खाने बैठीं। अपने लाडले को भी साथ ही खाने पर बैठा लिया।

बेगम साहिबा खा चुकीं तब शेखचिल्ली ने जूठे बर्तन हटाए। बर्तन साफ किए। इसके बाद बेगम साहिबा ने उसके लिए चार रोटियाँ और गोश्त निकालकर रख दिया तथा कहा–"शेखचिल्ली, तू भी खा ले लेकिन इतना ही खाना कि रात को यदि किसी काम से तुम्हें आवाज दी जाए तो जगने में तुम्हें कोई परेशानी नहीं हो।"

शेखचिल्ली ने हामी भरी और जायका लेकर गोश्त के साथ रोटी खाने लगा। रोटी खाकर उसने वह बर्तन भी धोकर रख दिया और बताए गए स्थान पर जाकर सो गया।

अभी उसकी झपकी ही लगी थी कि जज साहब ने उसे आवाज दी–"शेखचिल्ली! अबे ओ शेखचिल्ली!! जरा इधर तो आना।"

शेखचिल्ली तुरन्त बिस्तर से उठा और भागता हुआ जज साहब के कमरे में पहुँचा–"जी हाँ, हुजूर! क्या हुक्म है?" उसने बहुत अदब के साथ जज साहब से पूछा।

"अरे! जरा बच्चे को ले जाओ और इसे नाली पर बैठाकर पाखाना कराकर ले आओ।" जज साहब ने कहा।

"जी हुजूर!" कहता हुआ शेखचिल्ली बच्चे की बाँह पकड़कर उसे नाली

की तरफ ले जाने लगा। शाम को ही शेखचिल्ली ने इस बच्चे के मन में अपने प्रति खौफ पैदा कर दी थी जिसके कारण शेखचिल्ली को देखकर बच्चा बेहद सहमा हुआ था। उसे नाली पर बैठाकर शेखचिल्ली ने उसे डराते हुए कहा–"देख, जज साहब ने सिर्फ पाखाना कराने को कहा है अगर तुमने पेशाब करने की जुर्रत की तो समझ लेना कि मैं पीट-पीटकर तुम्हारी हालत खराब कर दूँगा।"

बेचारा बच्चा समझ नहीं पा रहा था कि क्या करे! शेखचिल्ली के डर से उसके हाजत का दबाव गायब हो गया और उसने शेखचिल्ली से डरते हुए कहा–"हो गया। चलो, अब्बा के पास ले चलो।"

शेखचिल्ली ने बच्चे को ले जाकर जज साहब को सौंपा और उन्हें बताया–"अजीब लड़का है। नाली पर बैठने में इसे मजा आता है शायद। इसे पाखाना तो क्या, पेशाब तक नहीं करना था। बस जाकर नाली पर बैठा रहा। फिर बोला–हो गया, ले चलो अब्बा के पास।"

वह बच्चा शेखचिल्ली से इतना आतंकित था कि जज साहब द्वारा पूछे जाने पर कि 'बेटे, पाखाना करना है...?' सीधे बोला–'नहीं करना है।' जज साहब ने शेखचिल्ली को जाकर सोने की इजाजत दे दी।

मगर उस रात उस बच्चे ने जज साहब के बिस्तर पर ही पाखाना, पेशाब दोनों कर दिया और बेगम भुनभुनाती हुई उठी और रात को चादर साफ किया।

दूसरे दिन सुबह शेखचिल्ली जज साहब के जगते ही उनकी तीमारदारी के लिए हाजिर हुआ और पूछा–"मेरे लिए क्या हुक्म है हुजूर?"

"पानी गरम करके गुसलखाने में रख दो, मैं स्नान करूँगा।" जज साहब ने हुक्म फरमाया।

शेखचिल्ली ने एक देगची पानी खौलाया और खौलता हुआ पानी उसने गुसलखाने की बाल्टी में डाल दिया। जज साहब जब स्नान करने गए तो पानी निकालने के लिए जैसे मग डुबोया, वैसे ही छटपटाकर अपना हाथ बाल्टी से खींच लिया और तुरन्त ठंडे पानी में हाथ डुबोकर गुस्से में चीख पड़े–"अबे ओ शेखचिल्ली...इधर तो आ।"

शेखचिल्ली दौड़ा हुआ आया और जज साहब से पूछा–"क्या हुक्म है हुजूर?"

"हुजूर के बच्चे! तुम्हें यह भी अन्दाजा नहीं है कि नहाने के लिए पानी कितना गरम करते हैं?" जज साहब ने डाँटते हुए कहा।

"हुजूर! पानी तो देगची में गरम होता है और बाल्टी में रखने के बाद नहानेवाला खुद अपने मनमुताबिक उसमें ठंडा पानी मिलाता है ताकि जितना गरम पानी उसे चाहिए उतना ही गरम पानी तैयार हो। अलग-अलग आदमी अलग-अलग गरमी पसन्द करता है। किसी को कुनकुना पानी अच्छा लगता है तो किसी को गुनगुना, किसी को सुसुम तो किसी को मीठा गरम और किसी को...।"

"अबे चुप हो जा! अब से इतना गरम पानी मेरे नहाने के लिए मत रखना, समझ गया?" जज साहब डपट पड़े।

"जी हाँ, हुजूर! ऐसा ही होगा।" शेखचिल्ली ने कहा और वहाँ से चला आया।

नहा-धोकर जज साहब तैयार हुए और खाना खाकर कचहरी जाने की गरज से बोले—"शेखचिल्ली! मैं तो कचहरी जा रहा हूँ। दिन में बेगम साहिबा जो भी कहें, वह करना। ठीक है?"

"जी हाँ, हुजूर! बेगम साहिबा जो भी कहेंगी, वही करूँगा।" शेखचिल्ली ने अपने जवाब से जज साहब को सन्तुष्ट किया।

कचहरी जाते समय जज साहब ने अपनी बेगम से कहा—"यह नया नौकर कुछ ज्यादा ही चालाक है। इसे इतना तंग करो कि यह भाग ही जाए।" इसके बाद कचहरी चले गए।

थोड़ी देर के बाद बेगम साहिबा ने शेखचिल्ली को बुलाया और उससे कहा—"शेखचिल्ली! घर के पिछवाड़े में टूटी पुरानी दीवार का मलबा पड़ा हुआ है। एक टोकरी ले ले और ईंट की टुकड़ियों का चूरा बनाकर एक टोकरी सुर्खी ले आ जिसमें ईंट के छोटे-छोटे रोड़े भी हों और उससे छोटे कंकड़ भी। तन्दूर खड़ा करना है। दोपहर तक यह काम निपटा ले फिर यहाँ मेरे साथ लगकर तन्दूरी रोटी बनाने के लिए चूल्हा बनाने का काम पूरा करवा। पुराना तन्दूर खराब हो चुका है।"

शेखचिल्ली ने बेगम साहिबा से कहा—"जी मालकिन!" और वह एक टोकरी लेकर घर के पिछवाड़े में चला गया। वहाँ उसने एक साबूत दीवार भी देखी जो सुर्खी के गारे से रोड़ों को लपेटकर खड़ी की गई थी।

शेखचिल्ली ने उस दीवार को खन्ती मार-मारकर गिरा लिया और फिर उसे सुर्खी व रोड़ा बटोरने में कोई मेहनत नहीं करनी पड़ी।

सिर पर सुर्खी और रोड़ों की टोकरी उठाए शेखचिल्ली बेगम साहिबा के पास पहुँच गया। उस समय बेगम साहिबा नहा-धोकर बाल सुखाने के लिए आँगन में धूप में बैठी थीं। शेखचिल्ली को इतनी जल्दी सुर्खी और रोड़े के साथ हाजिर हुआ देख वे भीतर ही भीतर खीज उठीं।

शेखचिल्ली ने अदब से पूछा–''सुर्खी और रोड़े कहाँ रख दूँ?''

बेगम साहिबा खीजी हुई तो थीं ही, उन्होंने तुरन्त खीज-भरे स्वर में कहा–''मेरे सिर पर!''

और थोड़ी भी देर किए बिना, आज्ञाकारी सेवक की तरह टोकरी की सुर्खी व रोड़े शेखचिल्ली ने बेगम साहिबा के सिर पर उड़ेल दिया।

बेचारी बेगम हतप्रभ रह गईं। सुर्खी में रखे गए रोड़ों से उनके सिर में चोटें आईं। शेखचिल्ली की इस हरकत पर आग-बबूला होती हुई बेगम ने कहा–''तुम निहायत ही बदतमीज किस्म के इनसान हो! तुम जैसे नौकर की हमें कोई जरूरत नहीं है। जाओ–चले जाओ नौकरी छोड़कर।''

शेखचिल्ली ने बहुत विनम्रता से उत्तर दिया–''बस, बेगम साहिबा! आपका हर हुक्म बजा लाऊँगा मगर यह हुक्म नहीं मान सकता। यह मेरे कान का ही नहीं, जज साहब के कान का भी सवाल है। आप निकाल रही हैं तो जरा जज साहब से भी इजाजत ले लीजिए।"

बेगम पाँव पटकती हुई वहाँ से चली गईं। शेखचिल्ली ने मस्ती में दिन-भर आराम किया।

शाम को जब जज साहब आए तो बेगम साहिबा ने उन्हें शेखचिल्ली की गुस्ताख हरकतों के बारे में नमक-मिर्च मिलाकर बताया। जज साहब को शेखचिल्ली की हरकतों के बारे में जो जानकारियाँ मिलीं उससे वे तैश में आ गए और शेखचिल्ली को अपने सामने हाजिर होने का हुक्म फरमाया।

शेखचिल्ली सहज भाव में जज साहब के सामने पेश हुआ। जज साहब ने उससे पूछा–''क्या बात है शेखचिल्ली! आज तुमने बेगम साहिबा के साथ बेहद गुस्ताख हरकत की है जिसकी सजा तुम्हें मिलनी ही चाहिए।''

शेखचिल्ली ने बेहद अदब के साथ जज साहब से कहा–''हुजूर, मैंने बेगम साहिबा का हुक्म बजा लाने के सिवा कुछ किया ही नहीं है तो गुस्ताख

हरकत करने का कोई सवाल ही पैदा नहीं होता...जरूर आपको कोई गलतफहमी हुई है।''

''गलतफहमी के बच्चे! तूने सुर्खी-रोड़े का भरा टोकरा बेगम के सिर पर नहीं उड़ेला है?'' जज साहब ने क्रोध से फुफकारते हुए पूछा।

''जी हाँ, हुजूर! मैंने ऐसा अवश्य किया है, मगर यह बेगम का आदेश था जिसका पालन करना मेरा फर्ज था...सो मैंने किया! मुझे बेगम ने टोकरी में सुर्खी-रोड़ा लाने को कहा। मैं ले के आया और उनसे पूछा—सुर्खी-रोड़ा कहाँ पर रखूँ? बेगम साहिबा ने उत्तर दिया—मेरे सिर पर। और मैंने उनके कहने के मुताबिक कर दिया। आप बेगम साहिबा से पूछ लें, यदि मेरी बात में रत्ती-भर भी झूठ हो तो आप मुझे फाँसी पर चढ़ा दें...उफ नहीं करूँगा।'' शेखचिल्ली ने कहा।

जब साहब चुप हो गए। करते भी क्या? मगर बेगम साहिबा तनी रहीं। उन्होंने रात को रोटी और खीर की कटोरी शेखचिल्ली के सामने रखते हुए कहा—''मुझे तुम जैसे शातिरों से निपटना आता है। यह ले और रोटी खा...रोटी तुम्हें ऐसे खाना है कि तू खा भी ले और रोटी साबूत थाल में बनी रहे। खीर की प्याली के मुँह पर कागज बँधा हुआ है उसे खोले बगैर तुम्हें खीर गटकना है, ऐसा नहीं करने पर तुम्हें जो सजा मिलेगी, उसे तू जनम भर याद रखेगा।''

जिस समय बेगम साहिबा शेखचिल्ली को यह फरमान सुना रही थीं, उस समय जज साहब वहीं बैठे मन्द-मन्द मुस्कुरा रहे थे। मगर वे कुछ बोले नहीं।

शेखचिल्ली अपनी थाल की रोटी को देखते हुए सोच रहा था कि क्या करे...कैसे खाए कि भूख भी मिटे और बेगम की शर्त भी पूरी हो। सोचते-सोचते उसने रोटी को बीच से खा लिया जिससे गोलाई में रोटी का बाहरी किनारा बचा रह गया। फिर उसने खीर की प्याली उठाई और एक चाकू से मिट्टी की उस प्याली की पेंदी में छेद किया और उस छेद में मुँह लगाकर वह खीर भी सुड़क गया। उसकी कारस्तानी देखकर जज साहब और बेगम साहिबा दोनों ही अवाक् रह गए। शेखचिल्ली बहुत विनम्रतापूर्वक उन्हें आदाब बजाता हुआ सोने चला गया।

उसके जाने के बाद जज साहब ने अपनी बेगम से कहा—''इस बार तो

ऐसे नौकर से पाला पड़ा है कि हमारी अक्ल ही काम नहीं करती। इसे हटने को कह भी नहीं सकता...अगर कहूँ तो साल-भर की पगार और खुराकी दोनों देनी होगी और इसके साथ अपना कान भी कटाना पड़ेगा...क्या करूँ, कुछ समझ में नहीं आता।...अच्छा, कल इसे कोई और मुश्किल काम सौंपकर देखता हूँ।"

दूसरे दिन जज साहब कचहरी जाने लगे तब उन्होंने शेखचिल्ली से कहा—"सुनो बरखुरदार, आज तुम हल-बैल लेकर खेत पर जाओ और दोपहर तक खेत जोत डालो। फिर लौटते समय जंगल जाकर कोई शिकार मार लाओ और साथ ही कुछ लकड़ियाँ जलावन के लिए भी लेते आओ... देखो यह काम तुम्हें हर हाल में आज ही निपटा लेना है। शिकार और लकड़ियों का प्रबन्ध तुम्हें करना ही पड़ेगा।" जज साहब ने चेतावनी देने के अन्दाज में कहा।

"जो हुक्म हुजूर!" सिर झुकाकर शेखचिल्ली ने कहा और जज साहब के जाते ही वह हल-बैल लेकर खेत पर चला गया। बैल को हल से जोतकर उसने खेत के बीच में एक खूँटा गाड़ा और एक बड़ी-सी रस्सी का एक सिरा बैल के गले में बाँधा और दूसरा सिरा खूँटे से बाँधकर बैल को डंडे से मारा—सटाक्! बैल गति से दौड़ने लगा। हल का फाल जहाँ-तहाँ खेत को कोड़ने लगा। इस तरह शेखचिल्ली ने दोपहर तक खेत जोतने का काम किया। फिर उसने कुल्हाड़ी उठाई और हल में लगी लकड़ी की बल्ली को चीड़ कर उसकी लकड़ियाँ एकत्रित कर लीं। अब शेष थी शिकार की समस्या। उसने जज साहब की बिल्ली को उधर आते देखा तब अचानक उसे समस्या का समाधान मिल गया। उसने बिल्ली को मारकर उसकी खाल उधेड़ दी और बोटियाँ बनाकर एक कपड़े में बाँध लिया। इस तरह शेखचिल्ली ने जज साहब द्वारा बताई हुई सारी बातें पूरी कर दीं और आराम से शाम होने का इन्तजार करता रहा।

शाम हुई तो वह घर गया और बेगम साहिबा को जलावन और गोश्त थमा दिया। खुद हाथ-मुँह धोकर अपने बिस्तर पर चित लेटकर आराम करने लगा। उसे विश्वास था कि जज साहब उससे पूछेंगे जरूर कि दिन-भर कैसे काम किया?

हुआ भी वही। जज साहब को गोश्त और पराँठा परोसा गया। वे उसे

खाते रहे और सोचते रहे—गजब का नौकर है शेखचिल्ली। पता नहीं कैसे जलावन भी ले आया और शिकार भी! उन्होंने शेखचिल्ली को आवाज देकर बुलाया। शेखचिल्ली के आने पर उन्होंने पूछा—"खेत जोत आए?"

"जी हाँ!" शेखचिल्ली ने संक्षिप्त-सा उत्तर दिया।

"जलावन के लिए लकड़ियाँ कहाँ से लाए?" जज साहब ने खुश होते हुए पूछा।

"हल चीड़ कर!" शेखचिल्ली ने कहा। "जलावन जरूरी था और जंगल दूर इसलिए मैंने हल की लकड़ी ही काट डाली और ले आया।"

"फिर यह शिकार?" गोश्त का एक टुकड़ा मुँह में डालते हुए शेखचिल्ली से जज साहब ने पूछा।

"शिकार के लिए भी कोई कड़ी मेहनत नहीं करनी पड़ी। वह जो बिल्ली थी न...उसी को मारकर बोटियाँ बना लीं।" शेखचिल्ली ने कहा।

शेखचिल्ली की बातें सुनकर जज साहब तौबा-तौबा कहते हुए खाने की थाल छोड़कर उठ गए और शेखचिल्ली को कोसते हुए कुल्ली करने लगे—"उफ! तुमने तो नाकों-दम कर रखा है।"

शेखचिल्ली सहज भाव से बोला—"हुजूर, मैंने तो केवल आपके हुक्म की तामील करने की कोशिश की है।"

"भाग जाओ!" जज साहब चीखे और शेखचिल्ली अपने कमरे में चला गया।

दूसरे दिन से शेखचिल्ली से काम लेने का सिलसिला बन्द हो गया। न जज साहब उसे कुछ करने को कहते और न बेगम साहिबा ही उसे कोई काम कहतीं। ऐसा कुछ दिन चला।

एक दिन जज साहब के जाने के बाद बेगम साहिबा को तार से सूचना मिली कि उनके मायके से कुछ लोग शाम को उनके घर पहुँचनेवाले हैं। बेगम साहिबा तार देखकर घबरा गईं क्योंकि घर में आटा खत्म हो चला था और घी भी नहीं था। उन्होंने शेखचिल्ली से कहा—"जाओ, दौड़कर कचहरी जाओ, जज साहब इजलास में होंगे। पता करके उनके पास पहुँचो और उनसे कहो कि घर में आटा और घी दोनों खत्म हो गए हैं। वे या तो पैसे भेजें या शाम को आटा और घी लेकर आएँ।"

हुक्म मिलना था कि शेखचिल्ली दौड़ पड़ा। दौड़ता हुआ वह कचहरी

पहुँचा और जज साहब की इजलास का पता लगाकर वहाँ पहुँच गया। मगर अर्दली ने उसे इजलास के बाहर ही रोक लिया। शेखचिल्ली जज साहब से जरूरी काम होने की दलील देता रहा जिसे इजलास में बैठे जज साहब देखते रहे मगर वे कुछ कहते, उससे पहले ही उन्हें अपनी तरफ देखता देख शेखचिल्ली ने गेट पर से ही हाँक लगाई—"हुजूर, घर में आटा और घी नहीं हैं, बेगम साहिबा ने पैसे मँगाए हैं।"

शेखचिल्ली की बात सुनकर इजलास में बैठे लोग हँसने लगे।

जज साहब ने इससे खुद को अपमानित महसूस किया और शेखचिल्ली को डाँटकर वहाँ से लौट जाने को कहा।

शाम को जज साहब जब घर आए उस समय तक उनकी ससुराल के लोग भी पधार चुके थे, मगर शेखचिल्ली के कारण हँसी का पात्र बनने से जज साहब गुस्से में थे। उन्होंने ससुराल के लोगों के सामने ही अपनी बेगम को जी भर के फटकार लगाई। फिर शेखचिल्ली को बुलाकर समझाया—"इजलास में जब मैं बैठा रहूँ और तुम्हें कुछ वहाँ बताना हो तो इतने धीरे बोलना कि मेरे सिवा और कोई नहीं सुने। समझे?" शेखचिल्ली ने हामी भर दी।

संयोग की बात यह हुई कि दूसरे दिन ही जज साहब के घर में आग लग गई। शेखचिल्ली को दौड़ाया गया कि वह जाकर जज साहब को खबर कर दे। शेखचिल्ली इजलास में पहुँचा। उस दिन अर्दली उसे पहचान गया इसलिए उसे रोका नहीं। जज साहब के सामने पहुँचकर शेखचिल्ली फुसफुसाते हुए बोला—"हुजूर, आपके घर में आग लग गई है।"

वह इतना धीरे बोल रहा था कि जज साहब सुन नहीं पा रहे थे। कई बार दुहराने के लिए कहने पर वे जान पाए कि उनके घर में आग लगने की खबर देने आया है शेखचिल्ली। वे हड़बड़ाकर अपनी मेज से उठे और घर आकर आग बुझाने की व्यवस्था कराई। फिर वे कचहरी जाकर अपने शेष कार्य पूरे किए।

शाम को लौटने पर उन्होंने शेखचिल्ली को नसीहत दी कि उसे इजलास पहुँचते ही जोर से आग लगने की खबर दे देनी चाहिए थी।

"कैसे देता हुजूर! आपने ही तो फरमाया था कि इजलास में रहूँ तो ऐसे बोलना कि कोई दूसरा नहीं सुन सके।"

"अच्छा...अच्छा! अब सुन लो, अब कभी कहीं आग लगे तो वहाँ बालू फेंकना, पानी फेंकना...इससे आग बुझ जाएगी...समझे?"

"जी हाँ, हुजूर! अब ऐसा ही करूँगा।" शेखचिल्ली ने कहा।

दूसरे दिन सुबह बेगम साहिबा रसोई में थीं और जज साहब के नहाने के लिए पानी गरम कर रही थीं कि किसी काम से जज साहब ने बेगम साहिबा को आवाज लगाई। बेगम साहिबा जज साहब के पास चली गईं और शेखचिल्ली ने रसोई में जाकर चूल्हे की आँच को तेज कर दिया और चुपके से रसोई से बाहर आकर अपने काम में लग गया। पहले दिन ही शेखचिल्ली ने गुसलखाने में खौलता हुआ पानी रख दिया था, इसके बाद से जज साहब के नहाने के लिए बेगम साहिबा ही पानी गरम करती थीं।

थोड़ी देर के बाद बेगम साहिबा आईं और गरम पानी गुसलखाने की बाल्टी में रख आईं। जज साहब गुसलखाने में घुसे और एक लोटा पानी अपनी देह पर डाला और चीख पड़े–"बाप रे! पूरे शरीर में आग लग गई।"

शेखचिल्ली एक कनस्तर में बालू भरकर तैयार बैठा था। वह कनस्तर उठाए दौड़ता हुआ आया और गुसलखाने से छटपटाकर बाहर आते जज साहब पर एक कनस्तर बालू उड़ेल दिया।

अब तो जज साहब आपे से बाहर हो गए और शेखचिल्ली को कोसने लगे–"अरे बदतमीज, यह कैसी मूर्खता है? मुझ पर बालू क्यों फेंका? देख नहीं रहा, मैं गुसलखाने से निकल रहा हूँ?"

"हुजूर, अभी-अभी आपने ही तो आवाज लगाई थी कि पूरे शरीर में आग लग गई और जनाब ने ही कल फरमाया था कि जहाँ आग लगी हो, वहाँ बालू फेंकने से आग बेअसर हो जाती है। इसलिए मैंने बालू फेंका था हुजूर!" शेखचिल्ली ने मासूमियत से कहा।

बेचारे जज साहब अवाक् रह गए। सोचा–'उफ! इस मूर्ख को कुछ भी कहना अपनी ही मिट्टी पलीद करना है।' अपने गुस्से पर काबू रखते हुए जज साहब कचहरी चले गए।

शाम को कचहरी से घर लौटे तो उन्हें यह पैगाम मिला कि साले की शादी के लिए लड़की देखने जाना है इसलिए वे जल्दी से जल्दी अपनी ससुराल पहुँच जाएँ।

जज साहब के लिए यह पैगाम किसी समस्या से कम नहीं था। वे सोच

रहे थे कि शेखचिल्ली को घर पर छोड़कर जाने का मतलब है कि वह बेगम साहिबा का जीना हराम करके रख देगा।...और साथ लेकर चलने का मतलब है कि अपनी मिट्टी पलीद करा लो...अजीब साँप-छछूँदर वाली स्थिति थी। 'करें भी तो क्या करें' की उधेड़बुन में पड़े जज साहब ने अन्ततः निर्णय लिया कि शेखचिल्ली को अपने साथ लेकर जाना ही ठीक रहेगा। बस, उसे कड़े अनुशासन में रखना होगा और उन्होंने उसे बुलाकर कहा–"शेखचिल्ली, जल्दी से तैयार हो जाओ। बेगम साहिबा के गाँव चलना है।"

शेखचिल्ली तुरन्त अपने कमरे में गया। कपड़े पहनकर वह दौड़ता हुआ गेट के बाहर गया और पंसारी की दुकान से जमाल गोटा खरीदकर ले आया। दो कपड़े अपने झोले में रखे और आकर बोला–"हुजूर, मैं तैयार हूँ।"

जज साहब ने अपने कमरे से आवाज लगाई–"बस! मैं भी तैयार हूँ जरा कपड़े सहेज लूँ।"

जज साहब बाहर निकले–एक छोटे बक्से को हाथ में उठाए। उन्होंने वह बक्सा शेखचिल्ली को थमा दिया और खुद घोड़ा खोलने के लिए अस्तबल की ओर चले गए। ससुराल नहीं जाना होता तो वे घोड़ा कतई नहीं खोलते।

शेखचिल्ली अपनी जेब में जमाल गोटे की गोलियाँ टटोलते हुए, बक्सा उठाए अस्तबल के पास खड़ा हो गया। जज साहब घोड़ा लेकर निकले और अपने पीछे शेखचिल्ली को बैठाया। घोड़े को एड़ लगाई...घोड़ा दौड़ने लगा।

लगभग आधा रास्ता कट चुका था और रात गहराने लगी थी। रास्ते में एक कहवाघर देखकर जज साहब ने घोड़ा रोका और शेखचिल्ली को दो कहवा बनवाने का हुक्म दिया। शेखचिल्ली ने एक कहवा लेकर उसमें जमाल गोटा मिलाया और उसे लेकर जज साहब के पास चला आया–"हूजूर! आप कहवा पीएँ! मैं भी पी के आता हूँ।" ऐसा कहते हुए शेखचिल्ली ने जज साहब को कहवे का सकोरा थमा दिया और खुद कहवाखाने के भीतर चला गया।

जज साहब घोड़े पर बैठे-बैठे कहवा का मजा लेने लगे।

उधर शेखचिल्ली ने कहवाखाने के मालिक से कहा–"घोड़े पर जज साहब बैठे हैं...उनके लेटने-बैठने का इन्तजाम करो। ऐसा आदमी जिन्दगी

में बार-बार तो तुम्हारे कहवाघर में आनेवाला नहीं। यदि तुमने अच्छी खातिरदारी कर दी तो हो सकता है कि तुम्हारा वह वारा-न्यारा कर दें। जाओ, बाहर चारपाई डाल दो और उन्हें आग्रहपूर्वक बैठने के लिए कहो।''

घुड़सवार के जज होने की बात सुनकर कहवाघर चलानेवाले की सिट्टी-पिट्टी गुम हो गई। वह तुरन्त एक चारपाई लेकर बाहर आया और चारपाई बिछाकर बोला—''अहोभाग्य जज साहब! आप पधारे! इस गरीब को आपकी खिदमत का मौका मिला, इससे बड़ी खुशी की क्या बात हो सकती है! आइए, थोड़ी देर अपनी देह को राहत दे लीजिए फिर अपनी मंजिल की तरफ बढ़ जाइएगा...।''

जज साहब ने जब यह विनम्र पेशकश सुनी तो वे घोड़े से उतर आए और चारपाई पर बैठकर कहवा का मजा लेने लगे। शेखचिल्ली जब बाहर आया तब जज साहब ने कहा—''शेखचिल्ली, यहीं थोड़ी देर आराम कर लेते हैं, फिर चलेंगे। रात भी गहरा गई है। घोड़ा भी थक गया होगा। ठीक है न?''

शेखचिल्ली ने कहा—''बिलकुल ठीक है हुजूर!''

इसके बाद शेखचिल्ली ने कहवाखाने वाले से एक बोरा लिया और उसे जमीन पर बिछाकर लेट गया। थोड़ी ही देर में उसे नींद आ गई और वह गहरी नींद सो गया।

जज साहब चारपाई पर बैठे थे। कहवा खत्म हो चुका था। उन्हें अपने शरीर में थोड़ी हलचल-सी महसूस हुई। वे लेट गए। उन्हें पेट में रह-रहकर मीठा दर्द उठता महसूस हुआ। उन्होंने आवाज देकर शेखचिल्ली को जगाया और तबीयत बिगड़ने की बात कही। शेखचिल्ली तो जानता था कि जज साहब के पेट में जमाल गोटा अपना कमाल दिखा रहा है इसलिए उसने कुछ कहा नहीं। थोड़ी ही देर में जज साहब उठे और शेखचिल्ली से कहा—''शायद मुझे दस्त आनेवाला है। तुम एक लोटा पानी मँगा दो, मैं फारिग होकर आता हूँ।''

शेखचिल्ली ने कहवाखाने के मालिक को कहकर एक ड्रम पानी बाहर रखवा दिया और एक लोटा मँगाकर जज साहब को दे दिया। जज साहब पानी लेकर पास के जंगल में चले गए और थोड़ी देर के बाद हाँफते हुए लौटे और चारपाई पर लेट गए।

शेखचिल्ली ने उन्हें पस्तहाल देखा तो कहा–"लगता है कि अरसे बाद आपने आज जो घुड़सवारी की है, उससे ही शायद आपका नाला सरक गया है...थोड़ा आराम कर लीजिए। ड्रम में पानी भरा हुआ है। यदि कहीं फिर जाना पड़े, ऐसा सोचकर मैंने यह इन्तजाम करवा दिया है। मैं भी जरा लेट लूँ। यदि कोई हुक्म हो तो कहिए।"

जज साहब ने हाथ के इशारे से उसे जाने के लिए कहा और खुद लेट गए। शेखचिल्ली बोरे पर लम्बी ताने सो गया और जज साहब रात-भर जंगल से बिस्तर, बिस्तर से जंगल करते रहे। सुबह तक उनकी हालत ऐसी हो गई कि वे बिस्तर से हिलना भी नहीं चाह रहे थे। कहवाघर के मालिक ने उन्हें मट्ठा पिलाया तो उन्होंने थोड़ी राहत महसूस की।

सुबह शेखचिल्ली अपनी नींद से जागा और जज साहब से पूछा–"क्यों हुजूर! आगे बढ़ने की तैयारी की जाए?"

"अभी थोड़ा ठहरो। चलना होगा तो कहूँगा।" जज साहब ने उत्तर दिया।

थोड़ी देर के बाद ही जज साहब लोटा लेकर फिर जंगल की तरफ जाते दिखे। इसी समय एक घोड़े पर सवार दो आदमी कहवाघर पहुँचे। उन्होंने शेखचिल्ली को घोड़े को पुचकारकर चारा खिलाते हुए देखा तो उसे घोड़े का मालिक समझ बैठे। उनमें से एक ने शेखचिल्ली से पूछा–"घोड़ा बेचोगे? हमें दूर जाना है। हम दो आदमी हैं और हमारे पास एक ही घोड़ा है।"

"हाँ, यह घोड़ा बिकाऊ है। एक हजार रुपए दो और घोड़ा लेकर उड़ान भरो। देर करोगे तो सौदा नहीं करूँगा, समझे?" शेखचिल्ली ने सनकी अन्दाज में कहा।

उस आदमी ने एक हजार रुपए शेखचिल्ली को थमा दिये। उसने घोड़े की लगाम उसे थमाते हुए कहा–"इस घोड़े को मैं बहुत प्यार करता था...इसे अब जल्दी ले जाओ, कहीं मेरा मोह न जाग जाए...हाँ, यादगार के रूप में मुझे इसकी दुम के बाल काट लेने दो।"

शेखचिल्ली ने घोड़े की दुम के बाल काट लिये और उसके खरीदार को तसल्ली दी कि दो-चार महीने में इसकी दुम के और शानदार बाल निकल आएँगे। दुम के बाल कट जाने के बाद वह आदमी घोड़ा लेकर चला गया।

इधर शेखचिल्ली ने दुम के बाल को एक चूहे की बिल में घुसेड़ दिया

और फिर उसे पकड़कर चीखने लगा—"हुजूर, जज साहब, देखिए...क्या गजब हो रहा है...आपका घोड़ा जमीन में धँसा जा रहा है...जल्दी आइए... अपनी आँखों से देखिए यह अनहोनी।"

जज साहब जंगल से फारिग होकर लौटे तो पाया कि शेखचिल्ली घोड़े का दुम पकड़े खींच रहा है और चीख रहा है—"हुजूर! देखिए यह कैसी अनहोनी! न कभी देखा न सुना। चूहे के पीछे घोड़ा बिल में समा गया। उसकी दुम भी उखड़ रही है...या खुदा मैं क्या करूँ?"

जज साहब भी इस अजूबे को अपनी आँखों से देख रहे थे। वे भी दौड़े। शेखचिल्ली की सहायता के लिए उन्होंने घोड़े की दुम के बाल पकड़े और जोर लगाकर खींचा तो घोड़े का बाल पकड़े वे चित गिरे और उनके ऊपर शेखचिल्ली गिरा।

जज साहब कभी बिल को देखते, कभी अपनी मुट्ठी में दबे घोड़े की दुम के बाल को और कभी खुद पर गिरे शेखचिल्ली को। किसी तरह शेखचिल्ली उनके शरीर से उठा। जज साहब भी उठे।

शेखचिल्ली ने कहा—"यह कोई जादुई वाकया-सा लगता है हुजूर! एक चूहा आया। घोड़े के सामने गया और मुड़कर बिल में घुस गया। फिर आपका घोड़ा बिल को सूँघने लगा और देखते ही देखते उसका मुँह बिल में समा गया। फिर आगे की टाँगों सहित आधा शरीर, फिर पूरा शरीर। मैंने उसकी दुम पकड़ ली थी जिसके बाल आपकी मुट्ठी में हैं। मैंने बहुत शोर मचाया मगर कोई फायदा नहीं हुआ। आप भी आए तो देर से।"

जज साहब को जैसे काठ मार गया था। वे सोच रहे थे कि आखिर वे ससुराल कैसे जाएँगे?

खैर! उन्होंने कहवाघर के मालिक से कहकर एक घोड़े का इन्तजाम किया। घोड़ा खरीदकर शेखचिल्ली को साथ लेकर वे अपनी ससुराल पहुँचे। रास्ते भर वे खामोशी से सोचते रहे कि घोड़ा इस तरह जमीन में बिला नहीं सकता। जरूर घोड़े के गायब होने के पीछे शेखचिल्ली का हाथ है। मगर कोई सबूत नहीं है कि शेखचिल्ली ने घोड़े के लिए कोई गोलमाल किया है। इसलिए वे शान्त रहे।

ससुराल पहुँचकर उन्होंने साले को बता दिया कि वे आराम करेंगे क्योंकि उनकी तबीयत ठीक नहीं है? फिर उन्होंने शेखचिल्ली को बुलाकर

कहा कि अस्तबल में घोड़े की मालिश करते रहो। जब तक मैं जग न जाऊँ, तुम सोना मत और घोड़े की मालिश करना भी बन्द मत करना।

मगर यात्रा की थकान के कारण शेखचिल्ली की पलकें भी बोझिल हो चली थीं। अस्तबल में पहुँचकर उसने घोड़े को यह सोचकर बाँधने की जहमत नहीं उठाई कि आखिर यह घोड़ा भागकर जाएगा कहाँ? और वह अस्तबल में सो गया।

जब उसकी नींद खुली तो घोड़ा वहाँ से गायब था। शेखचिल्ली ने सोचा, यह नई मुसीबत आ गई, पता नहीं कैसे दूर होगी! अभी वह यह सोच ही रहा था कि उसे अस्तबल के किनारे एक सफेद खरगोश दिख गया। शेखचिल्ली ने अस्तबल में पड़ी रस्सी का एक फन्दा तैयार किया और उस खरगोश को बड़ी चालाकी से अपनी गिरफ्त में ले लिया और निश्चिन्त होकर उसकी मालिश करने लगा।

थोड़ी देर के बाद जज साहब जगे और सीधे अस्तबल की ओर यह देखने आए कि शेखचिल्ली घोड़े की मालिश कर रहा है या नहीं। अस्तबल में पहुँचकर वे यह देखकर हैरान रह गए कि शेखचिल्ली एक खरगोश की मालिश कर रहा है। उन्होंने शेखचिल्ली से पूछा–"शेखचिल्ली! घोड़ा कहाँ है?"

"घोड़े की ही मालिश कर रहा हूँ हुजूर!" सहज भाव में शेखचिल्ली ने कहा।

"क्या बकते हो? तुम तो खरगोश की मालिश कर रहे हो?" जज साहब आपे से बाहर होते हुए बोले।

"हुजूर! रात भर की मालिश और घिस्से से घोड़ा छोटा होकर खरगोश में तब्दील हो गया है, इसमें मेरा क्या कसूर!" मासूमियत से शेखचिल्ली ने कहा।

"धत्! तुम झूठ बोल रहे हो! न तो घोड़ा चूहे की बिल में जा सकता है और न ही घोड़ा खरगोश में तब्दील हो सकता है। तुमने मुझे धोखा दिया है। मैं तुम्हें नौकरी से निकालता हूँ।"

"बेशक निकालिए हुजूर, मगर शर्तनामे के अनुसार कान और एक साल के वेतन व खुराकी के साथ।" शेखचिल्ली ने विनम्रता से कहा।

जज साहब क्या कहते, पाँव पटकते हुए चले गए।

जज साहब के ससुरालवालों ने शेखचिल्ली को खाना खाने के लिए बुलाया तो शेखचिल्ली से पूछा–"जज साहब क्या पसन्द करते हैं? उनके लिए क्या परोसा जाना चाहिए?"

शेखचिल्ली ने सहजता से कहा–"जज साहब का पेट बहुत खराब है। उन्हें तो मूँग की दालवाली खिचड़ी ही दी जाए तो बेहतर! रही मेरी बात तो आप लोग जो भी उचित समझें मेरे लिए परोस दें।"

जाहिर सी बात है कि शेखचिल्ली की जबर्दस्त मेहमाननवाजी जज साहब की ससुराल में हुई और जज साहब खिचड़ी सुड़कने में लगे रहे।

खाना खत्म होने के बाद जज साहब उठकर सोने चले गए और शेखचिल्ली बैठकर शाही मुर्ग का मजा लेता रहा। दरअसल वह चाहता भी था कि जज साहब उठकर जाएँ तो वह अपनी जेब में पड़ी जमालगोटे की एक और गोली की करतबबाजी दिखाए।

जज साहब के उठते ही उसने अपना वाक्-जाल फैलाना शुरू कर दिया। उसने जज साहब की सास से कहा–"माँ जी, जज साहब का पेट बहुत खराब है। यदि उनके लिए एक गिलास लस्सी बन जाए तो ठीक रहेगा।"

लस्सी बन गई। लस्सी किसी और के हाथ में न पड़ जाए, ऐसा सोचकर शेखचिल्ली ने कहा–"माँ जी, मुझे लस्सी दे दें। मैं जज साहब को पिला दूँगा और अपने बारे में काम भी पूछ लूँगा...नहीं तो जज साहब सोचेंगे कि उनकी ससुराल आकर मैं अपने कर्तव्यों को भी भूल गया।"

जज साहब की सास ने लस्सी शेखचिल्ली को दे दी। शेखचिल्ली लस्सी लेकर उठा और जमालगोटा की गोली लस्सी में डालकर उसे हिलाता-मिलाता हुआ जज साहब के पास पहुँचा। बहुत विनम्रता से उसने जज साहब की ओर लस्सी बढ़ाते हुए कहा–"हुजूर! एक गिलास लस्सी पी लें। माँ जी ने भेजा है। इससे आपके पेट को आराम मिलेगा।"

जज साहब भी जानते थे कि लस्सी पेट बाँधने का काम करती है इसलिए उन्होंने लस्सी ले ली और गटागट पी गए। उन्हें लस्सी पिलाकर शेखचिल्ली ने उनसे कहा–"हुजूर, मुझे अगर अपने ही कमरे में सोने की इजाजत दे दें तो ज्यादा ठीक रहेगा...क्या पता, रात-बिरात आपको किसी चीज की जरूरत पड़ जाए। आपकी तबीयत ठीक नहीं है न! इसलिए ही

बोल रहा हूँ...बाकी हुजूर की मर्जी।''

जज साहब ने सोचा, यह शेखचिल्ली भी अजीब है। अभी मैंने इसे निकालने की बात कही थी, इसकी नीयत पर सन्देह किया था और यह है कि मेरी सेहत की चिन्ता से दुबला हो रहा है। उन्हें शेखचिल्ली पर तरस आया और उन्होंने उदारता से कहा–''हाँ, शेखचिल्ली, घोड़े तो राह लग गए। अब अस्तबल में तुम्हारा क्या काम, तुम्हारा यहीं सोना ठीक रहेगा।''

जज साहब की स्वीकृति मिलते ही शेखचिल्ली जज साहब के कमरे में ही जमीन पर चादर बिछाकर सो गया।

थोड़ी देर में ही जज साहब अपने पेट की बेचैनी से परेशान हो गए और शेखचिल्ली से कहा–''शेखचिल्ली, उठो! मेरे साथ चलो। मुझे मैदान जाना पड़ेगा।''

शेखचिल्ली तो इस स्थिति का अन्दाजा लगा ही चुका था। उसने लेटे-लेटे ही कहा–"आपके बिस्तर के पीछे एक मर्तबान है। उसी में फारिग हो लीजिए। सुबह इस मर्तबान को निबटा दिया जाएगा।''

बेचारे जज साहब! करते भी क्या? मजबूर होकर उन्होंने मर्तबान का उपयोग किया। रात में कई बार उन्हें जगना पड़ा। हर बार उन्होंने मर्तबान का उपयोग किया। सुबह होने से कुछ पहले उनकी बेचैनी शान्त हुई। तब उन्होंने शेखचिल्ली को जगाया और कहा–''शेखचिल्ली, जाओ, इस मर्तबान को निबटा आओ।''

शेखचिल्ली ने छूटते ही कहा–''आपने मुझे समझ क्या रखा है? मेरी नौकरी के मसविदे में यह काम शामिल नहीं है...आप मुझे ऐसा करने के लिए विवश नहीं कर सकते। हाँ, मैं आपकी यह मदद कर सकता हूँ कि आप यह मर्तबान उठाकर अपनी काँख में दबा लें और मैं दुशाले से आपको लपेट देता हूँ ताकि आप जब यहाँ से निकलें तो यह मर्तबान नहीं दिखे। अभी घर के लोग सोए हुए हैं। यह काम आप जल्दी निबटा लें तो ठीक, नहीं तो लोगों के जग ज़ाने के बाद आपको इसका भी अवसर नहीं मिलेगा।''

जज साहब के पास दूसरा कोई चारा नहीं था। वे मर्तबान उठाए, चादर से लिपटे घर से बाहर निकले और शेखचिल्ली ने उनके घर के लोगों को जगाना शुरू किया–''माँ जी, उठिए। भाई साहब, जागिए। देखिए, जज

साहब नाराज होकर जा रहे हैं।''

शेखचिल्ली की आवाज सुनकर जज साहब की ससुराल के लोग जग गए। बड़ा साला अपने बहनोई को मनाने के लिए दौड़ा। साले को आता देख जज साहब और तेज चलने लगे मगर साले ने उन्हें पकड़कर रोक ही लिया और बोला–''यह क्या जीजा! कोई ऐसे भी जाता है? चलिए, लौट चलिए। अम्मीजान परेशान हो रही हैं।''

''नहीं-नहीं, मैं ऐसे नहीं लौट सकता। मुझे जाने दो, जरा मैं मैदान होकर आता हूँ।'' जज साहब ने कहा।

मगर उनके साले ने उनका दुशाला पकड़ लिया और उसे खींचने लगा। एक झटके में ही दुशाला साले के हाथ में पहुँच गया। दुशाला हटते ही वातावरण में मल की दुर्गन्ध फैल गई। साले ने जज साहब के हाथ में मर्तबान देखा तो वह यह देखने की कोशिश करने लगा कि मर्तबान में क्या है। जज साहब इस प्रयास में थे कि उनका साला मर्तबान में झाँक नहीं सके। इस प्रयास में छीना-झपटी होने लगी और जज साहब के हाथ से मर्तबान गिरकर टूट गया और उसमें जो मल था, वह वहाँ पर फैल गया।

जज साहब ने मजबूर होकर सारी बात साले को बता दी और झेंपते हुए ससुराल लौटे।

साले के लिए दुलहन देखने की रश्म अदायगी के बाद जज साहब अपने घर लौट आए। शेखचिल्ली उनके साथ ही आया।

जज साहब ने अपनी बीवी को शेखचिल्ली की सारी कारस्तानी बताई और कहा–''बेगम! इस चालबाज और धूर्त इनसान से मुक्ति पाने का अब एक ही तरीका है कि हम लोग कुछ दिनों के लिए यहाँ से चुपचाप कहीं चले जाएँ और राशन-पानी पर तालाबन्दी कर दें। भूख की मार से अच्छे-अच्छों की अक्ल ठिकाने आ जाती है। यह तो शेखचिल्ली है।"

बेगम ने हामी भर दी और गुपचुप यात्रा की तैयारी चलने लगी।

किसी तरह शेखचिल्ली ने यह भाँप लिया। जिस दिन जज साहब के कमरे में सामान सहेजकर रखा जाने लगा, उस दिन शेखचिल्ली बेगम साहिबा की बेडिंग में घुसकर लेट गया। रात को जज साहब ने गाड़ी मँगाई और उस पर सामान लादने का काम शुरू कर दिया तो जज साहब से बेडिंग उठी ही नहीं। उन्होंने बेगम साहिबा से कहा–''अरे, इसमें क्या भर लिया

है बेगम आपने? यात्रा के समय आपका सामान जितना कम और हल्का हो उतना ही अच्छा होता है...।''

बेगम चकित थीं क्योंकि उस बेडिंग में एक हल्का बिस्तर ही तो उसने बाँधा था। बेगम ने बेडिंग को खोला तो उसमें से शेखचिल्ली निकला और जज साहब को सलाम करते हुए कहा–''हुजूर, आपको न जाने राह में कब मेरी जरूरत पड़ जाए, ऐसा सोचकर मैं आपके साथ चल रहा था...।''

अब जज साहब का धैर्य जवाब दे चुका था। उन्होंने शेखचिल्ली से कहा–''ले, मेरा कान काट ले। ले! यह रही तेरी एक साल की पगार और यह ले खुराकी।'' उन्होंने अपनी जेब से रुपए निकाल-निकालकर शेखचिल्ली को थमाए और कहा–''और भी कुछ लेना हो तो ले मगर अब हम लोगों को बख्श दे।''

शेखचिल्ली ने रुपए अपनी जेब में रखे। कैंची उठाई और जज साहब का कान ठीक उसी तरह काटा जिस तरह जज साहब ने उन तीन नवयुवकों का काटा था। कान को अपनी जेब में डालकर उसने अपना झोला उठाया और जज साहब के घर से निकलकर उसी सराय के एक कमरे में जाकर ठहर गया क्योंकि आनेवाला कल अगले महीने की पहली तारीख में ढलना था।

दूसरे दिन सराय के चबूतरे पर उसकी मुलाकात उन तीनों युवकों से हुई। शेखचिल्ली ने अपनी जेब से जज साहब का कटा हुआ कान निकालकर मंसूर को थमाया और उनसे विदा लेते हुए कहा–''दोस्तो! मैंने अपना वादा पूरा किया। जज को सजा मिल गई। अब मैं अपनी अम्मी और अपनी बेगम से मिलने अपने गाँव जा रहा हूँ। खुदा ने चाहा तो फिर कभी मुलाकात होगी।''

चबूतरे पर बैठे तीनों युवक शेखचिल्ली को जाते हुए देखते रहे।

शेखचिल्ली ने दुकान खोली

जज साहब का कान कतरकर आने के बाद शेखचिल्ली ने सोचा—उसके पास साल भर की पगार और खुराकी के पैसे हैं। एक हजार रुपए कम नहीं होते। अब घर चलकर अम्मी और अब्बू से मिल आऊँ। एक महीने से ज्यादा हो गए उन लोगों को देखे। रजिया बेगम मुझे देखकर खुश हो जाएगी। गाँव चलकर ही सोचेंगे कि अब करना क्या है। जज साहब का किस्सा तो खत्म हुआ। शेखचिल्ली का मन उतावला हो रहा था अपनी रजिया बेगम से मिलने के लिए। सराय में उसने अपनी जेब के पैसे गिने। हजार रुपए अम्मी को देने के लिए उसने अलग रख लिये, फिर भी उसके पास डेढ़-दो सौ रुपए बच रहे थे। इसमें शहर आते समय अम्मी ने जो पचास रुपए दिए थे वह भी शामिल था।

शेखचिल्ली सराय से बाहर निकला। एक होटल में जाकर भरपेट भोजन किया। फिर शहर की सड़कों पर मटरगश्ती करता हुआ सड़क के किनारे खुली दुकानों को गौर से देखता रहा। वह कभी बड़ी दुकान में नहीं गया था। उसकी जेब में पैसे थे। वह सोच रहा था कि अम्मी, अब्बू और रजिया बेगम के लिए कुछ खरीदे। मगर किसी दुकान में प्रवेश करने का साहस उसे नहीं हो रहा था।

एक दुकान के बाहर रुककर वह देर तक उसमें आने-जानेवाले लोगों को देखता रहा। उसने देखा कि सभी आगन्तुकों का स्वागत दुकानदार एक ही तरीके से करता है। कोई सामान ले तब भी, न ले तब भी, उससे फिर आने को कहता है। दुकान में लहँगे और साड़ियाँ, कुर्ता-पाजामा जैसी अनेक चीजें सजाकर रखी गई थीं। शेखचिल्ली थोड़ी देर तक बाहर से ही दुकान का जायजा लेता रहा और फिर दुकान में प्रवेश कर गया। दुकानदार से उसने अपने अब्बू के लिए कुर्ता-पाजामा का जोड़ा दिखाने के लिए कहा।

एक जोड़ा उसे पसन्द आ गया और उसने उसे खरीद लिया। इसी तरह अम्मी के लिए साड़ी और रजिया बेगम के लिए लहँगा-चुन्नी का जोड़ा उसने खरीदा। सारे सामान को एक थैली में रखवाकर उसने पैसे चुकाए। दुकानदार ने उससे खुद अपने लिए भी कुछ लेने का आग्रह किया तब शेखचिल्ली ने अपने लिए लखनवी कुर्ता, चूड़ीदार पाजामा और गोल टोपी खरीद ली और सारा सामान लेकर दुकान से बाहर आया। वह इस खरीदारी से बहुत खुश था। जीवन में पहली बार उसने खरीदारी की थी, वह भी अपनी अक्ल की कमाई से।

उत्साह के साथ शेखचिल्ली गाँव की ओर चल पड़ा। कन्धे में झोला और हाथ में अम्मी, अब्बू और रजिया बेगम के लिए सौगात लिये शेखचिल्ली लम्बे डग भरता हुआ चला जा रहा था। उसे दुनिया की कोई परवाह नहीं थी। आँखों के सामने कभी अम्मी का चेहरा तो कभी रजिया का चेहरा कौंध-कौंध जाता था। वह रात चढ़ने के बाद अपने घर पहुँचा। अम्मी को आवाज देकर जगाया। उसके अचानक आगमन पर अम्मी खुश हुईं। उसने अम्मी के लिए लाई गई साड़ी उन्हें दी। यह पहला मौका था जब उनके लाड़ले ने उनके लिए कुछ खरीदा था।

रसीदा बेगम की आँखों में खुशी के आँसू आ गए। उन्होंने शेखचिल्ली का सिर सहलाकर प्यार किया और कहा–"बेटा, रजिया के लिए कुछ नहीं लाया।"

"लाया हूँ अम्मी, लेकिन पहले अब्बू के लिए जो लाया हूँ वह देखो।"

तब तक बेटे की आवाज सुनकर शेख बदरुद्दीन भी जग गए थे। वे भी वहाँ पहुँच गए और शेखचिल्ली को गले से लगाया। शेखचिल्ली ने उन्हें जब कुर्ता-पाजामा दिया तो उन्होंने शेखचिल्ली का सिर चूमकर उसे प्यार दिया। फिर शेखचिल्ली ने रजिया बेगम के लिए लिया गया लहँगा-चुन्नी अपनी अम्मी को देते हुए कहा–"लो अम्मी, यह रजिया के लिए लाया हूँ, उसे दे दो।"

रसीदा बेगम ने नीचे से ही आवाज देकर रजिया बेगम को जगाया और उसे नीचे बुलाया। उनींदी-सी रजिया जब नीचे आई तो शेखचिल्ली को देखकर हैरत में पड़ गई। रसीदा बेगम ने रजिया को शेखू द्वारा लाया गया लहँगा-चुन्नी जब दिया तो वह शरमा-सी गई और शोख नजरों से

शेखचिल्ली की तरफ देखने लगी।

शेखचिल्ली ने जेब से हजार रुपए निकाले और अम्मी को थमाते हुए कहा–"अम्मी! यह है तेरे बेटे की कमाई!"

रसीदा बेगम ने आसमान की तरफ हाथ उठाकर दुआ की–"या परवरदिगार! ऐसी औलाद तू सबको देना।"

इस तरह उस रात शेखचिल्ली के आने से उसके परिवार में खुशियों का माहौल बन गया। देर रात तक परिवार के लोग बैठकर बातें करते रहे। फिर शेखचिल्ली रजिया बेगम के साथ अपने कमरे में चला गया।

अरसे बाद अपने खाविन्द से मिलकर रजिया बहुत प्रसन्न हुई थी मगर अम्मी और अब्बू की उपस्थिति में वह खुलकर अपनी प्रसन्नता का इजहार नहीं कर पांई थी। कमरे में पहुँचकर वह शेखचिल्ली से लिपट गई। शेखचिल्ली भी अनुशासन की मुद्रा से मुक्त होकर अपनी बेगम से चिपट गया। थोड़ी ही देर बाद दोनों की तन्द्रा टूटी तब शेखचिल्ली ने कहा–"चिन्ता मत करो, अब कम-से-कम एक साल तक मैं निश्चिन्त रहूँगा। अम्मी को साल भर की कमाई की रकम पेशगी दे चुका हूँ इसलिए वे तो मुझे काम पर जाने के लिए कतई जोर नहीं दे सकतीं। रही बात अब्बू की तो उन्होंने न पहले कुछ कहा है और न अब कुछ कहेंगे।"

रजिया ने जब शेखचिल्ली की बातें सुनीं तो जैसे आसमान से जमीन पर गिरी। वह अब नहीं चाहती थी कि शेखचिल्ली घर पर रहे और उसके पास बैठकर उसका मुँह निहारता रहे और उसकी सुन्दरता का बखान करता रहे। अब से दो महीने पहले की बात होती तो शेखचिल्ली की बातें सुनकर वह खुश होती। मगर शेखचिल्ली जब काम के लिए शहर गया तब उसकी अम्मी रसीदा बेगम ने रजिया को अपने पास बैठाकर अच्छी तरह समझाया था कि शेखचिल्ली के लिए काम करना कितना और क्यों जरूरी है। अम्मी की बातें उसे ठीक लगीं कि हमेशा तो अब्बाजान कमाते नहीं रहेंगे। एक दिन उनकी भी देह थकेगी तब यदि शेखचिल्ली दुनियादारी की बातें नहीं सीखे रहेगा तब कैसे अपने परिवार की ज़िम्मेदारियों का निर्वहन कर सकेगा?

रजिया को अपनी सास की कही बातें याद आ गईं। उसने तुरन्त शेखचिल्ली से कहा–"तो क्या तुमने साल भर बैठे रहने का इरादा कर लिया

है? अगर ऐसा है तो मैं यही कहूँगी कि ऐसा सोचना तुम्हारे लिए उचित नहीं है। तुम्हारे पास कुछ पैसे आ गए हैं तो तुम्हें यह सोचना चाहिए कि तुम उन पैसों से कोई छोटा-मोटा धन्धा शुरू कर लो। मेहनत और लगन से धन्धा करोगे तो उसमें तरक्की भी होगी और धीरे-धीरे धन्धा चमकने लगेगा और तुम्हारी तरक्की का जरिया बनेगा।''

शेखचिल्ली को रजिया की बातें अच्छी लगीं। उसने तुरन्त रजिया से कहा—''बेगम! तुम ठीक कहती हो। यह बात तुम्हारे दिमाग में आई कैसे? मैं तो कभी सोच भी नहीं पाया कि मैं कोई धन्धा कर सकता हूँ।...लेकिन रजिया, मैं क्या धन्धा करूँगा? मुझे तो कुछ आता नहीं। जिन्दगी में पहली बार आज मैंने कपड़ा खरीदा है। कहो तो कपड़े का ही धन्धा करूँ?''

''कोई भी धन्धा बुरा नहीं है और किसी भी धन्धे से तरक्की का रास्ता निकल सकता है। शर्त यह कि धन्धा लगन और मेहनत से किया जाए। वैसे मेरी राय है कि तुम जो भी धन्धा करो, उसके बारे में पहले तजुर्बा हासिल करो। अगर कपड़े की दुकान खोलना चाहते हो तो पहले कपड़े की दुकान में काम करो। जब कपड़े के व्यवसाय के बारे में अच्छी जानकारी हो जाए तब धन्धा शुरू करना।''

शेखचिल्ली ने मुग्ध नजरों से रजिया को देखा और सोचने लगा—'कितनी समझदार है मेरी बेगम!'

दूसरे दिन ही शेखचिल्ली किसी क़पड़े की दुकान में नौक़री तलाशने के लिए शहर आ गया। एक दुकानदार ने उसे मासूम और मेहनती समझकर अपनी दुकान में रख लिया। शेखचिल्ली लगन से काम करते हुए कुछ ही दिनों में अपने मालिक का विश्वास-पात्र बन गया।

एक दिन दुकानदार को किसी काम से कहीं जाना था। उसने कहा—''शेखचिल्ली, आज तुम दुकान सँभालो। कोशिश करना कि कोई ग्राहक आए तो लौटे नहीं। दो पैसे नीचे, दो पैसे ऊपर करके कपड़ा बेच लेना और शाम को जब मैं आऊँ तो हिसाब दे देना।''

शेखचिल्ली ने हामी भर दी। दुकानदार चला गया। दोपहर में दो ग्राहक दुकान में आए। पहले ग्राहक ने एक कपड़ा निकलवाया और उसकी कीमत पूछने लगा। शेखचिल्ली ने कहा—''बस, भाई, दो पैसे ऊपर, दो पैसे नीचे देकर कपड़ा ले लो।''

शेखचिल्ली की बातें सुनकर उस ग्राहक ने कहा–"सो तो ठीक है भाई! मगर तुम दाम तो बताओ।"

"यही दाम समझ लो।" शेखचिल्ली ने कहा।

वह ग्राहक झल्ला गया और चिढ़कर बोला–"अजीब दुकानदार हो तुम! रखो अपना कपड़ा। दाम तो ठीक से बता नहीं सकते और दुकान खोलकर बैठ गए हो। मुझे नहीं लेना है।"

वह ग्राहक पैर पटकता हुआ दुकान से बाहर चला गया। तभी दूसरा ग्राहक, जो इस माजरे को गौर से देख-सुन रहा था, तुरन्त बोला–"कोई बात नहीं है भाई! कपड़ा मैं ले लेता हूँ। यह लो, दो पैसे नीचे और दो पैसे ऊपर।" उसने कपड़े के नीचे दो पैसे और कपड़े के ऊपर दो पैसे रखकर कहा–"अब हो गए कपड़े मेरे। है न?"

शेखचिल्ली ने चार पैसे अपने पास रखे और कपड़ा उस ग्राहक को दे दिया।

शाम को दुकानदार आया और शेखचिल्ली से दिन का हिसाब माँगा तो शेखचिल्ली ने दुकानदार को बताया–"दिन भर में कुल दो ग्राहक आए थे। उनमें से एक बिना कपड़ा लिये लौट गया और दूसरे ने कपड़े के थान के नीचे दो पैसे और थान के ऊपर दो पैसे रखकर थान ले लिया। ये रहे चार पैसे।"

दुकानदार ने शेखचिल्ली की बात सुनकर अपना सिर पीट लिया। फिर क्रोध से बोला–"अरे तुम्हारी अक्ल कहाँ गई? हर थान के साथ कपड़े के दाम की चिट लगी हुई है। उसमें दो पैसे ऊपर या नीचे की बात कही थी मैंने। तुमने तो चार पैसे में कपड़े का थान बेच दिया। ये चार पैसे तो तुम अपने पास ही रखो। मुझे तो तुम पूरे थान के पैसे चुकाओ, इसी में तेरी भलाई है।"

बेचारा शेखचिल्ली! उसे कुछ समझ में नहीं आ रहा था कि क्या करे! वह दुकान के बाहर आ गया। जेब में दुकानदार के दिए चार पैसे थे। उसे भूख लग रही थी। दिन भर उसने कुछ खाया नहीं था। उसने सोचा–पहले पेट पूजा कर ली जाए फिर इस समस्या का निदान भी सोच लेंगे।

उसने रोटी की दुकान से चार पैसे की रोटी खरीदी और उसे हाथ में लेकर खाने ही जा रहा था कि कुत्ते ने उसके हाथ से रोटी छीन ली और

वहाँ से भागने लगा। कुत्ते के गले में पट्टा पड़ा था जिसका मतलब था कि कुत्ता पालतू है। भूख से शेखचिल्ली की अँतड़ियाँ कुलबुला रही थीं। हाथ से रोटी छिन जाने के कारण वह क्षुब्ध हो उठा था। शेखचिल्ली ने भी कुत्ते के पीछे दौड़ लगा दी कि वह उसके मुँह से अपनी रोटी वापस ले ले। कुत्ते के पीछे वह पूरी रफ्तार से भाग रहा था। कुछ दूर भागने के बाद कुत्ता एक शानदार मकान में घुस गया और एक कमरे में घुसकर कहीं छिप गया। शेखचिल्ली उस कमरे में घुसा तो पाया कि कमरे में कुत्ता भी नहीं है और न कोई आदमी है। एक औरत गुसलखाने में बैठी कपड़ा धोती उसे दिखी। कमरे में पलंग के ऊपर ही नोटों की एक गड्डी पड़ी थी। सौ-सौ के नोटों की गड्डी! शेखचिल्ली ने नोटों की गड्डी उठाई और अपनी टोपी उतारकर उसमें उसने नोटों की गड्डी रखी और फिर टोपी पहनकर उसी तरह दौड़ता हुआ वहाँ से निकल गया।

कपड़ा धो रही महिला ने दौड़कर वहाँ से निकल रहे शेखचिल्ली को देखा। मगर वह कुछ समझ पाती, इससे पहले ही शेखचिल्ली उस घर से बहुत दूर निकलकर सड़क की भीड़ में खो चुका था।

उस औरत के घर से निकलकर शेखचिल्ली अपने डेरे आ गया। उसने नोट गिने। पूरे दस हजार रुपए थे। वह सोचने लगा उस कुत्ते के बारे में जो उसके हाथ से रोटी छीनकर ले गया था। फिर उसने सोचा–'चार रोटी के बदले दस हजार रुपए। सौदा बुरा नहीं रहा।'

दूसरे दिन हजार रुपए लेकर वह दुकान गया और दुकानदार से पूछा–"मेरे मालिक, मेरे हाथ से कल जो थान चार पैसे का बिका था उसकी कीमत कितनी थी?"

"एक सौ बीस रुपए।" दुकानदार ने कहा।

जब शेखचिल्ली ने दुकानदार के पैसे चुकाए तब दुकानदार ने कहा–"शेखचिल्ली! तुम निहायत ही शरीफ और ईमानदार इनसान हो। तुम्हारी जगह कोई भी होता तो वह मेरा पैसा चुकाने नहीं आता। भाग गया होता यहाँ से। हाँ, यह ठीक है कि तुम लोगों की मक्कारी और धूर्तता समझ नहीं पाते हो।"

शेखचिल्ली मासूमियत से दुकानदार की तरफ देखता रहा और बोला–"मालिक! मैं आपकी दुकान में इसलिए नौकरी कर रहा हूँ कि मैं यह काम

सीख सकूँ। इस व्यवसाय के नफा-नुकसान को समझ लेने के बाद मैं अपनी दुकान खोलना चाहता हूँ। मुझे उम्मीद है कि आपकी सेवा करते हुए मैं अपनी दुकान शुरू करने लायक बन जाऊँगा।''

दुकानदार शेखचिल्ली की साफगोई से प्रभावित हुआ और उससे कहा– ''शेखचिल्ली! दुकानदारी की मोटी बातें तो मैं तुम्हें सिखा दूँगा, जैसे कपड़ा किस थोक व्यापारी से लाओ और किस कपड़े पर कितना मुनाफा लेकर बेचो। बाकी व्यवसाय की बारीकियाँ तो तुम्हें समय ही सिखाएगा। यह समय सबसे बड़ा गुरु है। बस, आँख-कान खोलकर रहने की आदत डालो। खुद-ब-खुद तुम दुकानदारी का हुनर भी सीख जाओगे।...लेकिन शेखचिल्ली! अपनी दुकान खोलने के लिए तो तुम्हें पूँजी की जरूरत होगी। पूँजी के बिना तो दुकानदारी नहीं हो सकती। कुछ पूँजी है तुम्हारे पास दुकान में लगाने के लिए?''

''हाँ, है न! मेरे पास दस-बारह हजार रुपए जमा हो चुके हैं। कुछ दिन आपके यहाँ रहूँगा तो वह मेहनताना भी मेरी बचत ही होगी। मेरा कोई खर्चा तो है नहीं। चार रोटी रोज का खर्चा है। जो बचेगा, वह अम्मी को दे आऊँगा।''

दुकानदार ने शेखचिल्ली की पीठ थपथपाई और कहा–''ठीक है शेखचिल्ली, ईमानदारी से काम में लगे रहो। जल्दी ही अपनी दुकान का तुम्हारा सपना पूरा होगा।"

उस दुकानदार ने शेखचिल्ली को थोक कपड़ा दुकानदारों के पास भेजना शुरू किया, फिर कपड़े के थान पर उसका मूल्य किस तरह लिखा जाता है, यह हुनर भी उसे सिखाया। एक दिन शेखचिल्ली के लिए किराए की एक दुकान भी देख दी।

उस दुकानदार की मदद से शेखचिल्ली की अपनी कपड़े की दुकान उस शहर में खुल गई। उसका मालिक दुकानदार हमेशा उसकी सहायता के लिए तत्पर रहता। इस तरह कुछ ही समय में उसकी दुकान चल निकली। फिर क्या था, शेखचिल्ली ने एक किराए का मकान भी ले लिया और अपनी अम्मी और रजिया बेगम को बुलाकर शहर ले आया। शहर में उसकी जिन्दगी आराम से कटने लगी।

चोरी न करने का संकल्प

एक दिन एक भद्र महिला शेखचिल्ली की दुकान में कुछ खरीदने के लिए आई। शेखचिल्ली उसे ब्लाउज के कपड़े, सूट-सलवार के कपड़े दिखाने लगा। उस महिला ने एक सूट का कपड़ा लिया और उस कपड़े के पैसे चुकाए। पैसे लेकर शेखचिल्ली अपने गल्ले के पास जा बैठा और गल्ले में से अपनी गोल टोपी निकालकर पहन ली। महिला ने जाते-जाते, ठमककर शेखचिल्ली की तरफ देखा और उसे पहचान गई। यह वही महिला थी जिसके घर में कुत्ते का पीछा करते हुए शेखचिल्ली घुस गया था और वहाँ से लौटते समय पलंग से सौ-सौ के नोटों की गड्डी उठाकर ले आया था। महिला ने उसे गुसलखाने से देखा था। उसकी नुकीली दाढ़ी और गोल टोपी उसे याद रह गई थी। घर से रुपए चोरी किए जाने की घटना की जानकारी उसने पुलिस को दे दी थी जिसमें उसने चोर का हुलिया भी बता रखा था।

महिला ने पूरे इत्मीनान के साथ शेखचिल्ली का चेहरा देखा और जब उसे यह तसल्ली हो गई कि यह वही आदमी है जो उसके घर से नोटों की गड्डी ले आया था तब वह उसकी दुकान से बिना कुछ कहे निकली। वह सीधा पुलिस थाने गई और वहाँ उसने पुलिस को जानकारी दे दी कि जिस चोर ने उसके घर से दस हजार रुपए चुराए थे, वह बाजार में कपड़े की दुकान चला रहा है।

महिला की सूचना के बाद पुलिस हरकत में आई और शेखचिल्ली के कपड़े की दुकान पर छापा मारकर उसे पकड़ लिया। पहले तो अपनी गिरफ्तारी से चकित हुआ लेकिन जब पुलिस ने उससे पूछताछ शुरू की तब उसकी समझ में आ गया कि मामला दस हजार रुपए का है। उसी दस हजार रुपए का जो वह एक घर से रोटी के एवज में उठा लाया था। उस घर का कुत्ता उसके हाथ से रोटी छीनकर भाग गया था और वह कुत्ते का

पीछा करते हुए उस घर में जा घुसा था और पलंग पर रखी नोटों की गड्डी उड़ा लाया था।

पुलिस थाने में उससे पूछताछ करने लगी—"बताओ! तुमने उस भद्र महिला जुबैदा खातून का रुपया लिया था या नहीं?"

"मैं किसी भद्र महिला जुबैदा खातून को नहीं जानता।"

"तुमने किसी घर से पलंग पर रखे नोटों का बंडल चुराया।" थानेदार ने रौब डालते हुए पूछा।

"हाँ, एक कुत्ते के घर से! कुत्ता मेरी रोटी चुराकर भागा था। मैं कुत्ते के पीछे दौड़ता हुआ उस घर में घुसा था और कुत्ते को नहीं पकड़ पाने के कारण मैं वहाँ से रुपए लेकर भाग आया था।"

थानेदार ने शेखचिल्ली के जवाब से ही समझ लिया कि यह आदमी ईमानदार भी है और परले दर्जे का बेवकूफ भी।

दूसरे दिन दंडाधिकारी की इजलास में शेखचिल्ली की पेशी हुई और आदेश हुआ—'शेखचिल्ली की दुकान की नीलामी कर उस महिला के पैसे वापस कर दिए जाएँ और शेखचिल्ली को तीन महीने के लिए जेल भेज दिया जाए।' दंडाधिकारी ने मामले की सुनवाई करते हुए आगे कहा—"शेखचिल्ली ईमानदार है। वह समझ रहा है कि वह रोटी के बदले रुपए ले आया है। उसकी बातों से प्रकट होता है कि उसे अपने अपराध का ज्ञान नहीं है। मगर उससे अनजाने ही सही, दंडनीय अपराध हुआ है जिसके कारण उसे सजा भुगतनी होगी। उसकी नेकचलनी और ईमानदारी के कारण उसे मात्र तीन महीने की सजा ही बामशक्कत दी जाती है।"

इस तरह शेखचिल्ली की दुकान की नीलामी हो गई और शेखचिल्ली को जेल भेज दिया गया।

शेखचिल्ली के जेल जाने की खबर जब उसकी अम्मी रसीदा बेगम को मिली तो उसका कलेजा मुँह को आ गया। वह रोती- कलपती भागी-भागी जेल पहुँची और शेखचिल्ली से मिलकर बिलख पड़ी।

शेखचिल्ली ने अपनी अम्मी को समझाया—"अम्मी! जो होना था सो हो गया। मैं अपनी पूर्व की स्थिति में आ गया हूँ। कोई बात नहीं है, अम्मी! जेल से निकलकर मैं जी लगाकर काम करूँगा और फिर बेहतर जिन्दगी जिएँगे हम सब। यह मेरा वादा है।"

अम्मी को विदा करके शेखचिल्ली अपने बीते दिनों को याद करने लगा।

दूसरे दिन जब उसकी अम्मी उससे मिलने आई तब उसने कहा–"अम्मी! तुम रजिया को लेकर गाँव वापस चली जाओ। जेल से निकलने के बाद में गाँव आऊँगा तब सभी मिलकर सोचेंगे कि अब आगे क्या करना है।" थोड़ी देर चुप रहने के बाद शेखचिल्ली ने पुनः कहा–"अम्मी! मुझसे मिलने एक दिन भी रजिया नहीं आई, क्या बात है? क्या वह मुझसे नाराज है?"

"नहीं बेटे! वह क्यों नाराज होने लगी? तुम्हारी गिरफ्तारी की वजह से वह मायूस है और अपने गम से हलकान है। मैं उसे कल लेकर आऊँगी। तू चिन्ता न कर।" शेखचिल्ली को ममता से निहारते हुए रसीदा बेगम ने कहा।

अपने बेटे से जेल में मिलकर जब रसीदा बेगम घर लौटी तब उसने अपनी बहू रजिया बेगम से बताया कि शेखचिल्ली उससे मिलना चाहता है तब अचानक रजिया बेगम फफक-फफककर रो पड़ी और बोली–"अम्मी, मुझसे यह बर्दाश्त नहीं होगा कि मैं अपने पति को जेल की सलाखों के पीछे देखूँ। जो गुनाह उन्होंने किया है उसकी सजा तो वे भोग रहे हैं और उनसे सम्बन्धित होने के कारण सारी दुनिया मुझे चोर की बीवी कहेगी और आपको चोर की अम्मी। यह मुझसे कतई बर्दाश्त नहीं होगा। मैं तो उनसे मिलने जेल किसी भी हालत में नहीं जाऊँगी।"

बहुत मनाने के बाद भी जब रजिया बेगम नहीं मानी तब रसीदा बेगम अकेले ही शेखचिल्ली से मिलने दूसरे दिन जेल पहुँची।

रसीदा बेगम को अकेले आया देख वह मन ही मन समझ गया कि रजिया बेगम उससे नाराज है। उसने अपनी अम्मी से कहा–"अम्मी! रजिया से कहना–मैं उसकी नजर में अच्छा इनसान बनकर लौटूँगा।"

इसके बाद रसीदा बेगम ने शेखचिल्ली को बताया कि वह मकान मालिक के पैसे चुकाकर उसका घर खाली करके गाँव लौट रही है। जेल से छूटने के बाद वह सीधे वहीं आए।

अपने बेटे से विदा लेकर रसीदा बेगम वापस लौट गाई। वह उदास थी और मायूस भी।

सास की उदासी को समझते हुए रजिया बेगम ने उससे कहा– "अम्मीजान! आप सोच रही होंगी कि मैं कितने कठोर दिल की हूँ कि जेल में बन्द अपने पति से मिलने नहीं गई। मगर अम्मी, वे इतने भोले और लापरवाह हैं कि उन्हें कभी अपनी गलतियों का अहसास भी नहीं होता है। मैंने यह कठोरता उन्हें समझदार बनाने के लिए अपना ली है। वे अब भी बच्चों जैसी हरकतें करते हैं...मुझे तो हैरत होती है।"

रसीदा बेगम ने रजिया की ओर देखा और उसे तसल्ली देती हुई बोलीं– "बहू! तुम्हारा कहना जायज है। अल्लाह करे कि शेखचिल्ली अब समझदारी से काम लेना सीख जाए। अगर उसने थानेदार के सामने सच की जगह झूठ बोल दिया होता तो यह आफत गले नहीं पड़ी होती। खैर! खुदा जो करता है, भले के लिए करता है।"

दूसरे दिन रसीदा बेगम अपनी बहू रजिया के साथ गाँव पहुँच गईं और अपनी सामान्य दिनचर्या में लग गईं। अभी उन्हें आए पन्द्रह दिन भी नहीं बीते थे कि गाँव में हैजा फैल गया और शेख बदरुद्दीन का उल्टियाँ करते-करते इन्तकाल हो गया।

रजिया बेगम सन्न रह गई ससुर की मौत से और रसीदा बेगम को काठ सा मार गया। भावशून्य अवस्था में ही रसीदा और रजिया ने सारे सगे-सम्बन्धियों को सूचना दी। शेख बदरुद्दीन को सुपुर्द-खाक किया गया।

शेखचिल्ली को जब जेल में अपने अब्बू के इन्तकाल की खबर मिली तो वह फूट-फूटकर रोया और तीन महीना बीतने की बेकली से प्रतीक्षा करने लगा। अब उसके लिए अम्मी और रजिया की परवरिश के लिए कुछ करने की जरूरत आन पड़ी थी। किसी तरह तीन महीने की अवधि पूरी हुई। शेखचिल्ली जेल से बाहर आया और सीधे अपने गाँव पहुँचा।

अम्मी उससे लिपटकर फूट-फूटकर रोईं। मगर रजिया बेगम उससे कोई बात करने के लिए तैयार नहीं हुई। अम्मी के गुहार लगाने पर उसने कहा– "अम्मी! पहले आप अपने बेटे को कहें कि जिन्दगी में कभी भी कोई चोरी नहीं करने की शपथ लें तब ही मैं उनसे बातें करूँगी, नहीं तो मैं उनकी ओर देखूँगी भी नहीं।"

बिना अम्मी के कुछ बोले ही शेखचिल्ली ने रजिया बेगम के सामने शपथ ली कि वह जीवन में कभी भी किसी की कोई चीज नहीं चुराएगा,

तब रजिया बेगम का गुस्सा शान्त हुआ और वह उससे लिपटकर देर तक रोती रही।

शेखचिल्ली उसके सिर पर थपकियाँ देकर उसके शान्त होने का इन्तजार करता रहा और जब वह शान्त हुई तो उसे बाँहों में लेकर अपने कमरे में चला गया। एक अरसे बाद शेखचिल्ली अपने घर में चैन की नींद सोया।

अनाम मंजिल की ओर

शेखचिल्ली अपनी बीवी रजिया बेगम और अपनी अम्मी के साथ कुछ दिनों तक चैन से रहा। अब्बू के नहीं होने से उसे सब कुछ अजीब-सा लग रहा था। घर में हर जगह कुछ न कुछ उसे ऐसा जरूर दिख जाता था जिससे उसे अपने अब्बू की याद आ जाती थी। अब्बू की याद के अलावा अगर उसे कोई चीज परेशान कर रही थी तो वह थी उसकी बेरोजगारी।

शेखचिल्ली ने शहर या जेल से लौटने के बाद अपने गाँव में जो भी दिन बिताए थे, उन दिनों में वह इसी गुन-धुन में लगा रहा था कि अब वह करे भी तो क्या करे! गाँव में तो लकड़ियाँ काटने, कुदाल चलाने, खेत-बागान की रखवाली करने जैसे ही काम थे। ये काम ऐसे नहीं थे जिसे करके वह अपने घर की परवरिश कर पाता। उसे ऐसे काम की जरूरत थी जिसे करके वह इतने पैसे हासिल कर सके जिससे उसकी अम्मी और बेगम की हसरतें पूरी हो सकें।

शेखचिल्ली अभी इसी उधेड़बुन में पड़ा था कि एक शाम उसके गाँव में सरकार की तरफ से एक फिल्म दिखाने के लिए कुछ लोग आए। पूरे गाँव में डुगडुगी पिटवा दी गई कि जो भी चाहे वह नाच- गानों से भरपूर वह फिल्म देखने को मदरसा-मैदान में एकत्रित हो जाए। फिल्म शाम को छह बजे शुरू होगी और रात के नौ बजे खत्म होगी।

मुनादी शेखचिल्ली ने भी सुनी। उसने सोचा–चलो, आज की शाम मजे में कट जाएगी। मुफ्त में फिल्म देखने को मिलेगी। अम्मी को बताकर कि मदरसा-मैदान में सरकार की तरफ से सिनेमा दिखाया जा रहा है, शेखचिल्ली ठीक छः बजे मदरसा-मैदान पहुँच गया।

मैदान में दरी बिछाकर लोगों के बैठने की व्यवस्था की गई थी। मदरसे की एक दीवार पर सिनेमा दिखाने का पर्दा लगा हुआ था। देखते-देखते

मदरसा-मैदान लोगों से भर गया और पर्दे पर रोशनी पड़नी शुरू हो गई। शेखचिल्ली के लिए यह किसी अजूबे से कम नहीं था। फिल्म शुरू होते ही उसका मुँह खुला का खुला रह गया–वल्लाह! यह तो वैसी ही फिल्म है जैसी सिनेमा हॉल में दिखाई जाती है। मन-ही-मन अचरज में डूबता हुआ वह पूरी फिल्म दीवानगी के आलम में देख गया। उस फिल्म में नायक का एक सहयोगी उसी की तरह हल्की नुकीली दाढ़ी और गोल टोपी पहने हुए था। शेखचिल्ली को यह किरदार बहुत पसन्द आया और उसने फिल्म देखते-देखते ही तय कर लिया कि वह फिल्मों में काम करेगा।

फिल्म खत्म होने के बाद सभी लोग अपने-अपने घरों को वापस चले गए मगर शेखचिल्ली वहीं बैठा रहा। फिल्म दिखानेवाले लोग पर्दा उतारने लगे तब शेखचिल्ली उनके पास गया और उनसे पूछा–"जनाब! आपने यह फिल्म कहाँ और कैसे बनाई?"

वे लोग बोले–"भइया! ये फिल्म मैंने नहीं बनाई। हम तो सरकार के सूचना एवं प्रसारण विभाग के मुलाजिम हैं। लोगों को मनोरंजन प्रदान करने के उद्देश्य से सरकार ने फिल्म दिखाने का कार्यक्रम शुरू किया है। उसी कार्यक्रम के तहत हम यह फिल्म आप लोगों को दिखाने आए थे।"

"देखिए जनाब! चाहे जो हो, इतना तो तय है कि आप लोग फिल्म विभाग से जुड़े हैं। मुझे बस इतना बता दीजिएगा कि मुझे फिल्मों में काम कैसे मिलेगा। आप लोगों की पहचान तो फिल्म बनानेवालों से जरूर होगी। अगर आप लोग मुझे फिल्मों में काम दिलवा दें तो बड़ी मेहरबानी होगी।"

शेखचिल्ली की बात सुनकर वे लोग हँसने लगे।

शेखचिल्ली समझ नहीं पाया कि आखिर ये लोग हँस क्यों रहे हैं? शेखचिल्ली धैर्यपूर्वक उन सबों का चेहरा बारी-बारी से देखता रहा। उसे अचरज में डूबा देखकर उनमें से एक व्यक्ति ने संजीदा होते हुए कहा–"मियाँ! फिल्में तो बम्बई में बनती हैं। तुम्हें फिल्मों में काम करना है तो यहाँ क्या कर रहे हो? बम्बई जाओ।"

शेखचिल्ली ने उस आदमी का शुक्रिया अदा किया और अपने घर वापस लौट आया।

जिस समय वह अपने घर पहुँचा उसकी अम्मी और बेगम दोनों जगी हुई थीं और आँगन में बैठकर गप्पें लगा रही थीं। शेखचिल्ली ने उनके पास

पहुँचकर कहा–"अम्मी! मैंने तय कर लिया है कि मैं फिल्मों में काम करूँगा। इसके लिए मुझे बम्बई जाना होगा। मैं कल ही बम्बई चला जाऊँगा।"

उसकी अम्मी और बेगम दोनों ने आश्चर्य से उसकी तरफ देखा। उसकी अम्मी ने चकित होकर उससे कहा–"अरे, आज अचानक तू सिरफिरों जैसी बातें क्यों कर रहा है? अचानक बम्बई जाने की सनक तुझ पर कैसे सवार हो गई? किसने तुम्हारे दिमाग में यह बात भर दी?"

"अम्मी! मेरे मन में खुद-ब-खुद यह खयाल आया है कि मुझे बम्बई जाना चाहिए। मेरा कान कौन भरेगा और अम्मी! मैं यह बात किसी सनक में नहीं कह रहा हूँ। मेरे भीतर से यह आवाज आ रही है कि शेखचिल्ली, तू इस गाँव में बैठा क्या कर रहा है? तुम्हारा इन्तजार बम्बई में हो रहा है। मुझे विश्वास है अम्मी कि बम्बई पहुँचने पर मुझे काम जरूर मिलेगा और वह भी फिल्मों में।" शेखचिल्ली ने कहा।

अम्मी ने उसे बहुत समझाया मगर वह अपनी जिद पर अड़ा रहा। जब वह सोने के लिए अपने कमरे में गया तो उसकी बेगम ने भी उसे समझाया कि फिल्मों में काम मिलना आसान नहीं होता। मगर शेखचिल्ली तो शेखचिल्ली था, कैसे उसे अपनी बेगम की बात समझ में आती? अन्ततः अम्मी और उसकी बेगम ने दूसरे दिन उसे बम्बई जाने की इजाजत दे दी।

शेखचिल्ली बन-सँवरकर अपने घर से निकला। रेलवे स्टेशन पहुँचकर उसने वहाँ के लोगों से पता किया कि बम्बई जाने के लिए उसे क्या करना होगा। लोगों ने उसे टिकट खिड़की दिखाते हुए कहा–"पहले तो उस खिड़की से बम्बई जाने के लिए टिकट खरीदो फिर जब बम्बई जानेवाली ट्रेन आ जाए तब उसके किसी डिब्बे में बैठ जाना और जब बम्बई आ जाए तो डिब्बे से उतर जाना और जहाँ जाना होगा, वहाँ चले जाना।"

शेखचिल्ली बम्बई का टिकट खरीदने के लिए जब टिकट खिड़की पर गया तब वहाँ भी उसने कुछ ऐसा किया कि वहाँ खड़े लोग हँसने लगे और वह उन तमाम हँसनेवालों की तरफ देखने लगा कि आखिर वे लोग हँस क्यों रहे हैं और जब उसे कुछ भी समझ में नहीं आया तब खुद भी हँसने लगा– यह सोचकर कि यदि वह नहीं हँसा तो लोग उसे नासमझ समझेंगे।...

हुआ यह कि बम्बई का टिकट माँगने पर टिकट बुकिंग क्लर्क ने उससे

पाँच रुपए बारह आने की माँग की तो शेखचिल्ली ने उससे कहा–"अरे भाई! इतना महँगा है टिकट? कुछ कम करो तो लें भी।" मानो वह सब्जीवाले से मोल-भाव कर रहा हो!

टिकट क्लर्क ने उसे झिड़क दिया–"क्यों मजाक कर रहे हो भाई साहब? टिकट लेना हो तो पैसे निकालो, नहीं तो खिड़की से हट जाओ।"

शेखचिल्ली ने समझ लिया कि टिकट क्लर्क बम्बई के टिकट का पाँच रुपए बारह आने ही लेगा। तब उसने टिकट क्लर्क को उतने पैसे गिनकर दे दिये और उससे बम्बई का टिकट लेकर ट्रेन आने की प्रतीक्षा में प्लेटफार्म पर बैठ गया।

ट्रेन आने पर कुछ डिब्बों में उसने खचाखच भीड़ देखी मगर भीड़-भाड़वाले डिब्बों के अलावा उसे उसी ट्रेन में एक डिब्बा ऐसा भी दिखा जिसमें बिल्कुल भीड़ नहीं थी। वह उसी डिब्बे में चढ़ गया।

ट्रेन खुली। शेखचिल्ली एक सीट पर बैठकर सोचने लगा–इस ट्रेन की सीट तो बड़ी गद्‌देदार है। मजा आ रहा है इस गद्‌देदार सीट पर बैठकर। ट्रेन अभी कुछ दूर ही गई होगी कि शेखचिल्ली का टिकट देखने के लिए टी.टी.ई. पहुँच गया। शेखचिल्ली ने टी.टी.ई. से भी झड़प कर ली–"क्यों भाई? क्यों दिखाऊँ तुम्हें टिकट?"

जब उसने बताया कि सरकार की ओर से उसे इस ट्रेन में यात्रा करने वालों का टिकट देखने के लिए बहाल किया गया है और यदि वह उसे टिकट नहीं दिखाएगा तो मजबूर होकर वह उसे गिरफ्तार कर जेल भेज देगा।

जेल की धमकी सुनकर उसकी सिट्टी-पिट्टी गुम हो गई। उसने तुरन्त अपना टिकट निकालकर टी.टी.ई. को थमा दिया। टी.टी.ई. ने टिकट देखकर उससे कहा–"अब समझ में आया मियाँ कि तुम मुझे टिकट क्यों नहीं दिखा रहे थे। टिकट तुमने लिया है थर्ड क्लास का और सफर कर रहे हो फर्स्ट क्लास में। निकालो चार रुपए और। तुम्हें फर्स्ट क्लास की कीमत चुकानी होगी।"

चार रुपए की माँग पर शेखचिल्ली के हाथ-पैर फूल गए। उसने कहा–"अरे भाई, पहले मुझे यह थर्ड क्लास और फर्स्ट क्लास का भेद तो समझाओ। पूरी की पूरी ट्रेन ही बम्बई जा रही है। फिर यह थर्ड क्लास और

फर्स्ट क्लास का क्या चक्कर है?"

टी.टी.ई. ने उसे समझाया—'भाई, फर्स्ट क्लास की सीटें गद्देदार हैं और अधिक सुविधाजनक। थर्ड क्लास में तो तुम्हें पटरे पर बैठना पड़ता है।"

"तो हटा ले अपना गद्दा। मैं पटरे पर ही बैठ लूँगा। क्यों मुझे लूटने की कोशिश कर रहे हो?" शेखचिल्ली ने कहा।

टी.टी.ई. इस मुसाफिर से हलकान हो चुका था। उसने डपटते हुए कहा—"मियाँ, अब बन्द भी करो ड्रामा और चार रुपए देकर अपना टिकट बदलवाओ, नहीं तो अगले स्टेशन पर मैं तुम्हें रेलवे-पुलिस के हवाले कर दूँगा। जब जेल जाना पड़ेगा तो खुद समझ में आ जाएगा कि किसी सरकारी मुलाजिम से काम के वक्त मसखरी करने का नतीजा क्या होता है!"

शेखचिल्ली ने जैसे ही जेल की धमकी सुनी तो उसके शरीर से पसीना छलछला आया। उसने तुरन्त जेब में हाथ डाला और चार रुपए निकालकर टी.टी.ई. को थमा दिया।

टी.टी.ई. ने उसे चार रुपए की रसीद थमा दी और कहा—"अब करो आराम से फर्स्ट क्लास में सफर!"

शेखचिल्ली मन-ही-मन जोड़ रहा था—पूरे नौ रुपए बारह आने लग गए बम्बई का टिकट बनवाने में। इसके बाद वह अल्लाहताला को याद कर मन-ही-मन विनती करने लगा—'या मेरे खुदा! अब रास्ते में कोई और इस टिकट में इजाफा करनेवाला न आ धमके। पूरे नौ रुपए बारह आने खर्च हो चुके हैं। मेरे मौला! अपने बन्दे पर रहम करना।'

इसी तरह खुदा-खुदा करते हुए शेखचिल्ली बम्बई पहुँच गया। बम्बई सेंट्रल रेलवे स्टेशन पर ट्रेन रुकी और वह ट्रेन से उतरा तो वहाँ की भीड़ देखकर उसके होशो-हवास गुम हो गए—'बाप रे! कितनी भीड़ है यहाँ? कितना बड़ा रेलवे स्टेशन है यहाँ का?' सोचते हुए वह जिधर नजर दौड़ाता, उधर ही उसे लोगों का सैलाब-सा उमड़ता दिखता। अन्ततः शेखचिल्ली ने अपना मन मजबूत किया और भीड़ के साथ चलता हुआ रेलवे स्टेशन से बाहर आ गया। असबाब के नाम पर उसके पास एक झोला था। वह चलता रहा, चलता रहा, चलता रहा। उसकी आँखों के सामने से बड़ी-बड़ी इमारतें गुजरती रहीं। उसने अपने जीवन में इतनी ऊँची इमारतों की कल्पना नहीं की थी जितनी ऊँची इमारतें उसे हकीकत में देखने को मिल रही थीं।

भटकते-चलते वह गेट वे ऑफ इंडिया पहुँच गया। वहाँ उसे सैलानियों की भीड़ देखने को मिली। चलते-चलते शेखचिल्ली बहुत थक गया था इसलिए वह वहीं एक सुरक्षित स्थान देखकर पाँव फैलाकर बैठ गया। उसे भूख भी लगी थी इसलिए उसने एक पावभाजी बेचनेवाले लड़के से पावभाजी खरीदकर खाया और फिर वहीं पर लेट गया।

वह थोड़ी देर ही सो पाया था कि किसी आदमी ने उसके पाँव को हिलाना शुरू कर दिया। पाँव हिलाए जाने से शेखचिल्ली की नींद खुल गई। वह हड़बड़ाकर उठ बैठा। पूरी तरह नींद खुलने पर उसने देखा कि एक गोल-मटोल-सा सम्पन्न आदमी उसका पाँव पकड़ते कह रहा है–"बाबा का वचन सच हुआ। मिल गया मेरी फिल्म का हीरो।"

शेखचिल्ली ने झटककर अपना पाँव छुड़ाया और खीज-भरे स्वर में पूछा–"क्यों बे? मुझे कच्ची नींद से क्यों जगाया? मैं कितना हसीन ख्वाब देख रहा था! मैं अपनी हीरोइन के साथ बाग में गाना गा रहा था। तुमने मेरा पैर हिलाकर सब गुड़-गोबर कर दिया।"

"अरे, नहीं जनाब! आप नाराज न हों। मैं फिल्म का प्रोड्यूसर-डायरेक्टर हूँ। मुझे अपनी फिल्म के लिए नए चेहरे की तलाश थी। मैं अभी-अभी बाबा घोंघड़मल के दर्शन करके आया हूँ। बाबा के कहने पर ही मैं गेट वे ऑफ इंडिया आया। बाबा ने कहा कि गेट वे ऑफ इंडिया के पास एक युवक गोल टोपी पहने लेटा होगा, उसकी हलकी नुकीली दाढ़ी होगी। उसी युवक को अपनी फिल्म में हीरो बनाऊँगा तब मेरी फिल्म सिल्वर जुबली मनाएगी और बॉक्स ऑफिस के सारे रिकॉर्ड तोड़ेगी। आप मुझे यहाँ ठीक वैसे ही मिले जैसे बाबा घोंघड़मल ने बताया था...मेरी तो तकदीर सँवर गई–हा-हा-हा! किसी ने ठीक ही कहा है कि खुदा जब देता है तो छप्पर फाड़ के देता है।"

शेखचिल्ली ने जब जाना कि यह मोटा-मुटल्ला आदमी खुद फिल्म बनाता है और उसे अपनी फिल्म में हीरो बनाना चाहता है तब वह बहुत खुश हुआ और बोला–"जनाब! जब आप मुझे अपनी फिल्मों में हीरो बनाना चाहते हैं तो फिर मेरे पाँव क्यों पकड़ रहे हैं? मुझे मौका दीजिए। मुझे आपका पाँव पकड़ना चाहिए।"

"अरे नहीं, यह ठीक नहीं होगा। सिल्वर जुबली मनानेवाली फिल्म के

हीरो का तो कोई भी निर्माता पाँव पकड़ना चाहेगा। यदि मैंने पकड़ा तो क्या कमाल किया!"

तुरन्त निर्माता ने एक फॉर्म निकाला और शेखचिल्ली के सामने रखते हुए कहा—"जनाब हीरो साहब! यह लीजिए। इस फॉर्म में यहाँ दस्तखत कर दीजिए।"

शेखचिल्ली ने पूछा—"क्यों? क्यों कर दूँ दस्तखत?"

"आप दस्तखत करेंगे इसलिए कि यह शर्तनामा यह बताने के लिए है कि आप हमारी फिल्म में बतौर हीरो काम करेंगे। और यह लीजिए एक हजार रुपए—आपकी साइनिंग एमाउंट।" शेखचिल्ली को रुपया थमाते हुए उस गोल-मटोल-से आदमी ने कहा।

रुपए देखकर शेखचिल्ली की बाछें खिल गईं। उसने तुरन्त कलम ली और उस फॉर्म पर दस्तखत किया और गोल-मटोल-से आदमी के हाथों से रुपए लिये और पूछा—"एक हजार ही हैं न?"

उस गोल-मटोल आदमी को लगा कि शेखचिल्ली इस रकम को कम बता रहा है इसलिए वह तुरन्त बोला—"जनाब! आप पैसों की परवाह मत कीजिए। यह तो 'टोकन मनी' है। आपको मुँहमाँगी रकम दी जाएगी। पैसे देने में इस झाड़ूवाला की पूरी इंडस्ट्री में कोई सानी नहीं है। बस, अब आप मेरी गाड़ी में बैठ जाएँ। आपको अब फिल्म के किरदार के हिसाब से तैयार किया जाएगा। इसके लिए आपके बाल-दाढ़ी को करीने से सजाया जाएगा। ड्रेसर के पास आपके नए कपड़ों के नाप भी दिए जाएँगे। आप गाड़ी में बैठें...गाड़ी में ही आपको सारी बातें समझा दी जाएँगी।"

शेखचिल्ली उसके साथ उसकी कार में जा बैठा। गोल-मटोल व्यक्ति उसे लेकर सैलून में गया। सैलूनवाले ने शेखचिल्ली का बाल काटा, फिर दाढ़ी बनाई। शेखचिल्ली ने अपना चेहरा आईने में देखा तो दंग रह गया। खुद को इतना खूबसूरत उसने इससे पहले कभी नहीं देखा था। वह प्रसन्नचित्त होकर कार में लौट आया।

कार में प्रोड्यूसर डायरेक्टर मिस्टर झाड़ूवाला ने उससे कहा—"जनाब शेख साहब! अब लगे हाथ आपके कपड़ों का भी इन्तजाम हो जाए। मेरी फिल्म का हीरो सूट पहनता है, बूट पहनता है और टाई लगाता है। अभी अपन चलते हैं रेडीमेड की दुकान में और आप पर जँचनेवाले सूट-बूट-टाई

का इन्तजाम करते हैं।''

कार एक शानदार रेडीमेड कपड़ों की दुकान पर रुकी। मिस्टर झाड़ूवाला शेखचिल्ली को साथ लेकर सीधे दुकान में गया और उसको बेहतरीन से बेहतरीन सूट-बूट में सजाकर लाने का हुक्म दिया।

ट्रायल रूम से निकलकर जब शेखचिल्ली बाहर आया तो मिस्टर झाड़ूवाला उसे प्रशंसाभरी निगाहों से देखता हुआ बोला–''हाउ हैंडसम! आप तो सभी हीरों की छुट्टी कर दोगे जनाब! मेरी फिल्म हिट होने दो। देखना, सारी इंडस्ट्री तुम्हारा कदम चूमेगी।''

शेखचिल्ली को लेकर झाड़ूवाला कार में बैठ गया और शेखचिल्ली से कहा–''अपन अब सीधे शूटिंग साइट पर चलते हैं। वहाँ एक 'रेप सीन' से शूटिंग शुरू होगी। फिल्म का विलेन हीरोइन के साथ 'रेप' करने की कोशिश करेगा और हीरो उस हीरोइन को बचाने के लिए कूदेगा और विलेन को मारकर भगा देगा। हीरोइन हीरो की जाँबाजी पर फिदा होकर उससे अपने प्यार का इजहार करेगी।...समझ गए जनाब? हमारी फिल्म में स्क्रिप्ट नहीं होता। आप समय के मुताबिक अपना एक्शन करोगे और डायलॉग बोलोगे। आपके लिए इतना समझाना ही काफी है।"

तब तक शूटिंग साइट आ गई। कार रुकी। मिस्टर झाड़ूवाला कार से उतरा और शेखचिल्ली के लिए कार का दरवाजा खोल दिया। वह भी कार से उतरा। उसे लेकर झाड़ूवाला अपनी यूनिट के लोगों के पास गया और कहा–''दोस्तो, अपनी फिल्म के हीरो का स्वागत करो।''

सबने तालियाँ बजाकर शेखचिल्ली का स्वागत किया।

फिर झाड़ूवाला शेखचिल्ली को एक चट्टान पर खड़ा करा दिया और बोला–''अभी नदी से नहाकर बिकनी में हीरोइन निकलेगी और विलेन उस पर टूट पड़ेगा और उसके साथ रेप करना चाहेगा। आप इस चट्टान से कूदोगे और विलेन की पिटाई करोगे। विलेन भाग जाएगा और बिकनी गर्ल आपसे लिपटकर अपने प्रेम का इजहार करेगी।'' फिर वह चीखा–''कैमरा! लाइट! एक्शन!''

शेखचिल्ली ने देखा, नदी से एक लड़की निकली जो नाममात्र का कपड़ा पहने हुए थी। उसके नदी से निकलते ही एक मुस्टंडा आदमी न जाने किधर से वहाँ आ गया और कुछ कहते हुए हीरोइन को दबोचने लगा और हीरोइन

चिल्लाकर अपने बचाव की गुहार करने लगी–"बचाओ! बचाओ!"

शेखचिल्ली इस प्रकार उद्वेलित हो गया कि वह भूल गया कि यह फिल्म की शूटिंग हो रही है। वह चट्टान से ही चीखा–"अबे! ओ मवाली! ठहर, आज मैं तुम्हें छट्ठी का दूध याद दिलाता हूँ। तुम्हें बताता हूँ कि माँ-बहनों के साथ कैसे बर्ताव करना चाहिए।"

उसकी चीख का जब उस मुस्टंडे पर कोई असर नहीं हुआ तो उसने चट्टान से इतनी जबर्दस्त छलाँग लगाई कि कैमरा मैन विस्मय से बोल उठा–"हाउ रियलिस्टिक! गजब का टैलेंट है...।"

झाड़ूवाला चीखा–"दो-चार ऐसे शॉट मिल जाएँ तो फिल्म बॉक्स ऑफिस पर अपना जलवा दिखा देगी। शाबाश! जय हो घोंघड़बाबा की।"

शेखचिल्ली ने विलेन को अपनी बाँहों में जकड़ लिया और उसके बाल मुट्ठियों में पकड़कर उसका मुँह जमीन में रगड़ने लगा। विलेन किसी तरह उससे मुक्त होकर भाग गया। शेखचिल्ली उसके पीछे दौड़ता हुआ बोला– "अबे भागता कहाँ है? माँ का दूध पिया है तो रुक!"

मगर विलेन रुका नहीं।

ऊपर मिस्टर झाड़ूवाला कैमरा मैन से कह रहा था–"ऐसा शॉट तो मँजे हुए कलाकार भी नहीं दे पाते। एक्शन में तो अपना हीरो इतना भावपूर्ण लगता है कि उसका जवाब नहीं।"

इतने में हीरोइन अपनी बाँहें फैलाकर शेखचिल्ली की ओर बढ़ी और बोली–"मैं तो दिलोजान से तुम पर फिदा हो गई। तुम न होते तो वह बदमाश मेरी इज्जत लूट लेता। अब मैं तुम्हारा शुक्रिया कैसे अदा करूँ?"

शेखचिल्ली अचानक पीछे हटा और बोला–"अरे...अरे! यह क्या कर रही हो...मैं शादीशुदा हूँ। मेरी बीवी है। परे हटो...दूर रहो।"

मगर वह लड़की बहुत अदा से लचकती-मटकती और पलकें झपकाती उसके पास आने लगी। शेखचिल्ली तेजी से पीछे हटा और वह लड़की तेजी से आगे बढ़ी। और देखते ही देखते शेखचिल्ली ने दौड़ लगा दी और हीरोइन भी उसे पकड़ने के लिए दौड़ी। ऊपर मिस्टर झाड़ूवाला चीख रहा था–"कट! कट!"

"उफ! सारा गुड़-गोबर कर दिया। यह अपना हीरो कहाँ भाग रहा है! दौड़ो! उसे पकड़ो!"

मगर शेखचिल्ली भागता ही रहा। उसको पकड़ने के लिए कैमरा मैन, लाइट ब्वाय आदि दौड़े मगर वह किसी की पकड़ में नहीं आया।

भागते-भागते उसे समुद्र तट दिख गया। वह उधर भागने लगा और इस तरह वह शूटिंग स्पॉट से एक बन्दरगाह पर पहुँच गया। बन्दरगाह पर पानीवाला एक जहाज उसे दिख गया और वह भागता हुआ उस जहाज पर चढ़ गया। एक जगह जहाँ बहुत सारा सामान रखा हुआ था वहाँ जाकर छुपकर बैठ गया।

अचानक एक तेज सायरन की आवाज हुई और वह जहाज तट छोड़ता हुआ समुद्र की तरफ बढ़ने लगा और धीरे-धीरे जहाज की गति तेज होती चली गई। शेखचिल्ली इस बार अनाम मंजिल की ओर बढ़ता जा रहा था।

शेखचिल्ली की लन्दन-यात्रा

शेखचिल्ली अपने ढंग का आला इनसान था। उसे लोग बेवकूफ समझते थे मगर वह खुद को न तो बेवकूफ समझता था और न होशियार। वह समय की जरूरतों को समझते हुए पलों में जीता था। हीरो बनने के शौक ने उसे बम्बई पहुँचाया था और हीरोइन की बेहयाई से भागकर वह जहाज पर चढ़ गया था। यह जहाज मालवाहक जहाज था जिस पर सामान लदा हुआ था। जहाज पर लदा सामान इंग्लैंड भेजा जा रहा था। सामान के अलावा जहाज पर कुछ मजदूर और जहाज के अन्य मुलाजिम थे। कोई यात्री नहीं था। संयोग की बात थी कि उस जहाज के कुछ मजदूरों की अदला-बदली बम्बई बन्दरगाह पर की गई थी जिसके कारण शेखचिल्ली के अजनबी होने पर भी किसी ने उस पर ध्यान नहीं दिया। शेखचिल्ली आलालिबास में था। उसे फिल्म के सनकी निर्माता निर्देशक ने शानदार कोट-पैंट दिलवा दिया था जिसके कारण वह रईस दिख रहा था। जहाज के तट छोड़ चुकने के बाद उसकी आन्तरिक गतिविधियाँ शुरू हो गईं। शेखचिल्ली के लिए समन्दर का वातावरण और पानी का शोर दोनों ही नया था। ठंडी हवाओं की थपकियों से उसे नींद आने लगी और उसने सामानों के कुछ बंडलों को एक साथ लगाकर उस पर लेटने की जुगत बना ली और उस पर लेट भी गया। थोड़ी ही देर में उसे नींद आ गई।

जहाज के मुलाजिमों और मजदूरों के खाने का समय हुआ तो जहाज का घड़ियाल बज उठा। सभी मजदूर और मुलाजिम भोजन के लिए एक जगह जमा होने लगे। एक मुलाजिम की नजर बंडलों पर सोए शेखचिल्ली पर पड़ी तो उसने शेखचिल्ली को जगाया—"ओ! मैन! अवेक...इट्स मील टाइम।"

शेखचिल्ली जगकर अपने जगानेवाले अंग्रेज की तरफ देखा तो मन-ही-

मन भयभीत हो उठा कि अब तो यह अंग्रेज हंगामा खड़ा कर देगा। वह इस बात से भी आशंकित हो उठा था कि कहीं उसे चोर न समझ लिया जाए।

मगर जब उस अंग्रेज मुलाजिम ने उसे मुस्कुराकर देखा–'न्यू मैन? लेबर?' तो शेखचिल्ली की समझ में कुछ नहीं आया मगर उसने हामी भर दी और उस आदमी ने उसे इशारा करते हुए साथ आने को कहा।

जहाज के उस भाग में दोनों पहुँचे जिस भाग में भोजन की व्यवस्था हो रही थी। शेखचिल्ली की आँखें फैल गईं। जहाज पर अफगानी भी थे, ईरानी भी, अंग्रेज भी थे और हब्शी भी। उसे एक-दो मजदूर भारतीय भी दिखे। उसने वहाँ का जायजा लिया। भारतीय मजदूर शेखचिल्ली के लिबास से प्रभावित होकर उसके पास आ गया और पूछा–''इंडियन हो?''

शेखचिल्ली 'इंडियन' समझता था, इसलिए बोला–"हाँ।"

''कहाँ चढ़े–बम्बई में।'' उसने दूसरा प्रश्न किया।

शेखचिल्ली ने फिर कहा–"हाँ।"

उस आदमी ने कहा–''आई एम सोलंकी। इस जहाज पर एक साल से मजदूर का काम कर रहा हूँ। तुम्हारा नाम रजिस्टर में दर्ज हुआ या नहीं? नहीं हुआ हो तो करवा लो, नहीं तो जहाज का मैनेजर मजदूरी देते समय किच-किच कर सकता है। अरे, मैं भूल ही गया था। तुम नए हो और तुम्हें पता नहीं होगा कि इतने बड़े जहाज में तुम किस काम के लिए किससे और कब मिलो! मुझे भी पहले महीने में बहुत कठिनाई का सामना करना पड़ा था मगर धीरे-धीरे सब ठीक हो गया। मैं जहाज के सभी अधिकारियों को पहचानने लगा और सभी अधिकारी मुझे पहचानने लगे। तुम्हारे साथ भी ऐसा ही होगा।...और तुम्हें घबराने की जरूरत नहीं। मैं एक साथी का इन्तजार एक साल से इस जहाज पर कर रहा हूँ। इस जहाज पर मेरी भाषा...मेरा मतलब है कि हिन्दी या उर्दू समझनेवाला कोई नहीं। बस, एक रॉबर्ट है जो टूटी-फूटी हिन्दी बोल लेता है। तुम्हारे मिलने से मुझे इतनी खुशी हुई है कि मैं तुम्हें बता नहीं सकता। अब दोनों बैठकर खूब गप्पें किया करेंगे। जहाज पर समय ही समय है। छह महीने मन्थर गति से चलने के बाद यह जहाज इंग्लैंड पहुँचेगा तब हमें फिर से दिखाई देगी जीवन की हलचल। फिलहाल तो इस जहाज के अलावा समन्दर का मचलता पानी

देखो या फिर सूना आसमान जिसमें कभी-कभी बादल भी तैरते दिख जाएँगे...।''

शेखचिल्ली ने सोचा–यह जहाजी सोलंकी तो गजब का बातूनी आदमी है लेकिन है भला आदमी। दोस्त की तरह व्यवहार कर रहा है। चलो, इस जहाज पर इसका साथ रहेगा। उसे यह बात समझ में आ गई थी कि छह महीने तक उसे इसी जहाज पर मजदूर की हैसियत से रहना होगा। उसने चुपचाप सोलंकी की बातें सुनीं। इसी दौरान वह आदमी, जिसने शेखचिल्ली को जगाया था, उसे इशारे से बुलाया। शेखचिल्ली ने सोलंकी की तरफ प्रश्नवाचक दृष्टि से देखा।

सोलंकी ने हँसते हुए कहा–''अच्छा आदमी है। यही है रॉबर्ट जिसके बारे में मैंने तुमसे कहा था। लगता है, यह तुम्हें जानता है। चलो, वह तुम्हें बुला रहा है। मैं भी तुम्हारे साथ चलता हूँ।''

सोलंकी अपने साथ शेखचिल्ली को लेकर रॉबर्ट के पास पहुँचा और बोला–''हाय रॉबर्ट! मिलो–मेरे नए दोस्त से।" फिर उसने शेखचिल्ली से कहा–"अरे! तुमने तो अपना नाम ही नहीं बताया।''

शेखचिल्ली ने अपना नाम बताने के लिए अपना मुँह खोला ही था कि रॉबर्ट ने कहा–''मिल चुका हूँ। अच्छा आदमी है। मैंने इसे अपने खाने की प्लेट लेने के लिए बुलाया...यह नया आदमी है। इसे यहाँ कैसे क्या करना है, बताना होगा।"

जहाज में सभी पंक्तिबद्ध होकर किचन से खाना लेने लगे। शेखचिल्ली ने देखा–अधिकारी, कर्मचारी और मजदूर सभी को एक जैसा खाना मिला। बकरे की टाँग का भूना हुआ गोश्त और पाव तथा एक मग में शराब।

शेखचिल्ली ने खाना शुरू किया। पाव के साथ गोश्त उसे अच्छा लगा। मगर मग में मिले पेय पदार्थ के बारे में वह कुछ जानता नहीं था जिसके कारण उसने रॉबर्ट और सोलंकी से पूछा–''इस मग में क्या है?''

रॉबर्ट ने उसे बताया–''शराब है।" और आश्चर्य से पूछा–''तुम शराब नहीं जानते? कैसे जहाजी हो!''

शराब का नाम सुनते ही शेखचिल्ली ने मग को परे हटा दिया।

रॉबर्ट का आश्चर्य और बढ़ गया। उसने विस्मित स्वर में उससे फिर पूछा–''क्या वाकई तुम शराब नहीं पीते?''

"तौबा...तौबा! शराब भी कोई पीने की चीज है! मेरी अम्मी कहा करती हैं कि शराब से जेहन खराब होता है और शराब पीनेवाले को दोजख में भी जगह नहीं मिलती है।"

"अच्छी बात है। मगर मैंने तुम्हारे जैसा कोई दूसरा जहाजी नहीं देखा है। भाई, गजब का जिगर है तुम्हारा! बिना शराब के तुम छह महीने की यह यात्रा कैसे पूरी करोगे, यह तो मेरी समझ में नहीं आता।" आश्चर्य से आँखें फाड़कर सोलंकी ने शेखचिल्ली को देखते हुए कहा।

तभी रॉबर्ट ने शेखचिल्ली का मग उठा लिया और कहा—"जाने दो सोलंकी...जब उसे पीने की जरूरत महसूस होगी, वह भी लेगा। फिलहाल हम लोग उसके हिस्से की शराब आधा-आधा बाँट लेते हैं।" फिर शेखचिल्ली की तरफ देखता हुआ बोला—"तुम्हें कोई एतराज तो नहीं है...अरे...तुमने तो अपना नाम हमें बताया ही नहीं!"

रॉबर्ट की बात सुनकर शेखचिल्ली ने कहा—"तुम लोग खुद में इतने मशरूफ रहे कि मेरे नाम की परवाह तुम लोगों को रही ही नहीं। तुम लोगों ने तो मुझे बोलने का मौका ही नहीं दिया और अब तोहमत लगा रहे हो कि मैंने तुम लोगों को अपना नाम नहीं बताया! खैर, जाने दो, मेरा नाम शेखचिल्ली है।"

"हाँ, तो मिस्टर चिल्ली! यदि हम लोग रोज तुम्हारे मग की शराब पी लें तो क्या तुम्हें कोई एतराज है?" रॉबर्ट ने पूछा।

"मुझे क्या एतराज होगा? मैं तो शराब पीता नहीं। तुम लोग पीओगे, ऐसा सोचकर मैं शराब ले लिया करूँगा वरना मैं यह मग नहीं लेने की सोच रहा था।" शेखचिल्ली ने कहा।

"अरे...रे...रे! ऐसा भूल के भी नहीं करना वरना यहाँ कोई तुम्हें जहाजी नहीं मानेगा...तुम रोज शराब ले लिया करना और हम लोगों को दे देना। अपने दोस्तों में अपने हिस्से की शराब बाँटना तुम्हें अच्छा लगेगा।" सोलंकी ने बातचीत में हस्तक्षेप करते हुए कहा।

इस तरह शेखचिल्ली के हिस्से की शराब सोलंकी और रॉबर्ट ने गटक ली। सामान्य से अधिक मात्रा में शराब पीने के कारण दोनों नशे में आ गए और शेखचिल्ली के आजू-बाजू खड़े होकर उसे अपना प्यारा दोस्त बताने लगे।

शेखचिल्ली उन दोनों की हालत देखकर समझ गया कि शराब आदमी के दिमाग पर प्रभाव डालती है। नशे की हालत में आदमी का व्यवहार अटपटा हो जाता है। शायद इसीलिए अम्मी कहती हैं कि शराब इनसान के जेहन को गन्दा करती है।

एक मग शराब के एवज में रॉबर्ट और सोलंकी उस जहाज पर शेखचिल्ली के सबसे बड़े हितैषी हो गए। इसका फायदा शेखचिल्ली को हुआ। जहाज के मजदूरों के रजिस्टर में रॉबर्ट ने शेखचिल्ली का नाम लिखवा दिया। उसके लिए काम तय हुआ—जहाज के पालों की रस्सियों का तनाव बरकरार रखना तथा मुसीबत के समय में साथियों को आगाह करना।

दरअसल रॉबर्ट और सोलंकी जहाजी जीवन की अच्छी पहचान रखते थे और एक मग शराब प्रतिदिन पाने के लोभ में शेखचिल्ली के लिए हल्का-फुल्का काम दिलाकर उसे खुश रखना चाहते थे। वे यह भी समझते थे कि शरीर को थका देनेवाला काम करने से शेखचिल्ली को भी थकान मिटाने के लिए शराब की जरूरत पड़ सकती है।

रॉबर्ट और सोलंकी से दोस्ती का एक फायदा शेखचिल्ली को और हुआ जिससे उसकी भावी यात्रा सुगम हो गई। हुआ यह कि एक दिन खाना खाते, शराब पीते सोलंकी और रॉबर्ट बहक गए। दोनों छह माह बाद लन्दन पहुँचकर ऐश-मौज करने के बारे में बातें करने लगे।

सोलंकी ने कहा—"यार रॉबर्ट! तुम अंग्रेज हो और लन्दन में तुम्हारा अपना मकान है। छः माह बाद जब तुम्हें एकमुश्त पगार मिलेगी तो तुम उससे मौज-मस्ती कर सकोगे मगर मैं तो मौज-मस्ती करने की स्थिति में हो ही नहीं सकता। मेरा वहाँ मकान नहीं है। या तो किसी सस्ते होटल में रहूँगा या फिर जहाज पर। दोनों ही स्थिति में मेरे पैसे तुमसे अधिक खर्च होंगे।"

"अबे, जहाज पर रहने पर तुम्हारा क्या खर्चा होगा?" रॉबर्ट ने सोलंकी के कन्धे पर हाथ मारते हुए पूछा।

"क्यों खर्च नहीं होगा? बन्दरगाह क्या शहर के बीच में है? बन्दरगाह से शहर तक जाने-आने में ही अच्छा-खासा खर्च हो जाएगा। ऐसे में ऐश-मौज करूँगा तो मेरे पास क्या बचेगा जो लेकर जाऊँगा?"

उनके बीच यह बातचीत हो ही रही थी कि शेखचिल्ली अपना खाना

खत्म कर उन दोनों के बीच आ बैठा। वे दोनों मग से धीरे-धीरे शराब पीते हुए बातें कर रहे थे। पैसे की बात सुनते ही शेखचिल्ली ने उनसे पूछा—"दोस्तो! क्या तुम लोग मुझे बता सकते हो कि छः महीने बाद जब यह जहाज इंग्लैंड पहुँच जाएगा तब मुझे कितने पैसे मिलेंगे?"

सोलंकी ने सुधारा—"पैसे नहीं, पौंड। इंग्लैंड में पैसे-रुपए नहीं चलते। वहाँ पौंड चलता है। तुम्हारे पास जो रुपए-पैसे हों उसे जहाज के खजांची के पास जमा कराकर उसके बदले में तुम पौंड ले सकते हो। जब एक महीने बाद जहाज फिर इंडिया रवाना होगा तो इंडिया पहुँचकर पौंड को इसी जहाज में रुपए में बदलवा सकते हो। इस जहाज में मुद्रा बदलने की व्यवस्था है इसलिए तुम्हें सुविधा रहेगी। रुपए लेकर इंग्लैंड में भटकते रह जाओगे मगर वहाँ कोई रुपए के बदले तुम्हें कुछ भी नहीं देगा, इस बात को याद रखना।"

शेखचिल्ली को बैठे-बिठाए यह जरूरी जानकारी भी मिल गई।

इस तरह जहाज में छः महीने तक शेखचिल्ली आराम से खाता-बतियाता रहा। उसके गाँव के लोग यह कल्पना भी नहीं कर सकते थे कि शेखचिल्ली इंग्लैंड यात्रा पर निकल चुका है। सोलंकी ने उसे भरोसा दिलाया कि एक साल बाद जब वह इंडिया पहुँचेगा तब उसके पास अच्छी रकम होगी।

लन्दन पहुँचने के बाद जहाज ने लंगर डाला। रॉबर्ट और सोलंकी ने शेखचिल्ली को पगार लेने और पास के रुपए बदलकर पौंड लेने में मदद की।

रॉबर्ट ने शेखचिल्ली से पूछा—"तुम अब किधर जाओगे?"

शेखचिल्ली ने निराशापूर्वक सिर हिलाते हुए कहा—"पता नहीं किधर?"

तभी सोलंकी ने उससे कहा—"शेख! तुम मेरे साथ जहाज पर ही रुक जाओ। एक महीने बाद तो इसी जहाज से वापस जाना है हमें। साथ रहेंगे तो समय अच्छा बीतेगा?"

रॉबर्ट ने देख लिया था कि शेखचिल्ली के पास अच्छी रकम है। वह उस पर बोझ नहीं बनेगा इसलिए उसने कहा—"मिस्टर चिल्ली! छः महीने तक मैं तुम्हारी शराब पीता रहा। अब मुझे भी कुछ खातिरदारी का मौका दो। मेरे साथ चलो। लन्दन में मेरा परिवार रहता है। हम लोग साथ रहेंगे। तुम्हें कोई तकलीफ नहीं होगी और तुम दुनिया का यह बेहतरीन शहर भी

देख सकोगे। जब भी इच्छा होगी हम लोग आकर सोलंकी से भी मिल लेंगे।''

शेखचिल्ली को रॉबर्ट की यह बात पसन्द आई और वह सोलंकी से विदा लेकर रॉबर्ट के साथ चला गया।

दो दिनों तक रॉबर्ट के घर से ही उसने लन्दन की तड़क-भड़क-भरी जिन्दगी का जायजा लिया।

रॉबर्ट के आने की खुशी में रॉबर्ट के घर के लोगों ने अपने परिजनों को आमन्त्रित किया। यानी दो दिन जलसे और दावत में बिताने के बाद शेखचिल्ली तीसरे दिन रॉबर्ट के घर से लन्दन घूमने के लिए निकला। चारों तरफ उसे खुशियाँ बिखरी सी दिखीं—ऊँची अट्टालिकाएँ, बड़ी-बड़ी दुकानें, तेज रफ्तारवाले वाहन। साफ-सुथरी चौड़ी सड़कें। मुग्ध-सा शेखचिल्ली लन्दन की सड़कों पर इधर-उधर देखता हुआ चलता रहा।

शाम हो गई। उसने अपनी जेब में रॉबर्ट के घर का पता लिखकर रख लिया था। उसने सोचा, भाड़े का कोई वाहन लेकर वह रॉबर्ट के पास पहुँच जाएगा। अभी वह वाहन के लिए आवाज लगाने ही जा रहा था कि उसकी नजर सामने के एक होटल पर पड़ी जिस पर बोर्ड लगा था : 'इंडियन होटल'। अंग्रेजी में लिखी गई इबारतों के नीचे उर्दू हर्फ उभरे थे तथा प्रवेश द्वार के दोनों बाजू लगी इश्तेहारी तख्ती पर लिखा था : मुगलई पराँठा, तन्दूरी मुर्ग, शाही कबाब, मुर्ग बिरयानी का जायका लीजिए!

इश्तेहार पढ़ते ही शेखचिल्ली की तबीयत मचल गई। छः महीने हो चले थे। उसे घर का खाना नसीब नहीं हुआ था। जहाज पर पाव और भूना हुआ अथवा उबला हुआ गोश्त खाते-खाते वह ऊब चुका था। रॉबर्ट के घर में भी उसे अंग्रेजी खाना से ही सन्तोष करना पड़ा था। अपनी जेब में पड़े पैसों को छूकर उसने सोचा—पहले कुछ ढंग का खाना खा लेते हैं फिर चलेंगे रॉबर्ट के पास।

संयोग से होटल का मालिक गोल टोपीवाला आदमी था जिसकी हल्की दाढ़ी भी थी। शेखचिल्ली को उसे देखकर अपना हुलिया याद आ गया। होटल के मालिक ने सूट-बूट में शेखचिल्ली को होटल में प्रवेश करते देखकर सोचा—जरूर यह शख्स हिन्दुस्तान का कोई जाना-माना रईस है जो लन्दन घूमने आया है। उसने अदब से शेखचिल्ली को सलाम किया। विनम्रतापूर्वक

उसकी अगवानी की और उसे एक मेज पर ले जाकर बैठा दिया।

शेखचिल्ली ने मुगलई पराँठा और तन्दूरी मुर्ग मँगाया और स्वाद लेकर खाया। जब वह खाना खाकर पैसे चुकाने के लिए होटल मालिक के पास पहुँचा तो होटल मालिक ने उसे पान की एक गिलौरी दी। ससुराल में कभी उसे साले ने पान की गिलौरी खिलाई थी और मुँह से पीक निकलने पर उसने सोचा था कि उसे कोई भयंकर रोग हो गया है और इसके बाद उसने जो हंगामा खड़ा किया था, उसकी याद आते ही शेखचिल्ली को हँसी आ गई। होटलवाले से गिलौरी लेकर उसने अपने मुँह में दबाया और पैसे चुकाकर होटल से बाहर आ गया।

इंग्लैंड में सिगार, सिगरेट, चुरुट आदि पीनेवाले लोग तो थे किन्तु पान खानेवाले नहीं, इसलिए वहाँ पान की विशेषताओं को जाननेवाले लोग नहीं थे। गिलौरी चुभलाते हुए शेखचिल्ली एक लैम्पपोस्ट के पास खड़ा हो गया और किसी भाड़े के वाहन की प्रतीक्षा करने लगा। उसके मुँह में गिलौरी गल चुकी थी। पीक से मुँह भर चुका था। अचानक उसने वह पीक लैम्पपोस्ट के पास उगल दी। उसके आस-पास से गुजरते लोगों ने देखा तो वे घबरा गए। सोचा–इस आदमी को जरूर कोई भयानक रोग है। हो सकता है कि लीवर-रेप्चर का केस हो। उन लोगों ने एम्बुलेंस बुला लिया। शेखचिल्ली चीखता रह गया मगर उसकी बात किसी की समझ में नहीं आई और उसे एम्बुलेंस पर लाद दिया गया। दो हेल्परों ने उसका हाथ-पाँव मजबूती से पकड़ लिया और उसके चेहरे पर ऑक्सीजन मास्क लगा दिया गया। एम्बुलेंस में बैठी नर्स ने उसे एक सुई लगा दी जिससे उसे तुरन्त नींद आ गई।

इस तरह लन्दन घूमने निकला शेखचिल्ली लन्दन के बड़े सरकारी अस्पताल में पहुँच गया। उसे जब भी होश आता तो वह उस नर्स से, जो उसकी निगरानी कर रही थी, बार-बार एक ही बात कहता–''नर्स, मुझे जाने दो। मैं ठीक हूँ। मुझे कोई रोग नहीं है।''

मगर नर्स उसे सुई लगाकर सुला देती। वह समझ रही थी कि अपनी बीमारी से घबराकर शेखचिल्ली अनाप-शनाप बोल रहा है। इस तरह पन्द्रह दिन बीत गए। शेखचिल्ली के शरीर की हर तरह की जाँच हुई। जाँच रिपोर्ट की प्रतीक्षा थी। इसी दौरान बार-बार सुई लगानेवाली नर्स की सेवा का

समय और स्थान बदल गया और उसके बाद एक दूसरी नर्स को शेखचिल्ली की देखभाल करने का दायित्व मिल गया। यह नर्स थोड़ी हिन्दी जानती थी। उसकी एक सहेली ने एक भारतीय रईस से प्रेम विवाह कर लिया था और वह अपने पति के साथ हिन्दुस्तान चली गई थी। एक बार जब वह अपने परिजनों से मिलने हिन्दुस्तान से लन्दन पहुँची तब अपनी सहेली से भी मिली। नर्स ने तब उस सहेली की ठाठ देखी थी...दरअसल उसका पति एक रजवाड़े से ताल्लुक रखता था जिसके कारण उसकी सहेली रानियों जैसा लिबास पहनती थी। नर्स ने जब शेखचिल्ली को देखा तो उसने भी कल्पना कर ली कि शेखचिल्ली भी भारत का कोई रईस होगा...कोई जमींदार। गरीब लोगों को लन्दन आने की जरूरत ही क्या है? वह बहुत प्रेम से शेखचिल्ली की सेवा करने लगी। शेखचिल्ली की सारी जाँच रिपोर्ट आ गई और यह खुलासा हो गया कि उसे कोई रोग नहीं है। तब नर्स ने शेखचिल्ली से कहा–''तुम पूरी तरह स्वस्थ हो! अब तुम अस्पताल से छुट्टी पा सकते हो?'' जब शेखचिल्ली अस्पताल से जाने लगा तब नर्स ने उससे पूछा–''लन्दन में तुम कहाँ रहोगे?''

शेखचिल्ली ने अपनी जेब से रॉबर्ट का पता वाला कागज निकाला और उसे पढ़कर सुना दिया।

मगर नर्स के मन में तो कुछ और था। उसने शेखचिल्ली से कहा–''शेख! मुझे अपनी सेवा का मौका दो। तुम मेरे साथ चलो। मेरे घर में रहो! मैं अकेली रहती हूँ। मेरा मन नहीं लगता है। तुम रहोगे तो मन लगना आसान हो जाएगा। मैं तुम्हारी सुविधाओं का खयाल रखूँगी।''

शेखचिल्ली ने सोचा–अब दस-बारह दिन ही तो लन्दन में रहना है। इस बेचारी नर्स की इच्छा भी पूरी कर देने में कोई बुराई नहीं है क्योंकि अम्मी अक्सर कहा करती थीं कि अगर कोई तुमसे प्रेमपूर्वक कुछ करने को कहता है और वैसा करने से किसी का कुछ नहीं बिगड़ता है तो तुम उसकी इच्छा अवश्य पूरी कर दो।...नर्स भी तो माँ के सामान ही होती है...नहीं-नहीं, बहन के समान! तभी तो नर्स को सिस्टर कहते हैं...बहन के बारे में सोचते ही शेखचिल्ली भावुक हो उठा क्योंकि उसकी कोई बहन नहीं थी। उसने सोचा–यदि मेरी बहन मुझसे कहती कि मेरे घर चलो तो क्या मैं उससे ना कहता...? उसने तुरन्त फैसला लिया। वह रॉबर्ट के घर बाद में जाएगा,

पहले नर्स के साथ उसके घर जाएगा। इतनी बड़ी दुनिया में उसका कोई नहीं है और वह चाहती है कि मैं उसके साथ रहूँ। वह नर्स के साथ उसके घर चला आया।

नर्स उसके साथ बहुत उदारता से पेश आ रही थी। नर्स ने दो दिन के बाद अस्पताल से हफ्ते भर की छुट्टी ले ली और शेखचिल्ली को साथ लेकर लन्दन की सैर पर निकल गई। शेखचिल्ली सोचता–जरूर पिछले जन्म में यह नर्स उसकी बहन रही होगी तभी तो वह उसके लिए इतना कुछ कर रही है।

दूसरी तरफ नर्स सोच रही थी कि शेखचिल्ली बहुत संकोची है। ऐसे भी भारतीय मूल के लोग प्रेम प्रकट करने में देर करते हैं।

एक शाम नर्स शेखचिल्ली को साथ लेकर पब में चली गई। वहाँ का नजारा देखकर शेखचिल्ली घबरा गया। मर्द और औरतें साथ बैठकर खुलेआम वहाँ शराब पी रहे थे। अंग्रेजी साजों की धुन पर जोड़े नाच रहे थे। प्रेमी युगल झूम रहे थे। मदहोशी में एक-दूसरे को चूम रहे थे। पब का दृश्य देखकर शेखचिल्ली ने नर्स से पूछा–''ओह! यह कैसी गन्दी जगह पर हम आ गए? देखो तो यहाँ बैठनेवालों के पास थोड़ी भी हया नहीं है...ये इस तरह एक-दूसरे को चूम रहे हैं कि देखनेवाले को भी शर्म आ जाए।''

नर्स ने थोड़ा खुलते हुए शेखचिल्ली की कमर में हाथ डाल दिया और बोली–''अरे! इसमें शर्म की क्या बात है? लो, तुम भी मुझे चूम लो। यहाँ प्रेमी युगल इसी के लिए तो आते हैं।''

शेखचिल्ली नर्स की बाँहों से छिटक गया और बोला–''अच्छा, ठीक है। तुम्हें यहाँ जो भी करना है, करो और जल्दी चलो। मुझे यहाँ कुछ अजीब-सा लग रहा है।"

नर्स शेखचिल्ली के साथ एक खाली मेज पर चली गई और बेयरे से दो पैग स्कॉच लाने को बोली। 'स्कॉच' शेखचिल्ली के लिए नया शब्द था। उसने नर्स से पूछा–''यह स्कॉच क्या होता है?''

नर्स ने मुस्कुराते हुए कहा–''यह एक महँगी शराब है।''

''शराब?'' भौचक्का रह गया शेखचिल्ली! बोला–''तुम मुझे शराब पीने को दोगी? तौबा...तौबा! मैं शराब नहीं पी सकता। तुम्हें पीना है तो पीओ। मैं बैठा रहूँगा।''

नर्स के बहुत कहने पर भी शेखचिल्ली ने जाम को हाथ नहीं लगाया। नर्स ने अपना जाम पी लिया फिर मजबूर होकर शेखचिल्ली के लिए मँगाया गया जाम भी धीरे-धीरे पीने लगी। शराब पीते हुए नर्स ने शेखचिल्ली से पूछा–"डियर! मैं तुम्हें कैसी लगती हूँ? मेरा मतलब है कि मुझे देखकर तुम्हारे मन में क्या खयाल आता है?"

शेखचिल्ली नर्स के इस प्रश्न पर उत्साहित होकर बोला–"मेरी कोई बहन नहीं है। मैं जब भी तुम्हें देखता हूँ तो मुझे लगता है कि मेरी बहन होती तो बिलकुल तुम्हारी तरह ही मेरा खयाल रखती।"

शेखचिल्ली का जवाब सुनकर नर्स खिन्न हो गई और बुदबुदाई–'घामड़! कितना मूर्ख आदमी है...कुछ समझता ही नहीं।'

थोड़ी देर चुप रहने के बाद नर्स ने शोख नजरों से शेखचिल्ली को देखते हुए पूछा–"शेख! शादी के बारे में तुम्हारा क्या खयाल है?"

"शादी के बारे में?" शेखचिल्ली ने जवाब दिया–"जब मेरी शादी हुई तब मुझे बहुत खुशी हो रही थी। बाद में रजिया बेगम के रूप में मुझे ऐसी पत्नी मिल गई जिससे मेरी नीरस जिन्दगी में नए सपने झिलमिला उठे और कुछ कर गुजरने की तमन्ना अँगड़ाई लेने लगी।"

बेचारी नर्स जैसे आसमान से गिरी। उसने खुद को संयत किया और बोली–"कोई बात नहीं, अब हम दोनों साथ रहेंगे। तुम उससे तलाक ले लेना फिर हम लोग शादी कर लेंगे।"

"तलाक! शादी! यह तुम क्या बोल रही हो...तुम तो मेरी बहन जैसी हो?" शेखचिल्ली आश्चर्य से बोला।

'बहन' सुनते ही नर्स का गुस्सा सातवें आसमान पर पहुँच गया और वह चीख पड़ी–"भाड़ में जाओ मूर्ख! मेरा इतना समय बर्बाद कराया...बड़ा आया 'बहन' कहनेवाला! भागो...भाग जाओ...दूर हो जाओ मेरी नजरों से।" नर्स आपा खोकर चीख रही थी।

पब के बेयरों ने नर्स का चीखना सुना तो वे यह समझ बैठे कि इस महिला के साथ बैठे व्यक्ति ने जरूर कोई गुस्ताखी की है। वे भागे-भागे नर्स के पास पहुँचे और पूछने लगे–"क्या हुआ मैडम?"

नर्स चीखी–"थ्रो हिम आउट।"

और देखते ही देखते बेयरों ने शेखचिल्ली को पब से धक्का देकर

निकाल बाहर किया।

शेखचिल्ली समझ नहीं पाया कि अचानक उसके साथ क्या हुआ कि नर्स नाराज हो गई और बेयरों ने उसे पब से निकाल बाहर किया! हारा-थका-सा शेखचिल्ली लन्दन की सड़कों पर निपट अकेला चलने लगा। उसे याद आया कि एक-दो दिन में ही जहाज बम्बई के लिए अपना लंगर उठा लेगा। उसने जेब से रॉबर्ट का पता निकाला और एक भाड़े की कार में बैठकर रॉबर्ट के पास पहुँचा।

रॉबर्ट उसे देखकर खुशी से उछल पड़ा और बोला–"मिस्टर चिल्ली! मैं तो परेशान हो रहा था कि तुम बिना बताए कहाँ चले गए। अच्छा हुआ, तुम आ गए। हमें कल सुबह ही जहाज में पहुँचकर अपना-अपना नाम वापसी रजिस्टर में दर्ज कराना होगा।"

रॉबर्ट के कहने पर शेखचिल्ली ने पास की दुकान से अपनी अम्मी और बेगम के लिए दो सुन्दर तोहफा खरीदा और रॉबर्ट के साथ गप्पें लड़ाते हुए आपबीती सुनाई।

उसकी आपबीती सुनकर रॉबर्ट हँसते-हँसते लोट-पोट हो गया।

दूसरे दिन सुबह जहाज पर पहुँचकर दोनों अपने यार सोलंकी से मिले और एक भोंपू की आवाज के साथ जहाज तट छोड़ने लगा।

शेखचिल्ली ने आसमान की ओर देखते-देखते सोचा–छः महीने बाद ही सही, अब मैं फिर अम्मी और बेगम से मिल सकूँगा।

दिल्ली में शेखचिल्ली

लन्दन से लौटकर जब जहाज बम्बई बन्दरगाह पर पहुँचा तब शेखचिल्ली का दिल बल्लियों उछलने लगा। रॉबर्ट और सोलंकी ने उसके पास के पैसों और उसकी पगार को भारतीय मुद्रा में बदलवाने में उसकी मदद की।

जहाज से जब वह उतरा तो उसके पास अठारह हजार रुपए थे और इसके अतिरिक्त पाँच-छह सौ रुपए और। वह सोच रहा था—कुल तेरह महीनों में उसके पास इतने रुपए हो गए...सचमुच मुझ पर खुदा की मेहरबानी रही। इन तेरह महीनों में अपनी जेब से खाने-पीने में भी कोई खर्च नहीं करना पड़ा। लन्दन गया। पूरे लन्दन की सैर की और एक धेला भी जेब से नहीं गया...इसे कहते हैं किस्मत!

वह अपनी किस्मत को सराहता हुआ स्टेशन गया और अपने गाँव का टिकट कटाकर वह ट्रेन में बैठ गया। अब वह इन यात्राओं का तजुर्बा रखता था इसलिए उससे कोई भूल नहीं हुई। दूसरे दिन सुबह वह अपने गाँव पहुँच चुका था। लम्बे-लम्बे डग भरता हुआ वह अपने गाँव के स्टेशन से अपने घर पहुँचा।

अपने दरवाजे पर एक सूट-बूटवाले इनसान को देखकर उसकी अम्मी तुरन्त पर्दे की ओट में चली गईं। वह शेखचिल्ली के पहुँचने के समय अपने दरवाजे पर गेहूँ धोकर सूखने के लिए चटाई पर बिछा रही थीं। अम्मी को पर्दे की ओट में जाता देख शेखचिल्ली ने दूर से ही आवाज लगाई—"अरे अम्मी! यह मैं हूँ मैं, तुम्हारा बेटा शेखचिल्ली।"

शेखचिल्ली की आवाज सुनकर उसकी अम्मी पर्दे की ओट से बाहर आईं और शेखचिल्ली को नए रूप में देखकर उसकी बलाएँ लेने लगीं। बेटे का मुँह चूमते हुए अम्मी की आँखें छलछला आईं।

शेखचिल्ली ने प्यार से अम्मी को अपनी बाँहों में भरते हुए कहा—"कैसी

हो अम्मी और रजिया कैसी है?"

"मैं ठीक हूँ बेटे और रजिया भी ठीक है।...तू तो एकदम परदेशी हो गया। पिछले साल जेठ में तू यहाँ से गया था कमाने। हमें उम्मीद थी कि तू जल्दी ही लौट आएगा मगर न तू लौटा और न तेरा कोई सन्देशा आया। हम दोनों का तो कलेजा बैठा जा रहा था। मगर न तुम्हारा कोई पता था और न कोई सुराग। हम करते तो क्या करते! बस, हर रोज तुम्हारा इन्तजार करते रहते थे हम दोनों। सड़क पर ही निगाहें जमी रहती थीं।" कहते-कहते अम्मी ने आवाज दी–"रजिया! ओ रजिया! अरे आ जल्दी! देख, कौन आया है!"

शेखचिल्ली अम्मी को अपनी एक बाँह में भरे हुए आँगन की तरफ देखने लगा। उसे अपने दुपट्टे में हाथ पोंछती हुई आती रजिया बेगम दिख गई। रजिया ने जैसे ही शेखचिल्ली को देखा तो सकुचा गई मगर शेखचिल्ली ने अपनी दूसरी बाँह में उसे भी भर लिया।

अरसे बाद अम्मी और बेगम से मिलकर शेखचिल्ली समझ नहीं पा रहा था कि कैसे अपनी खुशी का इजहार करे। वह खुशी से भरा हुआ अचानक बोल पड़ा–"अम्मी, आज तो तुम्हारे हाथ का बना हुआ मुर्ग बिरयानी खाऊँगा।"

अम्मी उसकी बाँहों से निकलती हुई बोली–"ठीक है बेटा! तू रजिया के संग बातचीत कर। मैं अभी आई।" इतना कहकर अम्मी अचानक झटके से घर के बाहर चली गई। शेखचिल्ली रजिया को साथ लेकर अपने ऊपरवाले कमरे में चला गया। कमरे में सब कुछ पहले जैसा ही था मगर चादर बदरंग हो गई थी। शेखचिल्ली को कमरे में बैठाकर उसकी बेगम नीचे चली गई और थोड़ी देर में एक गिलास शर्बत लेकर आई। उसने शेखचिल्ली को शर्बत दे दिया और चुपचाप शेखचिल्ली का मुँह देखती रही।

शेखचिल्ली ने रजिया बेगम को पहली बार भरपूर नजरों से देखा तो उसे लगा कि रजिया कुम्हाला-सी गई है, थोड़ी दुबली भी हो गई है।

शेखचिल्ली ने रजिया से पूछा–"क्या बात है, दुबली हो गई हो!"

शौहर का सवाल सुनकर रजिया की आँखें नम हो गईं। उसने धीमे-से कहा–"कुछ दिनों से घर की हालत ठीक नहीं है। अम्मी परेशान हैं। बनिया का बहुत उधार चढ़ चुका है, ऐसे में तुमने मुर्ग बिरयानी की फरमाइश कर दी है...अम्मी शायद मुर्ग बिरयानी के लिए जरूरी चीजें जुटाने गई हैं।"

"अच्छा, यह बात है! चिन्ता न करो। आज ही बनिए का उधार चुकता हो जाएगा। वैसे कितना उधार है बनिए का। तुमने कहा, बहुत उधार चढ़ गया है। कितना होगा?" शेखचिल्ली ने पूछा।

"यही कोई ढाई-तीन सौ रुपए।" रजिया बेगम ने बताया।

"हूँ! ठीक है! आने दो अम्मी को!" शेखचिल्ली ने आश्वस्त स्वर में कहा और रजिया बेगम की बाँह पकड़कर उसे अपने पास बैठा लिया।

लगभग एक घंटे के बाद शेखचिल्ली ने नीचे रसोई में बर्तन खनकने की आवाज सुनी तो उसने रजिया बेगम से कहा—"रजिया! लगता है, अम्मी आ गई हैं। तुम जाओ और अम्मी का काम सँभालो और थोड़ी देर के लिए अम्मी को मेरे पास भेज दो।"

रजिया नीचे चली गई। वह समझ गई थी कि शेखचिल्ली बनिए के बकाए के सम्बन्ध में अम्मी से कुछ कहेगा। रजिया ने रसोई में जाकर देखा तो अम्मी प्याज काटने में लगी थीं। उसने अम्मी के हाथ से चाकू ले लिया और कहा—"अम्मी, आपको आपके बेटे ने ऊपर बुलाया है।"

अम्मी ऊपर पहुँचीं तो शेखचिल्ली ने अठारह हजार रुपए जेब से निकालकर अम्मी को देते हुए कहा—"अम्मी! ये अठारह हजार रुपए हैं। मेरे साल भर की कमाई! मुझे लन्दन जानेवाले जहाज पर काम मिल गया था। अब तुम जिस किसी का भी जो भी बकाया हो, उसे चुका दो।"

अम्मी ने रुपए अपने हाथों में लिये और ऊपर से ही आवाज लगाई—"रजिया...ओ रजिया! जरा ऊपर तो आना।"

"आई अम्मी!" कहते हुए रजिया ऊपर आ गई।

अम्मी ने रजिया के हाथ में अठारह हजार रुपए रखते हुए कहा—"ले बेटा, गिन के देख, यह अठारह हजार रुपये...तेरे शौहर की साल भर की कमाई।"

शेखचिल्ली ने अम्मी को टोका—"अरे! यह क्या अम्मी? रजिया बेगम घर के बारे में क्या जानती है? वह क्या समझेगी कि इन रुपयों से क्या करना है?"

"अरे बावले! तू रजिया को क्या समझता है? वह बहुत समझदार है। उसे जिम्मेदार बनाना मेरा काम है। पैसे वही सँभालेगी। घर कैसे चलाना है और घर के लिए क्या कुछ मँगाना है, यह मैं उसे बता दिया करूँगी।"

शेखचिल्ली चुप हो गया।

रजिया ने रुपए गिने। उसे बक्से में रखा और अम्मी के साथ रसोई में चली गई।

शेखचिल्ली ने अपने कपड़े उतारे और स्नान करने के लिए गुसलखाने में चला गया। वह काफी देर तक स्नान करता रहा ताकि उसकी यात्रा की थकान मिट जाए। गुसलखाने से निकलने पर उसके नथनों में बिरयानी की खुशबू समा गई और वह जल्दी से ऊपर गया तथा कुर्ता-पाजामा पहनकर गोल टोपी लगा ली और अपना चेहरा आईने में देखने लगा। तभी उसे अम्मी की आवाज सुनाई पड़ी–"आ जा बेटा शेखू! दस्तरखान बिछा दिया है।"

अम्मी की आवाज सुनकर वह नीचे आया और बोला–"यह क्या अम्मी! तेरह महीने तो अकेले ही खाता रहा हूँ। आज तो अकेले मत खिलाओ। आओ, तुम दोनों भी मेरे साथ बैठो! मेरे ही साथ खाओ।"

अम्मी और रजिया बेगम ने बहुत टालना चाहा मगर शेखचिल्ली नहीं माना और उन दोनों को भी शेखचिल्ली के साथ खाने के लिए बैठना पड़ा। शेखचिल्ली ने जी भर के खाया और रजिया बेगम से कहने लगा–"अम्मी के हाथ की मुर्ग बिरयानी का जोड़ कोई नहीं लगा सकता...।"

खा-पीकर तीनों देर तक गप्पें लगाते रहे। फिर अम्मी ने कहा–"जाओ बेटा, तुम लोग आराम करो। और हाँ, रजिया! तुम मुझे दो सौ साठ रुपए दो ताकि मैं बनिए के मुँह पर मार आऊँ। अभी बिरयानी के लिए चावल देने में आनाकानी कर रहा था...।"

रजिया फौरन ऊपर गई और तीन सौ रुपए लेकर आई और अम्मी को देते हुए कहा–"हाँ, अम्मी, जिसका जितना बकाया है, अब चुका दीजिए। किसी को टोकने का मौका न मिले।"

अम्मी रुपए लेकर घर से बाहर चली गईं और शेखचिल्ली रजिया को अपनी बाँहों में भरकर अपने कमरे की ओर चला गया। कमरे में जाकर उसने दरवाजा बन्द कर लिया।

शेखचिल्ली ने गाँव भर का चक्कर लगाया। अपने दोस्तों से मिला। अम्मी के पाँव दबाए। रजिया से जी-भर बातें कीं। एक दिन अपनी अम्मी और

रजिया के साथ शहर गया। वहाँ होटल में खाना खाया। सिनेमा हॉल में जाकर सिनेमा देखा और इन 'फिजूल खर्चियों' के लिए अम्मी या रजिया से पैसे नहीं लिये। हफ्ते-दस दिन के बाद ही शेखचिल्ली का मन गाँव से ऊबने लगा। उसने रजिया बेगम से कहा–"बेगम! यह सच है कि तुम्हारे साथ रहने पर मेरी जिन्दगी सँवर जाती है और सब कुछ अच्छा लगने लगता है मगर इस तरह गाँव में बैठे रहने से तो पैसे नहीं आ जाएँगे और बैठकर खाने से तो कारूँ का खजाना भी खाली हो जाता है। मैं सोचता हूँ कि काम की तलाश में फिर कहीं चला जाऊँ। बम्बई देख आया हूँ। वह मेरे लायक जगह नहीं है। औरतें पीछे लग जाती हैं। तुम भी सोचो, मुझे कहाँ जाना चाहिए और मैं भी देखता हूँ कि मेरे लायक अच्छी जगह कौन-सी है।"

शेखचिल्ली की बातें सुनकर रजिया बेगम उदास हो गई। उसने शेखचिल्ली से कहा–"घर में सत्रह हजार रुपए हैं। तुम यहीं, अपना कोई छोटा-मोटा धन्धा क्यों नहीं शुरू कर लेते हो?"

"नहीं बेगम! धन्धा करके देख चुका। उसके बाद जो कुछ भी हुआ, उसे भुला पाना अभी तक मुमकिन नहीं हुआ। मैं कहीं कोई नौकरी ही करूँगा। खुदा ने चाहा तो उसमें ही बरकत होगी।"

इस तरह, वह कहाँ जाए और क्या करे, इसी गुन-धुन में दो दिन और गुजर गए। अन्ततः तीसरे दिन शेखचिल्ली दिल्ली जाने के लिए ट्रेन का टिकट कटाकर ले आया और अपनी अम्मी और बेगम से बताया कि वह नौकरी की तलाश में दिल्ली जा रहा है। अम्मी और रजिया ने उदास मन से उसे विदा किया।

घर से विदा होकर शेखचिल्ली स्टेशन पहुँचा। दिल्ली जानेवाली ट्रेन आई तो वह ट्रेन की एक बोगी में जाकर बैठ गया। दूसरे दिन वह नई दिल्ली रेलवे स्टेशन पर उतरा। चूँकि वह बम्बई और लन्दन जैसे शहरों का मुआयना कर चुका था इसलिए दिल्ली की भीड़ देखकर चकराया नहीं। बस, उसे इतना ही खयाल आया कि दिल्ली भी बड़ा शहर है–बेतरतीब भीड़ से भरी सड़कोंवाला शहर।

शेखचिल्ली नई दिल्ली रेलवे स्टेशन से कनॉट प्लेस होते हुए पैदल ही 'जन्तर-मन्तर' आ गया। उस स्थान पर पहले से ही कुछ चहल-पहल थी। 'जन्तर-मन्तर' में प्रवेश करना चाहा तो गेट पर ही उसे दरबान ने रोक दिया

और टिकट घर दिखाते हुए कहा कि पहले टिकट खरीद लें, फिर प्रवेश करें। गेट से शेखचिल्ली ने भीतर का नजारा देखा। कुछ अजीब-सी दीवारों के सिवा उसे कुछ दिखा ही नहीं। उसने दरबान से कहा–''क्या मैदान में लेटने के लिए भी टिकट खरीदना पड़ेगा...यह तो सरासर लूट है।''

दरबान ने शेखचिल्ली से कहा–''जब मैदान में लेटना ही है तो बगलवाले तिकोने पार्क में चले जाओ। वहाँ तुम्हें कोई रोकेगा नहीं।''

शेखचिल्ली जन्तर-मन्तर के तिकोने पार्क में चला गया और वहाँ लेटकर सोचने लगा–'अब नौकरी की तलाश में किधर जाऊँ।' सोचते-सोचते शेखचिल्ली को नींद आ गई।

शेखचिल्ली मैदान में सोया पड़ा था तभी एक बिल्ली का बच्चा वहाँ भटकता हुआ आ गया और उसके सीने के पास जाकर दुबक गया। शेखचिल्ली को सीने के पास अजीब-सी गुदगुदी महसूस हुई और उसकी झपकी टूट गई। उसने उस बिल्ली के बच्चे को खुद से अलग करना चाहा मगर बार-बार हटाने पर भी वह म्याऊँ-म्याऊँ करता हुआ उसके पास आ जाता था। अन्त में शेखचिल्ली उस बिल्ली के बच्चे को अपने सीने से चिपकाकर सहलाने लगा। तिकोने पार्क में जहाँ पर वह बिल्ली के बच्चे के साथ लेटा हुआ था, वहीं उसके पास ही दो दोस्त बैठकर बातें कर रहे थे। एक कह रहा था–''अभी मैं यहाँ से उठकर 'बल्ली मरान' जाऊँगा...शायद वहाँ जाने से कुछ काम बन जाए।''

शेखचिल्ली ने सोचा–यह 'बिल्ली मरान' शायद ऐसी जगह हो जहाँ बिल्ली से सम्बन्धित कारोबार होता हो। हो सकता है कि वहाँ बिल्ली मारकर उसकी खाल निकाली जाती हो! इसी कारण उस जगह का नाम बिल्ली मरान पड़ा हो! 'बल्ली मरान' को 'बिल्ली मरान' सुनकर शेखचिल्ली अपनी जगह से उठा और बिल्ली के बच्चे को खुद से सटाकर, लोगों से बिल्ली मरान जाने का रास्ता पूछता हुआ बल्ली मरान पहुँच गया।

बल्ली मरान की बेशुमार भीड़वाली सड़क पर धक्के खाता हुआ वह उधर से गुजरनेवाले से पूछता रहा–"बिल्ली का बच्चा खरीदोगे?"

लोग 'नहीं' कहकर उससे कन्नी काटते हुए निकल जाते। हलकान होकर शेखचिल्ली एक चश्मे की दुकान में पहुँच गया और दुकानदार से बोला–''जनाब! मुझे यह बिल्ली का बच्चा बेचना है। इसे कहाँ बेचूँ कि कुछ

अच्छी कीमत मिल जाए।''

वह दुकानदार बुजुर्ग और रहमदिल था। उसने शेखचिल्ली से कहा–''बेटे! यह तो साधारण घरेलू बिल्ली का बच्चा है। भला इसे कौन खरीदेगा? यहाँ तो लोग कुत्ते पालने के शौकीन हैं। तुम ऐसा करो कि यहाँ से जनपथ बाजार चले जाओ और किसी विदेशी महिला से यह बिल्ली का बच्चा बेचने की कोशिश करो। शायद वहाँ तुम्हारी तकदीर साथ दे तो इसके अच्छे दाम मिल जाएँ वरना तुम इस बिल्ली को बेच नहीं पाओगे।''

शेखचिल्ली वहाँ से भुनभुनाते हुए निकला–'अजीब जगह है यह भी। नाम है बिल्ली मरान और काम है चश्मे और जूते का व्यापार!'

खैर! वह वहाँ से रास्ता पूछता हुआ जनपथ पहुँचा और किसी विदेशी महिला के आने का इन्तजार करता रहा। थोड़ी देर ही उसे प्रतीक्षा करनी पड़ी। तकदीर ने जनपथ में उसका साथ दिया। दो विदेशी महिलाएँ उसके पास से होकर गुजरीं। शेखचिल्ली ने उनके पास जाकर कहा–''वांट टू परचेज कैट?''

दोनों विदेशी महिलाएँ शेखचिल्ली की बातें सुनकर वहाँ ठमककर रुक गईं। बिल्ली का बच्चा उनकी ओर देखकर बार-बार म्याऊँ-म्याऊँ कर रहा था। उसमें से एक महिला को उस बिल्ली के बच्चे पर दया आ गई। उसने शेखचिल्ली के हाथ से बिल्ली के बच्चे को ले लिया और उसे सहलाती हुई बोली–''क्यूट!'' फिर उसने शेखचिल्ली से पूछा–''हाउ मच?''

शेखचिल्ली समझ गया कि उससे बिल्ली के बच्चे की कीमत पूछी जा रही है। लन्दन की यात्रा ने उसे अंग्रेजी की थोड़ी-बहुत समझ दे ही दी थी। वही समझ इस समय उसके काम आ रही थी। उसने विनम्रतापूर्वक कहा–"वन हन्ड्रेड ओनली।"

उस विदेशी महिला ने सौ रुपए का नोट निकालकर शेखचिल्ली को दिया और बिल्ली के बच्चे को सहलाती हुई अपनी सहेली के साथ आगे बढ़ गई।

शेखचिल्ली सौ रुपए अपनी जेब में रखकर सोचने लगा–इस अजनबी शहर में पहुँचते ही बिना पूँजी लगाए सौ रुपए की कमाई हो गई। अब भूख मिटाने और रात बिताने की व्यवस्था कर लेना जरूरी है।

जनपथ बाजार से निकलते ही उसे पानी का ठेला लिये एक हमउम्र

लड़का खड़ा मिल गया। शेखचिल्ली को प्यास लगी थी। उसने उस ठेलेवाले लड़के के पास पहुँचकर ताबड़तोड़ चार गिलास पानी पिया और वहाँ से जाने लगा मगर उस ठेलेवाले लड़के ने उसे रोक लिया और बोला–"भाई, चार गिलास पानी के एक आना हुए। एक पैसे गिलास पानी है। तुम तो बिना पैसे दिए पानी पीकर जा रहे हो! यह भी कोई तरीका है?"

शेखचिल्ली चकित हो गया–"यह क्या? दिल्ली में पानी बिकता है?" उसने लड़के से पूछा!

लड़के ने आँखें नचाकर कहा–"और नहीं तो क्या? निकालो एक आना।" उसने शेखचिल्ली के आगे पैसा लेने के लिए हाथ बढ़ा दिये।

शेखचिल्ली अभी भी असमंजस में था। उसने फौरन कहा–"भाई मेरे! पानी तो कुदरत की देन है। इसके कैसे पैसे?"

उस लड़के ने कहा–"पानी पीकर मसखरी मत करो भाई! इस ठेले में हमें मापकर पानी मिलता है। अगर तुमने पैसे नहीं दिए तो मालिक मेरी खाल उतार लेगा।"

तभी शेखचिल्ली ने देखा, कुछ लोग आए, ठेलेवाले लड़के से पानी लेकर पीया, पैसे चुकाए और चले गए। तब शेखचिल्ली को विश्वास हुआ कि दिल्ली में पानी भी बिकता है। उसने जेब से एक आना निकालकर ठेलेवाले को दे दिया और अपने लिए रात्रि-विश्राम की व्यवस्था के लिए आगे बढ़ा।

भीड़ तो सड़क पर बेशुमार थी मगर उसे अपने मतलब का कोई आदमी नहीं दिख रहा था जिससे वह अपने लिए रात को ठहरने की जगह के बारे में पूछ सके।

जब वह पहाड़गंज से गुजरने लगा तब उसे अपने जैसा एक आदमी दिख गया। उसने उससे पूछा–"जनाब! बड़ी मेहरबानी होगी, यदि आप मुझे रात बिताने के लिए कहीं कोई सस्ती जगह...मेरा मतलब है, सराय वगैरह बता दें।"

अपने लिए सम्मानजनक सम्बोधन से वह आदमी खुश हुआ और बोला–"लगता है, परदेसी हो।"

"हाँ, भाई! परदेसी ही हूँ। गाँव से यहाँ रोजी-रोटी की तलाश में आज ही आया हूँ। यहाँ मेरा किसी से परिचय नहीं है इसलिए रहने की जगह की तलाश में हूँ।" शेखचिल्ली ने विनीत स्वर में कहा।

"अरे, कोई परिचित नहीं तो क्या हुआ? तुम मुझसे बात कर रहे हो तो परिचय भी हो ही गया। दिल्ली में तुम कहीं भी रात बिताने की जगह लोगे तो सौ-पचास खर्च हो जाएँगे। बेरोजगार आदमी हो। कहाँ से दोगे इतने पैसे? पहले काम तलाशो फिर रहने के लिए खर्च करने की सोचना।" थोड़ी देर चुप रहने के बाद वह बोला–"मैं भी परदेसी हूँ। इसलिए तुम्हारा दर्द समझता हूँ। मैं जब दिल्ली आया था तब मुझे कोई भी मददगार नहीं मिला। मैंने तो महीनों फुटपाथ पर गुजारे हैं। तुम चाहो तो मैं तुम्हारे लिए अपने साथ रहने की व्यवस्था कर सकता हूँ। अभी मैं एक बड़े आदमी के घर पर नौकरी कर रहा हूँ। उसने मुझे रहने के लिए एक कमरा दे रखा है। उसके मकान के पीछे के हिस्से में यह कमरा है। वह कभी देखने नहीं आता कि मैं कमरे में क्या कर रहा हूँ। अगर वह देखेगा या तुम्हारे बारे में पूछेगा तो मैं बोल दूँगा कि गाँव से मेरा भाई आया है।"

अन्धे को क्या चाहिए–दो आँखें! शेखचिल्ली उसके प्रस्ताव पर प्रसन्न हो गया और बोला–"मुझे तुम जैसे नेक इनसान के साथ रहने में खुशी होगी।" शेखचिल्ली ने उसके साथ-साथ चलते हुए कहा–"मेरा नाम शेखचिल्ली है और तुम्हारा?"

उसने शेखचिल्ली की तरफ देखा और मुस्कुराते हुए कहा–"मनमोहन! मनमोहन दरियाल है मेरा नाम, पहाड़ का रहनेवाला हूँ।"

चलते हुए वे दोनों एक भव्य इमारत के पास पहुँच गए। उस लड़के ने गेट खोला और शेखचिल्ली के साथ इमारत के पीछे की तरफ चला गया। उसने उसके लिए अपना कमरा खोल दिया।

कमरा क्या, वह एक हॉल था जिसमें एक तो क्या, दस बिस्तर लग सकते थे। शेखचिल्ली ने देखा–सारा कमरा खाली पड़ा है। कमरे के एक कोने में एक चटाई बिछी हुई है जिस पर एक बिस्तर पड़ा है। बिस्तर के पास ही अलगनी पर कुछ मैले-कुचैले कपड़े टँगे हैं और वहीं पर एक टूटा, जंग खाया बक्सा पड़ा है। कमरे में रोशनी और हवा के लिए बड़ी-बड़ी खिड़कियाँ थीं।

मनमोहन ने कमरा खोलकर शेखचिल्ली से कहा–"अब तुम जाओ और आराम करो। मैं जाकर मालिक के लिए खाना तैयार करता हूँ। शाम ढलने से पहले मैं काम निपटाकर आ जाऊँगा।"

“हाँ, ठीक है। मैं तुम्हारा इन्तजार करूँगा।” शेखचिल्ली ने कहा।

मनमोहन जब वहाँ से जाने लगा तो शेखचिल्ली ने महसूस किया कि वह किसी चीज या आदमी को तलाशता हुआ इमारत के आगेवाले भाग की ओर जा रहा है। शेखचिल्ली को उसकी चाल पर सन्देह हुआ। लेकिन मनमोहन बड़ी इमारत का दरवाजा खोलकर उसमें चला गया और भीतर से दरवाजा बन्द कर लिया। लगभग एक घंटे बाद वह अपने कमरे में लौटा। शेखचिल्ली बिस्तर पर आँखें बन्द किए पड़ा रहा। मनमोहन अपने कमरे में पहुँचकर कुछ करता, उससे पहले ही सीटी बजने की आवाज हुई। मनमोहन हड़बड़ाता हुआ कमरे से बाहर निकल गया। उसके कमरे से बाहर जाने की आहट सुनकर शेखचिल्ली अपनी जगह से उठा और दबे पाँव मनमोहन के पीछे आया।

उसने देखा कि मनमोहन कोठी के पिछवाड़े में खड़ा एक आदमी से बातें कर रहा था। मनमोहन कह रहा था–“आज तुमने देर कर दी।”

उस आदमी ने फुसफुसाते हुए कहा–“अरे भाई! कारोबारी आदमी हूँ...देर-सबेर हो ही जाती है। तुम फटाफट पन्द्रह रुपए के अमरूद तोड़ दो। टोकरी भर के देना।”

“टोकरी भर के बीस रुपए लगेंगे।” मनमोहन ने उस आदमी से कहा।

“पन्द्रह ही मिलेंगे। कौन तुम्हें अपनी जेब से खर्च करना पड़ता है जो इस तरह मोल करते हो? क्या यह नहीं जानते, मुफ्त के बैल के दाँत नहीं गिने जाते! जो मिल रहा है, वही बहुत है।” उस आदमी ने मनमोहन से कड़ी आवाज में कहा।

मनमोहन ने फिर कुछ नहीं कहा और टोकरी उठाकर अपने कमरे के पास ही लगे अमरूद के बगीचे में जाकर अमरूद तोड़ने लगा।

एक टोकरी अमरूद तोड़कर वह जल्दी ही उस आदमी के पास आया और उसके झोले में अमरूद उड़ेलकर उससे पन्द्रह रुपए लेकर अपने कमरे में आ गया।

उस समय शेखचिल्ली तेजी से बिस्तर पर जाकर लेट गया था। उसके दिमाग में मनमोहन के प्रति जो नेक भावना थी, वह गायब हो चुकी थी और वह सोच रहा था–यह मनमोहन तो नमकहराम है। जिस थाली में खा रहा है उसी में छेद कर रहा है। इस आलीशान मकान के मालिक ने अपनी

कोठी की चाबी इसे दे रखी है। रहने के लिए कमरा दे रखा है। जो खाता है, इसे भी खिलाता है, फिर भी यह बेगैरत उससे छुपकर उसकी बगिया का अमरूद चुराकर बेचता है।

शेखचिल्ली बिना कुछ बोले आँखें बन्द किए पड़ा रहा। वह मनमोहन की गतिविधियों पर आँखें बन्द किए ही गौर कर रहा था। उसने अपनी अधखुली आँखों से देखा—मनमोहन उसके कपड़ों की तरफ गया और उसकी कमीज की जेब से सौ रुपए का नोट निकाल लिया जो उसे बिल्ली बेचने के बाद मिले थे। मनमोहन ने वह नोट अपने टूटे बक्से में छुपा दिया और आकर सो गया।

जब मनमोहन के खर्राटे गूँजने लगे, तब शेखचिल्ली अपनी जगह से उठा। उसने मनमोहन के बक्से से अपने सौ रुपए निकाल लिये। उसने देखा कि मनमोहन के बक्से में सौ-सौ के और नोट भी पड़े हैं तो उसने उसमें से भी सौ रुपए निकाले और अपने पास रख लिये।

दूसरे दिन सुबह मनमोहन और शेखचिल्ली दोनों जगे। तैयार हुए। मनमोहन मालिक की कोठी में गया और वहाँ से नाश्ता तैयार कर लेता आया। शेखचिल्ली और मनमोहन दोनों बैठकर खाने लगे। खाते-खाते शेखचिल्ली ने मनमोहन से पूछा—"मनमोहन, क्या तुम्हारा मालिक कंजूस और काइँया है?"

"नहीं भाई! वह तो बहुत उदार और दयालु है। जब मुझे कुछ पैसों की जरूरत पड़ती है तो वह दे देता है। एक बार मैं बीमार पड़ गया था तब उसने मेरे इलाज के लिए अपने पैसे की परवाह नहीं की थी।" मनमोहन ने कहा।

"अरे, जब तुम्हारा मालिक इतना उदार है तब तुम चोरी से उसके अमरूद क्यों बेचते हो? और अपने घर आए अतिथि की जेब से पैसे क्यों चुराते हो?" शेखचिल्ली ने पूछा।

शेखचिल्ली के सवाल पर मनमोहन चौंका—"अरे! शेख भाई! तुमने कैसे जाना कि मैं अमरूद बेचता हूँ?"

"मैं सब जानता हूँ। तुमने मेरी जेब से रुपए निकाले, वह भी!" शेखचिल्ली ने कहा—"और मैं तुम्हारे मालिक या मालकिन से अभी मिलकर तुम्हारी कलई खोलूँगा। बताऊँगा कि तुम जैसे व्यक्ति पर भरोसा करना

ठीक नहीं है।''

"नहीं शेख, ऐसा मत करना! मैं तुम्हारा रुपया अभी वापस करता हूँ और भविष्य में ऐसी गलती नहीं दुहराने का तुमसे वादा करता हूँ।'' मनमोहन ने गिड़गिड़ाते हुए शेखचिल्ली से कहा। उसका चेहरा सफेद पड़ चुका था और उसके शरीर में आतंक की थरथरी थी।

''तुम मेरे पैसे क्या वापस करोगे! मैं तुम्हारे बक्से से अपना रुपया निकाल चुका हूँ और तुम्हें सबक सिखाने के लिए तुम्हारे भी सौ रुपए मैंने निकाल लिये हैं, शेष रकम रहने दी है। चाहता तो वह भी निकाल लेता...तुम्हारे जैसे व्यक्ति को दंड तो मिलना ही चाहिए। अब मैं तुम्हारे मालिक से मिलूँगा।''

घबराए मनमोहन ने शेखचिल्ली के पाँव पकड़ लिये और कहा–''नहीं-नहीं, शेखचिल्ली! ऐसा मत करो। नहीं तो मैं कहीं का नहीं रहूँगा। मेरी बूढ़ी माँ है। भाई-बहन हैं। यदि मेरी नौकरी गई तो सबके सब बिलट जाएँगे। बरबाद हो जाएँगे। मैं तुमसे वादा करता हूँ कि फिर कभी ऐसी गलती मुझसे नहीं होगी।''

''...और अगर हुई तो तुम्हारी खैर नहीं।" शेखचिल्ली ने कहा। "तुमने मुझे बेरोजगार समझकर पनाह दी थी न, अब मेरी सच्चाई भी जान लो। मैं सरकार द्वारा नियुक्त एक जासूस हूँ और दिल्ली में बढ़ती चोरियों को काबू में करने के लिए भेजा गया हूँ।'' शेखचिल्ली ने गजब के ठस्से के साथ कहा, मानो वह सचमुच जासूस हो!

शेखचिल्ली का खुलासा सुनकर मनमोहन पसीने-पसीने हो गया। फिर उसने कहा–''मैं तो कल ही तुम्हें अपना भाई मान चुका हूँ। तुम जासूस हो तो मेरा खयाल रखना। मैं तुम्हारी सेवा करता रहूँगा।" इतना कहकर मनमोहन ने अपने बक्से में बचाकर रखे रुपए निकालकर गिने और शेखचिल्ली को देते हुए कहा–''यह एक भाई को दूसरे भाई द्वारा दिया गया तोहफा है। देखो, इनकार नहीं करना और याद रखना, इस मनमोहन का घर तुम्हारा घर है। मैं जानता हूँ, तुम जासूसों को अपनी असलियत छुपाकर रहना होता है इसलिए तुम्हें जब भी जरूरत पड़े, मेरे घर आ सकते हो। मैं हमेशा तुम्हारी सहायता के लिए तत्पर रहूँगा।''

शेखचिल्ली ने रुपए लेकर अपनी जेब में रख लिये तथा मनमोहन को

चेतावनी देते हुए वह वहाँ से चल दिया कि यदि भविष्य में मनमोहन ने कोई गलत काम किया तो वह उसे बख्शेगा नहीं।

कोठी से बाहर आकर शेखचिल्ली ने जेब से रुपए निकालकर गिने। पूरे हजार रुपए थे अर्थात् शेखचिल्ली की जेब में पूरे बारह सौ रुपए आ चुके थे। शेखचिल्ली वहाँ से सीधे डाकघर गया और सात सौ रुपए अपनी अम्मी के नाम मनीऑर्डर कर दिया और पाँच सौ रुपए अपनी जेब में रखकर काम की तलाश में निकल गया।

सड़क पर चलते हुए वह सोच रहा था कि अम्मी को जब रुपए मिलेंगे तो वह यही सोचेगी कि मैं ठीक हूँ और काम पर लग गया हूँ।

दो दिन भटकने के बाद शेखचिल्ली को एक बँगले में माली की नौकरी मिल गई। वह बगीचे की देखभाल करने लगा। वह कुछ भी करता तो बड़ी लगन से करता। बँगले की मालकिन ने एक दिन उससे पूछा–"शेख! क्या तुम बग्घी चला लेते हो?"

अपने गाँव में शेखचिल्ली अपनी बैलगाड़ी चला लेता था। उसने विश्वासपूर्वक कहा–"जी, मालकिन! बग्घी, टमटम, एक्का सब चला सकता हूँ।"

"अरे तुम तो बहुत काम के आदमी हो! इतने हुनरमन्द हो, पहले क्यों नहीं बताया? यह बाग-बगीचे का काम मैं किसी और से करा लूँगी। तुम अब मेरी सेवा में रहोगे। मेरे घर में।" मालकिन ने कहा।

"जैसी आपकी आज्ञा मालकिन! मैं तो आपका सेवक हूँ! जो भी कहेंगी, करूँगा।" शेखचिल्ली ने कहा।

मालकिन शेखचिल्ली को अपने साथ लेकर अपने पति के पास आई और उससे बोली–"सुनते हो! अपना यह शेखचिल्ली बहुत काम का आदमी है। यह बग्घी, टमटम, एक्का सब चला लेता है। ऐसे हुनरमन्द नौकर को माली के रूप में खटाना मूर्खता है। ऐसा सोचकर इसे मैं अपनी सेवा के लिए ले आई हूँ। यह यहीं, हमारे साथ, हमारे घर में रहेगा।"

"हाँ-हाँ, क्यों नहीं! तुमने ठीक फैसला किया है।" शेखचिल्ली के मालिक ने कहा। वह जवाहरातों का व्यापार करनेवाला एक सम्पन्न जौहरी

था। उसने शेखचिल्ली को टोकते हुए कहा–"...और सुनो शेख! मेम साहब जो भी कहें, उसे तुरन्त पूरा करना वरना तुम्हारी खैर नहीं।"

" 'खैर नहीं' क्यों कहते हो? साफ कहो न कि हुक्म-उदूली की सजा हमारे यहाँ तुरन्त दी जाती है–नौकरी से बर्खास्तगी के रूप में। समझ गए?" मालकिन के कहने के अन्दाज से ही शेखचिल्ली ने समझ लिया कि उसका नया मालिक और नई मालकिन दोनों परले दर्जे के घमंडी और काइँया हैं। उसने तुरन्त सिर हिलाकर हामी भर दी और मन-ही-मन कहा–'कोई बात नहीं है, सेठ और सेठानी! तू डाल-डाल तो मैं पात- पात!...देखें, आगे क्या होता है!'

शेखचिल्ली को मालकिन अपने साथ बँगले में ले गई। उसे सारे कमरे दिखाए। रसोई और आँगन दिखाया तथा शेखचिल्ली को धमकाते हुए कहा–"देखो शेख! पूरे बँगले की सफाई तुम्हारी जिम्मेदारी होगी। कहीं भी कचरा दिखा तो समझो, तुम्हारी नौकरी गई।"

शेखचिल्ली शान्त रहा। वह बोलता भी क्या? लेकिन मालकिन की मगरूरियत पर उसे क्रोध आ रहा था। 'अमाँ! यह भी कोई तरीका है बात करने का? यही बात सेठानी प्यार से बोल सकती है...मगर यह तो बात-बात पर नौकरी से निकाल देने की धमकी दे रही है।'

तभी सेठ ने शेखचिल्ली को बग्घी निकालकर उसमें घोड़ा जोतने की आज्ञा देते हुए कहा–"मालकिन से कह दो, वे तैयार हो जाएँ। हम लोग आज कुछ खरीदारी करेंगे और घूमने भी जाएँगे।"

शेखचिल्ली मालकिन को तैयार होने के लिए कहकर बग्घी निकालने चला गया। उसने बग्घी में घोड़ा जोता और बग्घी लाकर मालिक के बँगले के सामने लगा दिया।

थोड़ी ही देर में सेठ और सेठानी बँगले के बाहर निकले और बग्घी पर बैठ गए। सेठ ने शेखचिल्ली से कहा–"तुम पहली बार हम लोगों के साथ बाजार जा रहे हो इसलिए तुम्हें यह बता देना जरूरी हो गया है कि तुम रास्ते में तब ही कुछ बोलना जब हम तुमसे कुछ पूछें। हम लोगों को बकबक सुनने की आदत नहीं है। इसलिए अपनी जुबान बन्द ही रखना, समझ गए?"

"जी!" शेखचिल्ली ने संक्षिप्त सा उत्तर दिया।

बग्घी पर सेठ-सेठानी बैठे। शेखचिल्ली बग्घी चलाने लगा। हालाँकि वह

पहली बार बग्घी चला रहा था मगर उसे बग्घी चलाने में कोई परेशानी नहीं हुई। सेठ उसे बाएँ चलो, दाएँ चलो कहता रहा। फिर एक बाजार में खुली जगह पर बग्घी रुकवाई और सेठानी के साथ उतरकर बाजार चला गया।

शेखचिल्ली बग्घी पर बैठा हुआ उनके लौटने की प्रतीक्षा करते हुए सोचने लगा–'इतने मगरूर लोगों के साथ रहना मुमकिन नहीं है। माना कि मैं इनका नौकर हूँ मगर क्या ये बग्घी से उतरकर यह भी नहीं कह सकते थे कि मैं रुकूँ?'

थोड़ी देर के बाद सेठ-सेठानी लौट आए। उनके पास कुछ थैले थे जिनमें खरीदे गए सामान थे। इसके बाद सेठ-सेठानी बग्घी पर बैठकर शहर का नजारा देखते रहे। बग्घी कभी बाएँ ले चलने को कहते तो कभी दाएँ। थोड़ी देर के बाद ही शेखचिल्ली ने देखा–सेठानी का पर्स सीट से फिसलकर जमीन पर गिर गया है। शेखचिल्ली चाहता तो बग्घी रोककर पर्स उठाकर मालकिन को दे देता मगर उसे तो सेठ ने कुछ भी बोलने से मना कर दिया था। उसने सोचा–यह भी ठीक है, इस तरह ही इनकी मगरूरियत की सजा दी जाए। ऐसा सोचकर उसने घोड़े को दो कोड़े लगाए और लगाम के इशारे से घोड़े तेज भागने लगे। बग्घी तेजी से दौड़ने लगी।

बँगला वापस पहुँचने पर सेठानी को पता चला कि उसका पर्स कहीं गिर गया है। वह परेशान हो उठी। पर्स में हजार रुपए से अधिक बचा हुआ था। उसने घबराकर सेठ से पूछा और सेठ ने शेखचिल्ली से पूछा–"क्या उसने सेठानी का पर्स कहीं देखा है?"

शेखचिल्ली ने शालीनता से कहा–"जी हाँ, हुजूर! बाजार से आगे बढ़ने पर जो पहला दायाँ मोड़ है उसी मोड़ पर बग्घी मुड़ते ही झटके से मालकिन का पर्स गिर गया था। मैंने अपनी आँखों से देखा था।"

"अरे घामड़! जब देखा था तब बताया क्यों नहीं?" सेठ चीखा।

"कैसे बताता मालिक, आपने मुझे अपनी तरफ से बोलना मना कर रखा था।" शेखचिल्ली ने शान्त होकर उत्तर दिया।

सेठ को अब कुछ नहीं सूझ रहा था कि क्या बोले। चिढ़कर उसने कहा–"जा, दफा हो मगर अब याद रखना कि कहीं भी कुछ भी गिरे तो उसे तुरन्त उठाकर मुझे दे देना। समझ गया?"

"जी!" शेखचिल्ली ने कहा और वहाँ से लौटकर घोड़े को अस्तबल में

बाँधने चला गया।

थोड़ी ही देर के बाद सेठ के कुछ रिश्तेदार बँगले में आए। बाहरवाले कमरे में बैठकर सेठ उनसे बातें करने लगा। सेठानी अपने रिश्तेदारों की मेहमाननवाजी में लग गई। मेज पर उन लोगों के लिए नाश्ता सजाया। सेठ के साथ वे लोग नाश्ता करने बैठे ही थे कि शेखचिल्ली एक थैले में कोई चीज लिये आया और चुपचाप सेठ को थमा दिया। सेठ ने थैला लेते हुए नरम किन्तु गरम स्वर में पूछा—"क्या है इसमें?"

"खुद देख लीजिए मालिक!" शेखचिल्ली का ठंडा और शालीन उत्तर था।

सेठ ने थैला खोलकर देखा—"अरे! यह तो घोड़े की लीद है। यह तू मेरे पास इस तरह क्यों लाया?" क्रोध से काँपते हुए सेठ ने शेखचिल्ली से पूछा।

"मालिक! कुछ देर पहले आपने हुक्म दिया था कि कहीं भी, कुछ भी गिरे तो तुम उसे तुरन्त उठाकर मेरे पास ले आना।...इस समय मैं अस्तबल में घोड़ा बाँधने गया तो उसकी लीद गिरी और मैं हुक्म की तामील करते हुए उसे तुरन्त उठाकर आपके पास ले आया।"

इतना सुनते ही सेठ आग-बबूला हो गया और चीखा—"कमअक्ल! जा, भाग जा! मैं तुम्हें एक पल भी अब इस घर में बर्दाश्त नहीं करूँगा।"

"कमअक्ल मैं नहीं मालिक, आप हैं। आपको हुक्म देना नहीं आता और आप लोगों से व्यवहार करना नहीं जानते। आप नौकर कैसे रख सकते हैं? मैं खुद अपनी राह लेता हूँ—अलविदा!" ऐसा कहते हुए शेखचिल्ली सेठ के घर से निकलकर मनमोहन के कमरे की तरफ जाने लगा—यह सोचकर कि आज की रात मनमोहन के कमरे में बिताकर कल फिर किसी नए काम की खोज में निकल पड़ेगा।

दिल्ली से मोहभंग

जिन दिनों शेखचिल्ली दिल्ली में अपने दिन गुजार रहा था, उन दिनों महरौली इलाके में एक सेठ के घर पर चोरी हो गई। चोर बड़ी दिलेरी के साथ सेठ की तिजोरी खोलकर उसमें से जेवर और नकदी निकालकर ले गया। तिजोरी में चोर एक पर्चा लिखकर छोड़ गया—'अगली पूर्णमासी को फिर आकर इसी घर में चोरी करूँगा, रोक सकते हो तो रोक लो।'

सेठ ने पुलिस को खबर कर दी। पूर्णमासी की रात को पुलिस ने सेठ के घर की नाकेबन्दी कर दी। सेठ का घर पुलिस छावनी में बदल दिया। पुलिस को विश्वास था कि चोर तो क्या, सेठ के मकान में परिन्दा भी अब पर नहीं मार सकता। लेकिन दूसरे दिन पुलिस के इस विश्वास को जबर्दस्त झटका लगा क्योंकि रात को ही चोर ने सेठ की सन्दूक से कीमती सामान चुरा लिया था और सन्दूक में फिर एक पर्चा छोड़ गए थे—'देख लिया पुलिस बुलाने का अंजाम! अब अगली अमावस की रात को फिर आऊँगा, रोक सको तो रोको।'

सेठ ने सोचा कि पुलिस बुलाने का तो कोई फायदा नहीं हुआ, उल्टे पुलिसवालों की आवभगत में सैकड़ों रुपए खर्च हो गए मगर इस सिरफिरे जुनूनी चोर को रोकना भी तो जरूरी है। सेठ चोर को रोकने का उपाय सोच ही रहा था कि तभी उसके पास काम की तलाश में शेखचिल्ली पहुँच गया।

सेठ ने शेखचिल्ली से कहा—"काम तो मैं तुम्हें दे दूँगा। तुम चाहो तो तुम्हारी अच्छी कमाई हो जाएगी। अमावस की रात तक तुम्हें रुकना पड़ेगा। अमावस की रात को एक चोर इस मकान में चोरी करने आएगा। अगर तुमने चोरी होने से इस घर को बचा लिया तो मैं तुम्हें एक हजार रुपए दूँगा और अगर तुमने चोर को पकड़ लिया तो इनाम में तुम्हें पाँच हजार रुपए मिलेंगे।"

शेखचिल्ली को भला क्या एतराज होता! पलों में जीनेवाले शेखचिल्ली के लिए अमावस तक सिर छिपाने का इन्तजाम हो गया। वह यह सोचकर प्रसन्न हो गया कि अमावस तक उसे खाने के लिए नहीं सोचना पड़ेगा...आगे की फिर आगे सोची जाएगी।

एक के बाद एक दिन गुजरते गए और आखिर अमावस आ ही गया। शेखचिल्ली ने दिन में ही छत का मुआयना कर लिया था। छत पर एक ऐसी जगह थी जो सेठ के मकान को दो भागों में बाँटती थी। इस जगह के ठीक नीचे से एक तीन फीट की गली जाती थी। यह गली सुनसान थी जो आगे मुख्य मार्ग से जुड़ जाती थी। शेखचिल्ली ने एक पटरा उठाया और दोनों छतों की मुँड़ेरों पर उसे रख दिया और तय कर लिया कि चोर को पकड़ने के लिए वह इस पटरे पर बैठकर नीचेवाली गली पर ध्यान लगाए रहेगा। चोर जरूर इसी गली से घर में घुसेगा क्योंकि मुख्य मार्ग से वह आने का साहस नहीं करेगा। अपनी तैयारियाँ करने के बाद शेखचिल्ली घर में आ गया।

सेठ ने उसे याद दिलाया–''आज अमावस है।''

''हाँ, सेठ जी! मगर अमावस की चिन्ता मुझे नहीं, चोर को होनी चाहिए क्योंकि मेरा नाम शेखचिल्ली है।''

सेठ शेखचिल्ली की बातों से आश्वस्त हुआ और बोला–''भाई शेख! तुम अकेले नहीं हो। आज रात मेरा पूरा परिवार तुम्हारे सहयोग के लिए तैयार रहेगा।''

शेखचिल्ली ने अपनी तरफ से सेठ को तसल्ली दी–"अगर चोर आया तो मेरे बिछाए जाल में फँसकर ही रहेगा।"

वह खाना खाकर छत पर आ गया। जब रात गहराने लगी तब वह मुँडेर पर रखी तख्ती पर चढ़कर गली पर नजर रखने लगा। अमावस की रात गहरा गई। गली में घुप्प अँधेरा हो गया। तभी छत पर कोई आया और पटरे से टकरा गया। पटरे पर शेखचिल्ली बैठा था। वह छिटककर नीचे गिरा किन्तु जमीन पर न गिरकर किसी के शरीर पर। धपाक् की आवाज रात के सन्नाटे में गूँज गई और इसके साथ ही किसी के जोर से कराहने की आवाज भी उभरकर आई–"बाप रे! मेरी टाँगें गईं।"

सेठ के घर में लोग जगे हुए थे, वे हाथ में लालटेन लिये दौड़ते हुए

बाहर आए। गली में पहुँचकर देखा कि एक आदमी पर शेखचिल्ली सवार था। सेठ और उसके लड़के ने मिलकर उस आदमी को अपनी पकड़ में ले लिया था। वह आदमी दर्द से अब भी बिलबिला रहा था। उसके एक पाँव की हड्डी टूट गई थी। शेखचिल्ली उसके ऊपर ही पटरे सहित गिरा था। उस आदमी पर गिरने के कारण शेखचिल्ली चोट खाने से साफ बच गया था।

उस आदमी को दबोचे-दबोचे सेठ का लड़का बोल रहा था कि छत पर अभी मैं गया था तब इस आदमी के किसी साथी से टकरा गया था।

इसकी बात सुनकर मन ही मन शेखचिल्ली ने खुदा का शुक्रिया अदा किया कि पटरे से उसके गिरने की बात कोई नहीं जानता है। उसने उस चोर के बालों को मुट्ठी में पकड़ते हुए सेठ से पूछा–"क्यों जनाब! मैंने अपना वादा तो पूरा कर दिया न?"

"हाँ, भाई! तुमने तो कमाल कर दिया।" सेठ ने कहा।

शेखचिल्ली ने पूछा–"आप भी अपना वादा पूरा करोगे न?"

"हाँ, भाई! क्यों नहीं! तुमने इस शातिर चोर को पकड़कर हमारे ऊपर बहुत बड़ा एहसान किया है।"

सेठ ने दूसरे दिन सुबह थाने को सूचना देकर उस चोर को पुलिस के हवाले कर दिया और शेखचिल्ली को नकद पाँच हजार रुपए देकर विदा किया।

सेठ के घर से शेखचिल्ली विदा हो चुका था। उसकी जेब में पाँच हजार रुपए थे मगर उसकी जिन्दगी का वह मौलिक प्रश्न अब भी उसका पीछा कर रहा था–'जाएँ तो जाएँ कहाँ?' इसी सवाल को अपने दिमाग में बसाए शेखचिल्ली दिल्ली में महरौली की सड़कों पर इधर-उधर भटक रहा था कि एक चौराहे पर उसे भीड़ दिखी और दिखा कुतुबमीनार! शेखचिल्ली ने मदरसे में किताबों में कुतुबमीनार के बारे में पढ़ा था। वह अन्य सैलानियों की तरह कुतुबमीनार देखने के लिए चला गया। मगर गेट पर उसे उसी तरह दरबानों ने रोक दिया–'"टिकट दिखाओ।"

शेखचिल्ली चिढ़ गया–"अरे भाई, कुतुबमीनार देखने ही जा रहे हैं, वहाँ से कुछ लेने तो नहीं जा रहे हैं! फिर काहे का टिकट?"

"भाई साहब! अगर कुतुबमीनार बाहर से देखेंगे तो पैसे नहीं लगेंगे। भीतर से देखोगे तो इसके लिए तुम्हें टिकट कटाना पड़ेगा।"

दरबान के इस दो-टूक उत्तर ने बहस की कोई गुंजाइश नहीं छोड़ी। शेखचिल्ली की समस्या थी कि उसने सेठ से मिले पाँच हजार रुपए एक कपड़े में बाँधकर वह कपड़ा अपनी कमर पर बेल्ट की तरह बाँध लिया था ताकि वह जेब कतरों और झपटमारों की नजर से अपने पैसों को बचाए रख सके। वह यह भूल गया था कि मनमोहन से मिली रकम का एक बड़ा हिस्सा उसके पास है जो अभी तक खर्च नहीं हुआ है।

वह कुतुबमीनार के प्रवेश द्वार से हटकर एक तरफ खड़ा हो गया और अनजाने ही अपने कुर्ते की जेब में हाथ डाला तो उसके हाथ में कागज के कुछ टुकड़े आ गए। शेखचिल्ली ने कागज के उन टुकड़ों को जेब से निकाला तो देखा, कागज के वे टुकड़े सौ-सौ और दस-दस रुपए के नोट हैं। उनमें कुछ पाँच रुपए और एक रुपए के नोट भी थे। अब उसे याद आ गया कि ये रुपए मनमोहन से मिले रुपयों में से बचे हुए रुपए हैं। उसने अपने दिमाग में ही हिसाब लगाया–सौ रुपए कमाई के, ग्यारह सौ मनमोहन के यानी कुल बारह सौ रुपए। इसमें से सात सौ रुपए अम्मी को मनीऑर्डर किया, बचे पाँच सौ रुपए। इन पाँच सौ रुपयों में दो दिन रैन बसेरा और भोजन पर तीस-चालीस रुपए खर्च हुए तो भी अभी जेब में साढ़े चार सौ से अधिक रुपए हैं। उसने रुपयों को वापस जेब में रखा तो पाया, जेब में कुछ रेजगारियाँ भी बची हुई थीं।

पैसों की निश्चिन्तता महसूस होते ही शेखचिल्ली कतार में लग गया। कुतुबमीनार देखने के लिए दो आने का टिकट कटा लिया और कुतुबमीनार देखने के लिए सैलानियों की तरह परिसर में चला गया। उसे ऊँची खड़ी मीनार देखने में मशगूल लोगों की भीड़ तो दिखी मगर यह समझ में नहीं आया कि लोग देख क्या रहे हैं! वह भीड़ से कटकर एक तरफ जाकर बैठ गया और सोचने लगा–दिल्ली अजीब शहर है...यहाँ चुनौतियाँ देकर चोर चोरी करते हैं। विश्वास करनेवाले मालिक को नौकर चूना लगाता है और कर्तव्य-परायण नौकर पर मालिक हेकड़ी दिखाता है...यह रहने और बसने लायक जगह नहीं है...कम-से-कम मेरे लिए तो नहीं।

लगभग इसी समय दो आदमी उसके पास खड़े होकर बातें करने लगे–

''भैया! यह बात समझ में नहीं आती कि यह कुतुबमीनार बना कैसे?''

''अरे भाई! मुझे तो लगता है कि एक बाँस पर दूसरे बाँस, दूसरे पर तीसरे, तीसरे पर चौथे बाँस को जोड़कर पहले खड़ा किया गया फिर इनकी जोड़ाई और ढलाई की गई।'' दूसरे ने कहा।

''मगर भाई! चाहे जैसे बनी हो, यह मीनार है बहुत अद्भुत और नहीं लगता कि जैसे तुम बता रहे हो, वैसे ही यह बनाई गई होगी!''

शेखचिल्ली उन दोनों की बातें सुन रहा था। उसने उन दोनों को टोका–''अरे यार, तुम लोग भी क्या बात कर रहे हो! यह भी कोई सोचने की बात है! बेवजह ही मगजमारी कर रहे हो। अरे भाई, पहले इस धरती में एक गहरा कुआँ खोदा गया। उतना गहरा, जितनी ऊँची यह मीनार है। फिर उस कुएँ में ईंट चुनवा दिए गए और ढलाई कर दी गई। कुछ दिनों में जब ढलाई जमकर पक्की हो गई तो उसे कुएँ से निकालकर मीनार खड़ी कर दी गई और कुआँ भर दिया गया।''

वे दोनों अवाक् कभी मीनार को देखते और कभी शेखचिल्ली को।

उन दोनों को अवाक् छोड़ते हुए शेखचिल्ली अपनी जगह से उठा और धीरे-धीरे टहलता हुआ गेट से बाहर निकल गया। उसने घर वापसी का इरादा कर लिया था और अब उसके कदम तेजी से रेलवे स्टेशन की ओर बढ़ रहे थे।

ताजमहल बेचूँगा तब न!

दिल्ली रेलवे स्टेशन पर शेखचिल्ली खड़ा था। उसने दिल्ली छोड़ने का फैसला तो कर लिया था मगर अपने गाँव वापसी पर वह पुनर्विचार कर रहा था। वह सोच रहा था कि लन्दन यात्रा में तेरह महीने लगे थे तब वह अम्मी को अठारह हजार रुपए देकर आया था...अभी गाँव जाऊँ तो पाँच हजार ही दे पाऊँगा...क्या करूँ? लौट जाऊँ या और कहीं जाकर फिर से नौकरी करने का प्रयास करूँ?

वह इसी उधेड़बुन में टिकट खिड़की के पास खड़ा था कि तभी स्कूली बच्चों के शोर से टिकट खिड़की के आस-पास का वातावरण गूँज उठा। शेखचिल्ली ने देखा, विद्यालय के गणवेश में स्कूली बच्चों का एक समूह वहाँ आया और बच्चों को वहीं खड़ा रहने का निर्देश देकर उनके साथ आया शिक्षक टिकट कटाने के लिए लाइन में खड़ा हो गया। शेखचिल्ली की रुचि इस बात में पैदा हो गई कि इतने सारे बच्चे एक साथ जा कहाँ रहे हैं!

वह टिकट खिड़की के पास खड़ा रहा और बच्चों के साथ आए शिक्षक ने टिकट खिड़की पर टिकट काटने के लिए बैठे कर्मचारी से जब यह कहा कि 'सत्ताईस टिकट आगरा के लिए' तो वह समझ गया कि ये बच्चे आगरा जा रहे हैं।

टिकट खिड़की से वह शिक्षक जब टिकट गिनता हुआ बाहर निकला तो शेखचिल्ली ने उस शिक्षक को टोका–"जनाब! क्या आप बताएँगे कि एक साथ इतने सारे बच्चे आगरा क्यों जा रहे हैं और इनके माँ-बाप इनके साथ क्यों नहीं हैं?"

शिक्षक ने मुस्कुराते हुए शेखचिल्ली की तरफ देखा और बोला–"भाई मेरे! ये सभी बच्चे प्रज्ञा विद्यालय के छात्र हैं। ये इतने छोटे नहीं हैं कि कहीं जाने के लिए इनके माता-पिता हों। सभी दसवीं में पढ़ते हैं। मैं इनके

इतिहास का शिक्षक हूँ और विद्यालय की तरफ से आयोजित एक कार्यक्रम के तहत इन्हें देश भर के ऐतिहासिक स्थलों का प्रत्यक्ष दर्शन कराने के लिए निकला हूँ। दिल्ली के ऐतिहासिक स्थलों को इन बच्चों ने देखा है और अब आगरा का ताजमहल देखने जा रहे हैं।"

शेखचिल्ली ने भी इतिहास की किताब में ताजमहल के बारे में पढ़ा था। उसने सोचा कि क्यों न गाँव जाने के बजाय वह भी आगरा चला जाए! यह विचार आते ही उसने अपने लिए आगरा का टिकट कटाया और आगरा जानेवाली ट्रेन में बैठ गया।

आगरा पहुँचने के बाद उसने सोचा कि अगर उसे यहाँ कोई नौकरी मिल जाएगी तो कर लेगा। उसे भूख महसूस हो रही थी। उसने स्टेशन के पास के ही एक होटल में खाना खाया। फिर ताजमहल जाने के लिए एक्का में बैठ गया। उसे एक्का में बैठाकर एक्कावाला सीलन भड़ी गलियों से ताजमहल जानेवाली राह पर अपना ताँगा ले आया। शेखचिल्ली ने आगरा के जन-जीवन पर नजर दौड़ाई और उसने महसूस किया कि आगरा में आम जन बेहद संघर्षपूर्ण जीवन जी रहा है। सैलानियों को अपने-अपने ताँगे पर बैठाने के लिए जिस तरह ताँगेवाले जद्दोजहद कर रहे थे, उससे शेखचिल्ली ने निष्कर्ष निकाला कि यहाँ ताँगे अधिक हैं और उन पर सवारी करनेवाले लोगों की तादाद कम है। फिर शेखचिल्ली के मन में ऊहापोह के बादल मँडराने लगे। उसने सोचा—माना कि आगरा में ताजमहल है लेकिन ताज को देखते रहने से तो पेट नहीं भरेगा? आखिर पेट भरने के लिए कोई काम तो करना होगा! यहाँ तो छोटी कमाई के लिए ही ताँगेवाले आपस में जूझते हैं तो बाकी शहरियों का क्या हाल होगा? इसी उधेड़बुन में वह पड़ा रहा और ताँगा ताजमहल के पास पहुँच गया। ताँगे से उतरकर वह ताजमहल देखने चला गया। उसे जब इस खूबसूरत इमारत के बारे में यह जानकारी मिली कि यह एक मकबरा है। जहाँ दो कब्रें पोशीदा हैं तो उसका रहा-सहा आकर्षण भी जाता रहा। उसके मन में ताजमहल के परिसर में बैठे-बैठे ही खयाल आया—कैसी अन्धेरगर्दी मची हुई है। यहाँ मकबरे को महल के रूप में प्रचारित कर पैसा कमाने का नायाब तरीका निकाल लिया है। असल में ताजमहल देखने जाने के लिए भी शेखचिल्ली को टिकट कटाना पड़ गया था जिससे वह खीज गया था।

ताजमहल को चारों तरफ से देख चुकने के बाद शेखचिल्ली महल के पार्श्व के मैदान की हरी घास पर बैठकर थकान मिटाने लगा। वह अब गाँव वापसी के बारे में फिर से सोचने लगा था। तभी उसके पास दो अफीमची आकर बैठ गए। दोनों अफीम की पिनक में थे और आपस में कुछ बतिया रहे थे। धीरे-धीरे वे ऊँची आवाज में बातें करने लगे।

एक ने कहा–''मैं इस ताजमहल के लिए एक लाख रुपए दे सकता हूँ।''

दूसरे ने झटके से कहा–''तू एक लाख दे सकता है तो मैं दो लाख दे सकता हूँ।''

पहले अफीमची ने कहा–''मैं तीन लाख दे दूँगा मगर तुम्हारे कब्जे में इस ताजमहल को आने नहीं दूँगा...ताजमहल खरीदने का ख्वाब अपने मन से निकाल दो।''

उन दोनों की बकबक से शेखचिल्ली की तन्द्रा टूटी और वह मन-ही-मन कुढ़ता हुआ अपनी जगह से उठा और उन अफीमचियों को जाकर टोका–''अबे, यह तुम लोग किस बहसबाजी में पड़ गए? पहले यह तो जान लो कि मैं यह ताजमहल बेचूँगा या नहीं? बड़े आए ताज की कीमत लगानेवाले–हुँह!''

वे दोनों अफीमची सकते में आ गए मानो उनसे कोई भारी गुनाह हो गया हो! उन दोनों को सकते में ही छोड़ शेखचिल्ली वहाँ से लम्बे पग भरता हुआ स्टेशन जाने के लिए बढ़ चला। स्टेशन जानेवाले एक्का पर बैठकर शेखचिल्ली अम्मी के हाथ से बनी मुर्ग बिरयानी का स्वाद याद करने लगा।

शेखचिल्ली को मिला किले में मकान

आगरा स्टेशन पर शेखचिल्ली अपने गाँव का टिकट कटाकर ट्रेन में बैठने के लिए प्लेटफॉर्म पर जा रहा था कि उसे ताजमहल के छोटे-छोटे प्रतिरूपों को बेचता एक युवक दिखा। उस युवक ने भी गोल टोपी पहन रखी थी। वह भी कुर्ता-पाजामा पहने हुआ था और उसकी भी छोटी दाढ़ी थी। शेखचिल्ली को वह युवक जँच गया। ट्रेन आने में अभी देर थी। शेखचिल्ली उस युवक के पास आ गया और पूछा–"क्या तुम ये छोटे ताजमहल बेच रहे हो?"

उस युवक ने हामी भर दी। शेखचिल्ली ने उससे फिर पूछा–"क्या तुम्हारे ताजमहल भी संगमरमर के बने हैं?" उस युवक ने फिर हामी भरी।

फिर शेखचिल्ली ने उससे पूछा–"लेकिन कोई यह छोटा ताजमहल क्यों खरीदे?"

उस युवक ने पहली बार कुछ कहने के लिए मुँह खोला, उसने कहा– "जनाब! ताजमहल एक ऐसा शाहकार है जिसे शहंशाह शाहजहाँ ने अपनी बेगम मुमताज महल की याद में बनवाया था। दोनों के प्रेम की दास्ताँ इस महल में पैवस्त है। ताजमहल केवल इमारत नहीं, प्रेम की–पति-पत्नी के प्रेम की–एक मुकम्मिल दास्तान है। दुनिया भर के लोग यहाँ आते हैं और यह ताजमहल खरीदकर ले जाते हैं–अपने प्रेम का इजहार करने के लिए। ताजमहल का यह प्रतिरूप भेंट करने का मतलब ही अपने प्रेम का इजहार करना होता है।"

शेखचिल्ली ने सोचा, वह भी तो अपनी बीवी रजिया बेगम से बेइन्तहा मुहब्बत करता है मगर उसने कभी भी उसके सामने अपनी मुहब्बत का इजहार नहीं किया। सच कहें तो कभी इसकी जरूरत ही नहीं पड़ी। मगर अब इतने दिनों तक रजिया से दूर रहने के कारण 'ताजमहल' की इस चर्चा

से शेखचिल्ली के मन में भी रजिया के सामने अपना प्रेम प्रकट करने की इच्छा अँगड़ाई लेने लगी और उसने ताजमहल की एक छोटी और प्यारी-सी प्रतिकृति खरीद ली और उसे अच्छी तरह एक डिब्बे में बन्द करवाकर अपने पास रख लिया। रजिया के लिए खरीदी गई यह चीज शेखचिल्ली के मन को सुकून से भर गई। उसे पहली बार महसूस हो रहा था कि वह रजिया से कितना प्यार करता है। रजिया के खयालों में डूबा हुआ वह प्लेटफार्म पर चला आया। उसके गाँव जानेवाली ट्रेन लग चुकी थी और वह ट्रेन में जा बैठा।

ट्रेन चली और शेखचिल्ली खयालों की दुनिया में खो सा गया। वह बार-बार अम्मी के हाथ के बने पकवानों की याद करता और बार-बार रजिया का चेहरा उसके जेहन में कौंध जाता और वह मन-ही-मन रजिया से संवाद करने लगता।

किसी तरह रात बीती। सवेरा हुआ और ट्रेन शेखचिल्ली के गाँव पहुँचकर रुकी। वह ट्रेन से उतरा और अपने गाँव की ताजी हवा में साँसें लेते हुए प्रफुल्लित होने लगा। उसके हाथ में ताजमहल का डिब्बा था और मन में रजिया से मिलने की उत्सुकता। वह बेहद उत्साहित था। अम्मी और रजिया से मिलने की बेताबी में वह सुध-बुध खोकर तेजी से अपने घर की ओर भागा चला जा रहा था। घर पहुँचा तो अम्मी दरवाजे की सफाई करने में व्यस्त दिखीं। उसने छत की ओर देखा तो रजिया गीले कपड़े सूखने के लिए फैलाती हुई दिखी। शेखचिल्ली ने दूर से ही आवाज दी–"अम्मी! रजिया!"

शेखचिल्ली की आवाज सुनकर दोनों चौंक पड़ीं और आवाज की दिशा में देखने लगीं।

शेखचिल्ली दौड़ता हुआ आया और अपनी अम्मी से लिपट गया। तब तक रजिया भी छत से फटाफट उतरकर भागती हुई नीचे पहुँची। वह भी बेताबी से लिपट जाना चाहती थी किन्तु अम्मी की मौजूदगी ने उसे संकोच में डाल दिया। वह ठमक गई और दुपट्टे की ओट से शेखचिल्ली की ओर देखने लगी।

शेखचिल्ली ने अम्मी को अपनी एक बाँह में सहेजकर, दूसरे हाथ से रजिया को अपनी बाँहों के घेरे में ले लिया और उन्हें खुद से लिपटाए हुए

ही आँगन में चला आया।

अम्मी उसकी बाँहों से निकलकर दरवाजे का पर्दा ठीक करने लगीं। रजिया मुक्त होकर उसके बैठने के लिए आँगन की चौकी पर चादर बिछाने लगी।

शेखचिल्ली चौकी पर बैठा और अपने हाथ का ताजमहल वाला डिब्बा चौकी पर रखकर अपने कुर्ते के नीचे हाथ डाला तथा कपड़े में लपेटकर कमर में बाँधे गए पाँच हजार रुपए निकालकर अम्मी को थमा दिया और बोला–"ले अम्मी, यह है मेरी दिल्ली की कमाई। रख ले।" फिर उसने वह डिब्बा उठाया और रजिया की ओर बढ़ाते हुए कहा–"ले, यह तेरे लिए आगरा से लाया हूँ।"

रजिया ने डिब्बा खोलकर उससे ताजमहल निकाला। सफेद दक-दक, संगमरमर का ताजमहल! उसने अम्मी के सामने ताजमहल रख दिया और कहा–"देखिए अम्मी, कितना खूबसूरत है यह ताजमहल–बिलकुल असली ताजमहल की तरह! रत्तीभर फर्क नहीं है।"

अम्मी ने ताजमहल देखा और मुस्कुराती हुई अपनी बहू को देखते हुए बोलीं–"बेटा! इस ताजमहल के साथ शेखू की जो भावना जुड़ी है, वह इससे भी अच्छी है।"

रजिया अम्मी की बात सुनने के बाद प्रशंसात्मक दृष्टि से शेखचिल्ली की तरफ देखने लगी।

अम्मी शेखचिल्ली द्वारा दिए गए रुपए अपनी बहू के हाथों में देते हुए बोलीं–"ले बेटा! इसे भी उन रुपयों के साथ रख दे और जब कभी भी किसी खर्चे के लिए पैसे निकलें तो किस कारण से, कब, कितना पैसा निकला उसका हिसाब लिखकर रखना। इस तरह से गृहस्थी में होनेवाले खर्च कभी बेकाबू नहीं होंगे।"

अम्मी से रुपए लेकर रजिया ऊपर चली गई। वह ताजमहल भी अपने साथ ऊपर ले गई।

नीचे शेखचिल्ली अपनी अम्मी की गोद में सिर रखकर लेट गया और बोला–"अम्मी, आज तुम मेरे लिए मुर्ग बिरयानी बना दो और मुर्ग रोगन जोश भी। बहुत दिन हो गए, ढंग का खाना नसीब नहीं हुआ।

अम्मी उसका सिर सहलाती हुई बोलीं–"ठीक है बेटे! तू नहा-धोकर

ऊपर जाकर अपने कमरे में आराम कर और मैं तुम्हारे लिए मुर्ग बिरयानी बनाने का बन्दोबस्त करती हूँ।"

उस दिन शेखचिल्ली ने अरसे बाद अम्मी के हाथ का लजीज खाना खाया। उसका मन तृप्त हुआ। देर तक अपने कमरे में रजिया के साथ बैठा बातें करता रहा। धीरे-धीरे शेखचिल्ली के मन की बात जुबान पर आ गई। उसने कहा–"बेगम! अब अम्मी और तुमसे दूर रहना मुझे जरा भी अच्छा नहीं लगता। मैं कोशिश करूँगा कि गाँव में ही कुछ काम कर लूँ। कल मैं अपने गाँव के जमींदार से मिलने जाऊँगा। उसका कारोबार गाँव से लेकर शहर तक फैला हुआ है। अगर मुझे उसके यहाँ नौकरी मिल जाए तो समझ लो कि मेरी परदेश जाने की मजबूरी नहीं रहेगी..."

रजिया बेगम यह सुनकर मुस्कुरा दी और शेखचिल्ली के गले में अपनी बाँहें डालकर बोली–"अब छोड़ो भी। कल की कल सोचना।"

इसके बाद दोनों पति-पत्नी एक-दूसरे की बाँहों में खो गए।

दूसरे दिन शेखचिल्ली तड़के जगा और नहा-धोकर उसने सूट-बूट-टाई में खुद को सँवारा। अम्मी तब तक जग गई थीं। अपने बेटे को इस कदर सजा-धजा देखकर वह चकरा गईं। यह क्या, कल आया और आज चल दिया! वह झुँझला गईं और शेखचिल्ली से बोलीं–"शेखू! यह क्या कर रहे हो! कल ही तो आए हो और आज जाने की तैयारी कर बैठे। बेटे! कभी सोचा है कि रजिया के भी कुछ अरमान होंगे? मेरी भी कुछ हसरतें होंगी?"

शेखचिल्ली ने हँसते हुए कहा–"सब सोचा है अम्मी, सब सोचा है। और इसी सोच के कारण यहीं रहने की व्यवस्था करने के लिए अभी जा रहा हूँ। लौटकर आऊँगा तो बताऊँगा कि बात क्या है।"

अपनी अम्मी को जवाब देता हुआ शेखचिल्ली अपने घर से निकलकर गाँव के जमींदार शेख मुर्तुजा अली के घर की तरफ चल पड़ा।

शेख मुर्तुजा अली का घर किसी किले से कम नहीं था। किले के भीतर उसके लठैतों से लेकर कर्मचारियों तक के रहने का इन्तजाम था। इसी किले में वह अपनी रियाया के दुख-तकलीफ भी सुनता था। शिकार करने और तरह-तरह के घोड़े पालने का शौकीन शेख मुर्तुजा शाह-तबीयत आदमी था।

जिस चीज को पसन्द कर लिया, उसे पा लेना उसकी फितरत थी।

शेखचिल्ली जब उसके किले के द्वार पर पहुँचा तब तक द्वार खुला नहीं था। उसने वहीं टहलते हुए द्वार खुलने का इन्तजार किया और जब द्वार खुला तो उसने किले में प्रवेश करने की कोशिश की लेकिन दरबानों ने उसे किले में जाने से रोक दिया और द्वार के पास ही बने प्रतीक्षालय में बैठा दिया। उससे पूछताछ होने लगी कि वह कहाँ से आया है और जमींदार शेख मुर्तुजा अली से क्यों मिलना चाहता है। दरअसल उसे सूट-बूट-टाई में देखकर शेख मुर्तुजा अली के कारिन्दे सोचने लगे थे कि वह कहीं बाहर से आया है। इसीलिए उससे इस तरह से पूछताछ हो रही थी।

शेखचिल्ली ने उनका भ्रम बनाए रखा और यह खुलासा नहीं किया कि वह इसी गाँव का नौजवान है और नौकरी के लिए जमींदार के पास आया है। इसकी जगह उसने बताया वह बम्बई, दिल्ली और लन्दन में अपनी सेवाएँ दे चुका है और उसने शेख मुर्तुजा अली साहब की बड़ी शोहरत सुनी है इसलिए वह उनसे मिलने चला आया है।

शेखचिल्ली की बातें जमींदार तक पहुँचीं तो जमींदार ने उसको अपने पास बुला लिया।

सूट-बूट में शेखचिल्ली का व्यक्तित्व प्रभावशाली दिख रहा था। जमींदार ने उसे अपने पास बैठाया और उससे आने का कारण पूछा।

तब शेखचिल्ली ने उसे बताया कि वह इसी गाँव में पैदा हुआ और यहीं के मदरसे में तालीम हासिल की। उसके अब्बा शेख बदरुद्दीन के इन्तकाल के कुछ दिन पहले से ही वह रोजी-रोजगार के लिए कभी यहाँ, कभी वहाँ घूमता रहा है। यह रोजगार की तलाश ही थी जिसके कारण वह लन्दन भी गया मगर कहीं भी उसका जी नहीं रमा। जो बात इस गाँव में हैं, वह और कहीं नहीं है। अब अपनी मिट्टी, अपना वतन छोड़कर कहीं जाने की इच्छा ही नहीं होती।

इतना कहने के बाद उसने जमींदार की शान में कशीदा पढ़ना शुरू कर दिया–"शेख साहब, मैंने अपने गाँववालों से आपकी इतनी तारीफ सुनी है कि मुझे विश्वास हो गया कि यदि मैं आपसे मिलूँगा तो निश्चित रूप से आपके यहाँ मुझे अपने लायक कोई काम मिल जाएगा। यही सोचकर आज मैं आपके पास चला आया हूँ।"

शेखचिल्ली के नौकरी माँगने का यह अन्दाज जमींदार शेख मुर्तुजा अली को बहुत पसन्द आया और उसने उससे कहा—"ठीक है बरखुरदार! अभी से मैं तुम्हें अपना निजी सलाहकार नियुक्त करता हूँ पर ध्यान रहे, मैं जो कहूँ, उसका बिना कोई मीन-मेख निकाले तुम अक्षरशः पालन करना। हुक्म-उदूली और काम के प्रति लापरवाही मुझे रत्ती-भर भी बर्दाश्त नहीं। जैसा कहूँ, वैसा ही करोगे तो हमारे यहाँ तुम्हारी निभ जाएगी और कभी भी किसी चीज के लिए तुम्हें सोचना नहीं पड़ेगा।"

शेखचिल्ली ने कहा—"मुझसे आपको कोई शिकायत नहीं होगी। मगर मेरा काम क्या होगा? काम पर आने का समय और जाने का समय क्या होगा?"

जमींदार शेख मुर्तुजा ने हो-हो-हो करके हँसते हुए कहा—"बरखुरदार! तुमसे इस नौकरोंवाले सवाल की मुझे कोई उम्मीद नहीं थी। तुम मेरे निजी सलाहकार हो। अब तुम मेरे पास रहा करोगे। जब कभी भी मैं रियाया के बीच रहूँगा, तुम ध्यान रखोगे कि मैं किससे क्या कह रहा हूँ...हाँ, जब कभी भी कोई काम मुझे सौंपना होगा, मैं तुम्हें सौंप दूँगा। सामान्य दिनों में तुम अपनी इच्छा से कहीं भी आ-जा सकते हो। इस किले में हर शख्स तुम्हें सलाम करेगा—चाहे वह कितने ही बड़े पद पर क्यों न हो...आई बात समझ में? अब जाओ और अपने गाँव के पहरावे में आओ, नहीं तो तुमसे गाँव के लोग कुछ बोलने-बतियाने में हिचकिचाएँगे। जमींदारी चलाने के लिए चप्पे-चप्पे में घट रही घटनाओं की जानकारी रखनी होती है और यह जानकारी हासिल होती है रियाया की निकटता से। जानकारी ही हमारी ताकत है, इस बात को हमेशा ध्यान में रखो। और अब जाओ! मौज करो! कल से यहाँ आ जाना। आज मैं तुम्हारे बैठने-रहने का प्रबन्ध करवा दूँगा। तुम्हारा काम देख लूँ तो तुम्हारी पगार भी तय हो जाएगी।"

शेखचिल्ली जमींदार से विदा लेकर अपने घर की ओर जाने लगा। वह खुश था कि जमींदार के पास उसे नौकरी मिल गई। मगर उलझन थी कि बड़ी चालाकी से जमींदार ने उसका काम निर्धारित नहीं किया। मतलब यह कि वह उससे मर्जी के मुताबिक, जब-जब जो चाहे, करवाया करेगा। पगार भी तय नहीं की जिसका मतलब है कि जब वह खुश होगा तो अच्छे पैसे देगा और नाराज हुआ तो ठेंगा दिखा देगा। शेखचिल्ली ने निष्कर्ष निकाला

बातें कहीं।

ींदार ठगा-सा शेखचिल्ली का मुँह देखता रह गया और धीरे से "कोई बात नहीं, अब पिला लाओ पानी।"

ोखचिल्ली घोड़े को पानी पिलाकर ले आया। घोड़े को देखकर शेख ा अली निश्चिन्त हो गया कि घोड़े की प्यास बुझ चुकी है। उसने ख़चिल्ली को अपने पास बैठाया और समझाने लगा–"देखो बरखुरदार! मय के अनुसार बात समझने की आदत डालो। इससे तुम अच्छे मुलाजिम न सकोगे और तुम्हारी तरक्की का रास्ता तैयार होगा। अच्छा मुलाजिम वह होता है जो बताए गए काम को अंजाम तक पहुँचा दे। एक काम बताया जाए तो उससे जुड़े अन्य कार्यों को भी निपटा सके। इसके लिए बताए गए काम का कारण और उसका परिणाम समझ लेना जरूरी होता है–समझ गए?"

शेखचिल्ली ने अदब से कहा–"जी हाँ! अब मैं भी ऐसा ही करूँगा।"

दूसरे दिन शेखचिल्ली जब जमींदार के पास आया तो जमींदार ने कहा– "शेखचिल्ली! मेरी बेगम की तबीयत खराब है, जरा जाओ और जल्दी से हकीम को बुलाकर ले आओ।"

कुछ देर के बाद शेखचिल्ली हकीम को लेकर लौट आया। हकीम बेगम की नब्ज टटोलकर देखने लगा। हकीम अभी किसी भी नतीजे पर नहीं पहुँचा था कि एक ताबूत उठाए चार लोग आए। शेखचिल्ली ने ताबूत को बेगम के कमरे के बाहर रखवा दिया। तभी एक नौकर लोबान और अगरबत्तियाँ लेकर आ गया। शेखचिल्ली ने उसे भी ताबूत के पास रख दिया।

शेख मुर्तुजा अली हकीम के साथ अपनी बेगम के पास खड़ा था और वहीं से शेखचिल्ली की कारस्तानी देख रहा था।

थोड़ी देर के बाद हकीम ने अपने बक्से से कुछ दवाइयाँ निकालीं और उसे घोंटकर बेगम को पिलाया।

शेख मुर्तुजा अली ने देखा, छह आदमी कुदाल, फावड़ा और हल लेकर वहाँ आ गए और शेखचिल्ली ने उन्हें भी कमरे से बाहर खड़ा कर दिया।

ठीक उसी समय बेगम अपने बिस्तर पर उठकर बैठ गई और उसने

हकीम एवं शेख मुर्तुजा अली को बताया कि अब उसे अच्छा महसूस हो रहा है।

बेगम के स्वस्थ होते ही शेख मुर्तुजा अली बेगम के कमरे से बाहर निकला और शेखचिल्ली से पूछा–"यह सब क्या है शेखचिल्ली? यह ताबूत, यह कुदाल, फावड़ा, हल–यह माजरा क्या है?"

शेखचिल्ली ने कहा–"कल हुजूर ने ही तो फरमाया कि अच्छा मुलाजिम वह होता है जो बताए गए काम का कारण और उसके परिणाम समझकर उससे जुड़े हुए सारे काम निपटा दे। मैं तो वही कर रहा हूँ हुजूर! आपने हकीम साहब को बुलवाया। कारण था कि बेगम बीमार थीं। हकीम साहब की दवा काम नहीं करती तो बीमारी का परिणाम बेगम की मौत ही होती, सो मैंने ताबूत, कब्र खोदनेवाले आदि का इन्तजाम हकीम साहब को बुलाने के साथ ही कर लिया।"

हकीम ने जब शेखचिल्ली का जवाब सुना तो समझ गया कि यह नया आदमी शेख मुर्तुजा अली को नहीं जानता है इसलिए ऐसी बातें कर रहा है। यह मुर्तुजा अली तो अब इस नौजवान की चमड़ी उधेड़ देगा। ऐसा सोचते ही हकीम शेखचिल्ली के बचाव में आगे आया और बोला–"शेख साहब! हमारी हकीमी की किताब में लिखा है कि रोगी के सामने यदि मय्यत का नजारा हो तो उसकी जीवनीशक्ति कई गुना तेजी से असर करती है। इस नौजवान ने जो कुछ भी किया, उसका असर तो आपने देखा ही कि दवा देते ही बेगम साहिबा उठ बैठीं, वरना महीनों लग जाते उन्हें ठीक होने में।"

शेख मुर्तुजा अली अजीब स्थिति में था, वह न तो शेखचिल्ली को डाँट पा रहा था और न उसे शाबाशी दे पा रहा था। थोड़ी देर तक वह अजीब नजरों से शेखचिल्ली की तरफ देखता रहा और हकीम को छोड़ने के लिए बाहर चला आया।

शेखचिल्ली ने ताबूत वहाँ से वापस भेज दिया और कब्र खोदनेवालों को लौट जाने को कहकर अपने बैठने की जगह पर आ गया।

हकीम को छोड़कर जब जमींदार शेख मुर्तुजा अली अपनी बैठक में पहुँचा तो उसने शेखचिल्ली को नहीं बुलाया। वह समझ चुका था कि इस आदमी को नसीहतें न देना ही बेहतर है।

धीरे-धीरे शेखचिल्ली को यह नौकरी रास आने लगी। वह शेख मुर्तुजा अली का प्रिय मुलाजिम बन गया। बिना किसी लाग-लपेट के वह मुर्तुजा अली के गलत निर्णयों को चुनौती दे दिया करता था। इससे कई बार वह बड़े नुकसान से बच चुका था। इसलिए वह शेखचिल्ली की किसी भी बात का बुरा नहीं मानता था।

एक दिन यूँ ही वक्त काटने के लिए शेख मुर्तुजा अली ने अपनी बैठक में अपने काबिल मुलाजिमों को बुला लिया। फिर उसे गप्पबाजी की चर्चा छेड़ दी। शेख मुर्तुजा अली ने झूठ बोलने की एक प्रतियोगिता ही बैठे-बैठे आयोजित कर ली। उसने घोषणा कर दी कि सबसे शानदार झूठ बोलनेवाले को वह अपने किले में एक उम्दा मकान देगा और उसके ताउम्र वहाँ रहने-खाने का इन्तजाम भी करवा देगा।

इस घोषणा के बाद वहाँ बैठे लोगों में झूठ बोलने की होड़-सी लग गई।

एक मुलाजिम ने कहा–"शेख साहब, मैं एक बार जंगल में आदिवासियों की बस्ती में रात बिताने के लिए गया। उस बस्ती की एक झोंपड़ी में मुझे रहने की जगह मिल गई। उस झोंपड़ी के दरवाजे पर भैंसों से भी बड़ी चींटियाँ बँधी थीं। सुबह मुझे झोंपड़ीवाले ने चींटी का दूध दिया पीने के लिए। एक लोटा दूध मैं पी गया। भैंस के दूध से उम्दा और मीठा था वह दूध!"

शेख मुर्तुजा अली ने कहा–"इसमें झूठ क्या है? इस वैज्ञानिक युग में ऐसा होना सम्भव है।...कोई और कुछ सुनाओ।"

एक अन्य मुलाजिम ने कहना शुरू किया–"शेख साहब! एक दिन मैं जंगल में राह भटक गया और पहाड़ की तलहटी तक चला गया जहाँ बड़े-बड़े सुरंग थे। उन सुरंगों से मैंने ऐसे चूहे निकलते देखे जो हाथी से भी बड़े थे।"

शेख मुर्तुजा अली ने पुनः अपनी बात दुहराई–"यह भी सम्भव है। विज्ञान ने इतनी तरक्की कर ली है कि वह चूहों को हाथी का कद दे दे। कोई और कुछ सुनाओ...तुम लोग ढंग की झूठ भी नहीं बोल पाते!" शेख मुर्तुजा अली ने अपने मुलाजिमों को उकसाया।

तीसरा मुलाजिम खड़ा हुआ और बोला–"हुजूर! मैंने एक घोड़े जैसे मच्छर को देखा। मैंने उसकी पीठ सहलाई और उस पर बैठ गया। उस

मच्छर ने मुझे आकाश की सैर कराई फिर मुझे मेरे घर पर उतारकर उड़ गया।''

शेख मुर्तुजा अली फिर निराश हुआ और बोला–''भाई, हवाई जहाज और हेलीकॉप्टर तो उड़ ही रहे हैं, मच्छर की आकृति ही तो उन्हें देनी है...तुम्हारे झूठ में भी दम नहीं है, बैठ जाओ।''

इसी तरह किसी ने तरबूज के आकार के अंगूर की चर्चा की तो किसी ने बिल्ली जितने बड़े हाथी की। किसी ने पलंग सहित आकाश में उड़ने की चर्चा की तो किसी ने पेड़ उखाड़कर चीता का शिकार करने की। तरह-तरह के झूठ बोले गए मगर शेख मुर्तुजा अली किसी भी झूठ से प्रभावित नहीं हो सका। अन्त में शेखचिल्ली अपने स्थान से तेजी से उठा और तेज स्वरों में बोला–''भाइयो, यह जमींदार परले दर्जे का मूर्ख है। इसको इसकी जमींदारी से बेदखल कर देना चाहिए।''

शेखचिल्ली के इस तरह चीखने से वहाँ बैठे लोग हतप्रभ रह गए और एक-दूसरे का मुँह देखने लगे।

जमींदार शेख मुर्तुजा का चेहरा गुस्से से लाल हो उठा। उसकी आँखों में खून उतर आया और उसने अपनी कमर से लटकी म्यान से तलवार खींच ली और कहा–''खामोश! शेखचिल्ली! क्यों अपनी मौत बुला रहा है?''

शेखचिल्ली ने अदब से कहा–''मौत नहीं बुला रहा हुजूर...मैं तो सबसे न्यारा झूठ बोल रहा हूँ।''

उसकी बात सुनते ही जमींदार हँस पड़ा और उसे उस प्रतियोगिता का विजेता घोषित कर दिया।

इस तरह किले के अन्दर शेखचिल्ली को एक शानदार मकान मिल गया और वह अपनी अम्मी और रजिया बेगम को साथ लाकर उस मकान में रहने लगा। अब उसे उनकी परवरिश की चिन्ता नहीं रही।

कुख्यात इनामी डकैतों का सफाया

अभी शेखचिल्ली को शेख मुर्तुजा अली की जमींदारी का काम-काज देखते कुछ दिन ही बीते थे कि एक दिन रियाया से बातचीत करते समय शेख मुर्तुजा अली को अपनी जमींदारी की सीमा में एक डकैत गिरोह के सक्रिय होने की खबर मिली। शेख मुर्तुजा अली ने तुरन्त शेखचिल्ली को बुलाकर अपने पास बैठा लिया और उससे कहा–"बरखुरदार! एक दिन मैंने तुम्हें कहा था, रियाया से बातें करते रहना हमेशा फायदेमन्द है। इससे जानकारी मिलती है और जानकारी ही सल्तनत चलाने की ताकत देती है।"

"जी हाँ, हुजूर! जिस दिन मैं आपसे पहली बार मिला था, उस दिन ही आपने यह बात मुझसे कही थी। मुझे याद है।" शेखचिल्ली ने कहा।

"शाबाश! अब वक्त आया है तुम्हें बताने का कि सल्तनत चलानेवालों को जो जानकारियाँ रिआया से मिलती हैं, वे ताकत कैसे बन जाती हैं।" शेख मुर्तुजा अली ने शेखचिल्ली से कहा–"अब हमारी बातें ध्यान से सुनो।"

शेखचिल्ली को पास बैठाकर शेख मुर्तुजा अली फिर अपनी जमींदारी में बसे लोगों से बातें करने लगा–"हाँ मियाँ, अब तुम बताओ कि तुम्हें क्यों लग रहा है कि हमारे इलाके में कभी भी इनामी डकैत गिरोह घुस आएगा?"

"शेख साहब! इन जुल्मी डकैतों को देखते ही गोली मार देने का आदेश अंग्रेजी हुकूमत ने दे दिया है। पुलिस के सिपाही लगातार उनके लिए दबिश डाल रहे हैं। शहर में मुनादी करा दी गई है कि यदि किसी होटल या घर में उन्हें खाना मिला तो डकैतों को खाना खिलानेवालों को उसका सगा माना जाएगा और सरकार ऐसे लोगों से सख्ती से पेश आएगी।...आलम यह है कि शहर में शाम होते-होते घरों के दरवाजे-खिड़कियाँ बन्द हो जाते हैं। जगह-जगह मुहल्ला सुरक्षा समितियाँ गठित हो गई हैं जिसके कारण रातों

को हरबा-हथियारों के साथ नौजवान मुहल्ले की सुरक्षा के लिए गश्त लगाते हैं। ऐसे में इस आततायी डकैत गिरोह को कहीं तो पनाह लेनी होगी। अपना गाँव शहर के नजदीक है। आस-पास जंगल भी है। डकैतों को छुपने के लिए इससे अच्छी जगह कोई दूसरी कहाँ मिलेगी? इसी से लगता है कि डकैत शहर से भागेंगे तो इसी गाँव का रुख करेंगे।''

''हूँ!" शेख मुर्तुजा अली ने एक लम्बी हुंकारी भरी और फिर पूछा--''कितना इनाम है इस गिरोह पर?''

"इस गिरोह को तो छोड़िए हुजूर! इसके सरगना लखना डकैत पर पन्द्रह हजार रुपए का इनाम है--जिन्दा या मुर्दा लानेवाले को मिलेगा। इस गिरोह में कितने लोग हैं, इसका ठीक पता किसी को नहीं है। डाकू मंगल सिंह, डाकू हीरा सिंह, डाकू मौजा सिंह, गनौर डकैत और डाकू सुलेमान के नाम पाँच-पाँच हजार रुपए का इनाम है। यह तो अच्छा हुआ कि कल मैं कचहरी गया...वहीं यह सब मालूम हुआ तो मैं भागा-भागा आपके पास आ गया। शहर में तो सेना की पलटन घूम रही है हुजूर! हम गाँववालों की 'रक्षा' के लिए तो आपका ही सहारा है। आप ही हमारी सरकार हैं, आप ही माई-बाप!''

''हूँ!" शेख मुर्तुजा अली ने फिर लम्बी हुंकारी भरी और अपनी दाढ़ी सहलाते हुए बोला--''तुम समझदार आदमी हो, लाठी में तेल पिलाना शुरू कर दो। मेरे रहते हुए तुम्हें डरने की कोई जरूरत नहीं। वैसे भी तुममें तो इतना दमखम है कि दो-चार जवानों को अभी भी पछाड़ सकते हो। जाओ और मौज करो। जो होगा, देखा जाएगा। सौ बात की एक बात! डरना नहीं है और अगर कोई आए तो भिड़ जाना है...पीछे नहीं हटना है और पीठ नहीं दिखाना है। दो-चार लाशें गिर भी जाएँ तो परवाह नहीं। कोर्ट-कचहरी, थाना-पुलिस से हम निबट लेंगे!...अब जाओ और मौज करो...कुछ भी नया मालूम पड़े तो रात-बेरात भी आ जाना, हम तुमसे मिल लेंगे। वैसे तुम्हें कोई रोकेगा नहीं। सभी जानते हैं कि तुम मेरे खास आदमी हो।''

उस आदमी ने अपने साथ आए ग्रामीणों को उठने का इशारा किया और शेख मुर्तुजा अली को आदाब करता हुआ वहाँ से चला गया।

इसके बाद शेख मुर्तुजा अली ने अपने लठैतों को बुलाकर कहा--''तुम लोग अब लाठी लेकर नहीं, भाले के साथ पहरा दोगे। यदि कोई भी किले

में घुसने की कोशिश करे तो बेहिचक भाला मार देना।"

किले की सुरक्षा के लिए तैनात अधिकारियों को भी शेख मुर्तुजा अली ने तलब किया और सबको अपनी सुरक्षा व्यवस्था चाक-चौबन्द कर लेने की चेतावनी दे दी।

अपनी व्यवस्था से सन्तुष्ट होकर शेख मुर्तुजा अली ने शेखचिल्ली से पूछा—"कुछ समझे बरखुरदार! मैंने यह सब क्यों किया?...नहीं समझे होगे... मैं समझाता हूँ। मैंने उस आदमी को लाठी में तेल पिलाने के लिए कहा, इसका मतलब यह हुआ कि वह अपनी सुरक्षा आप करे। ऐसे भी डकैत यदि इस गाँव में आएँगे तो इन गरीबों के घरों में क्या डाका डालेंगे? उन्हें इनके घरों में मिलेगा क्या? उनका निशाना तो हम होंगे। डकैतों के आने की सम्भावना की सूचना समय रहते मिल जाने से हमें अपनी सुरक्षा के इन्तजामात कर लेने का अवसर मिल गया है और तुमने देखा कि मैंने यह इन्तजाम तुरन्त कर लिया। उस आदमी को मैंने अपना खास आदमी कहकर चारा डाला है कि ऐसी कोई भी खबर मिले तो वह सीधे मेरे पास आकर बताएगा। इन गरीबों का उपयोग सल्तनत के शीर्ष पर बैठा हुआ आदमी इसी तरह से करता है।...दरअसल तुममें मैं एक योग्य प्रशासक की सम्भावना देख रहा हूँ जिसके कारण ये बातें तुम्हें समझा रहा हूँ। जल्दी ही इस किले की जवाबदेही मैं तुम्हें सौंप देना चाहता हूँ ताकि मैं कारोबार पर पूरी तरह से ध्यान दे सकूँ।"

शेखचिल्ली चुपचाप सुनता रहा। कुछ बोला नहीं।

दूसरे दिन वह जगा ही था कि ससुराल से उसका बुलावा आ गया। साले की शादी तय होनेवाली थी। अवसर ऐसा था कि वह टाल नहीं सकता था। इसलिए वह शेख मुर्तुजा अली के पास ससुराल जाने की इजाजत लेने गया। मुर्तुजा अली ने उसकी बातें सुनीं और कहा—"ससुराल जाना है तो जरूर जाओ बरखुरदार! मगर ससुरालवालों को लगना चाहिए कि तुम शेख मुर्तुजा अली के निजी सलाहकार हो। तुम मेरा सफेद घोड़ा ले लो और मैं तुम्हारे लिए एक तलवार भी भेज देता हूँ...एक सुन्दर पगड़ी भी भेजूँगा... बाँध लेना। कपड़े ढंग से पहनोगे!"

शेखचिल्ली इजाजत लेकर लौट आया।

शेख मुर्तुजा अली ने उसके लिए तलवार और पगड़ी ही नहीं भेजी

बल्कि रेशमी सलवार और जालीदार कुर्ता भी भेज दिया।

शेखचिल्ली उन कपड़ों को पहनते समय सोच रहा था—ये बड़े लोग अपनी शान और शोहरत के लिए क्या-क्या नहीं करते हैं!

कपड़े पहन, तलवार कमर में बाँधकर शेखचिल्ली अस्तबल में गया और सफेद घोड़ा निकालकर उस पर बैठा। वह वहाँ से कूच करने ही वाला था कि उसकी अम्मी एक थैली लड्डू लिये हुए आईं और उसे देते हुए बोलीं—"बेटा, तुम्हारे लिए जल्दी-जल्दी यह लड्डू बनाए हैं, लेता जा। रास्ते में भूख लगेगी तब खा लेना।"

शेखचिल्ली ने अपनी अम्मी से लड्डू ले लिया और घोड़े को एड़ लगाई। घोड़ा दौड़ने लगा। अभी वे लोग किले की सरहद में ही थे कि एक गड्ढे को छलाँग मारकर पार करने के लिए शेखचिल्ली का घोड़ा कूदा और शेखचिल्ली के हाथ से लड्डू का थैला छूटकर गड्ढे के पास रखे एक टब में जा गिरा। इस टब में सफेद दूध जैसा पदार्थ भरा हुआ था जिसमें थैला डूब गया।

शेखचिल्ली घोड़े से उतर गया और थैले को टब से निकाल लिया। उसने कुछ गन्ध-सी महसूस की तो घोड़े पर बैठते-बैठते बुदबुदाया—"यह कैसा दूध है जिससे इतनी अजीब गन्ध आ रही है?"

शेखचिल्ली का घोड़ा फिर अपनी रफ्तार में दौड़ने लगा। शेखचिल्ली को अपनी ससुराल जाने के लिए जंगल से होकर गुजरना था। जब जंगल आ गया तब शेखचिल्ली को लखना डकैत की याद आ गई। वह सिहर उठा कि कहीं उस भगोड़े डाकू का गिरोह इस जंगल में पनाह न लिये हो। कुछ दूर ही उसका घोड़ा जंगल की सड़क पर दौड़ा होगा कि छह मुस्टंडों ने घोड़े की राह रोक ली और फुर्ती से घोड़े को चारों तरफ से घेर लिया। शेखचिल्ली की समझ में कुछ नहीं आया। वह अचकचाया हुआ घोड़े को तलवार की नोक पर घेरनेवालों को देखता रहा।

शेखचिल्ली के घोड़े की लगाम अपने हाथों में झपटते हुए एक मुस्टंडे ने कहा—"लखना डकैत हूँ मैं! तुम्हारे पास जो कुछ भी है, उसे मेरे हवाले कर दो...।"

"मेरे पास बस कुछ लड्डू हैं जो इस थैले में बन्द हैं...ले लो!" शेखचिल्ली ने कहा और लखना डकैत की तरफ अपना थैला बढ़ा दिया।

यह तथ्य रखा कि सभी छह लाशों का बायाँ कान कटा हुआ है।

शवगृह में सभी छह लाशों का मुआयना हुआ। शेखचिल्ली की बात सही पाई गई। शेखचिल्ली ने अपने झोले से निकालकर बारी-बारी से सभी लाशों में कान लगाकर जिलाधिकारी को प्रमाणित कर दिखाया कि उसके पास जो कान थे, वे सभी इन शवों के ही कान थे।

जिलाधिकारी और पुलिस अधीक्षक ने शेखचिल्ली को उसकी सूझ-बूझ और दिलेरी के लिए शाबाशी दी और उसे चालीस हजार रुपए के इनाम का हकदार माना।

कुछ दिन बीतने के बाद शेखचिल्ली के पते से जिलाधिकारी का एक प्रशंसा-पत्र और चालीस हजार रुपए का एक चेक शेखचिल्ली को मिला। शेख मुर्तुजा अली ने शेखचिल्ली को अपने साथ बैंक ले जाकर उसका खाता खुलवाया और उसमें उसके नाम का चेक जमा करा दिया।

इस तरह कुख्यात डकैतों के खात्मे का इनाम मिलने के कारण शेखचिल्ली का नाम उसके गाँव के बच्चे-बच्चे की जुबान पर आ गया। उसके गाँव के लोग अब उसे सम्मान की दृष्टि से देखने लगे थे।